中国专业作家作品典藏文库

王棵卷

爱的三个音阶

王棵／著

AI DE
SAN GE
YINJIE

中国文史出版社

目 录

一、宁婕

1

手机响了又响，再不接就说不过去了。

宁婕关掉笔记本电脑里的音乐，从乱糟糟的被面上捞出手机。

"不是叫你下楼来接的吗？"宋一楠的声音如同暴风骤雨，震颤宁婕的耳膜，"下来！再不下来我就打110了。我就不信你不怕警察叔叔。"

宁婕把手机从耳畔拿开，走到窗户后面，半张脸藏在窗帘后向外面张望。其实她这么小心翼翼根本没有必要。窗外是连绵的居民楼。它们肃立在北京萧瑟的冬末，挡住了该挡住的一切，譬如宋一楠此刻正置身其间的马路。

"我这就下来。"宁婕强压住宋一楠给她带来的烦躁，好声好气地说。

"麻利点儿，跑步！"宋一楠用一种悠扬而神经质的声音笑了起来，"这天儿冷的，老太太快给冻死了。"

走出宾馆房间前，宁婕看了眼桌上的相框。那里面她姥姥鹤发慈祥的样子有抚慰人心的功效。她正在冲宁婕笑。宁婕心里挥之不去的烦躁一下子就蒸发掉了。她关门，快速下楼。

宋一楠和一个老妇人背对背站在马路边，她们的脚下，堆放着大小五个包。老妇人六十五岁上下，深灰色绒线帽，粗呢布花围巾，及膝、膨胀的羽绒服，这身打扮使她看起来俗丽而谦卑，与她身边穿着蓝色修身空姐制服、卓然傲立的宋一楠极不相称。

更重要的是，这老妇人显然脑子有问题。马路上车来车往，她竟跃跃欲试地想往那儿走，当然，每当她试着往那个方向探出步子的时候，宋一楠背后长了眼睛似的，及时伸手拦住她。宋一楠双脚不停踩地，以此取暖，这表明她比此前的宁婕还要烦躁。

宁婕走到老人与宋一楠身后，才被她们发现。

"你真应该打110，这事归警察管。"宁婕瞥着那老人，对宋一楠说，"你打了没有？"

宋一楠嘲讽地看了宁婕一眼。"拜托，别侮辱我的智商好不好？能不打吗？在街上发现她的第一时间，我就给派出所报案了。"

"那没什么效果吗？"

"要有效果还用得着劳烦你？再说了，你又不是不知道，他们那办事效率！嘁，就算有效果，也没那么快。行了，甭废话了。人我已经带来了，我再最后问你一句，接收，还是不接收？给个痛快话，瞧你刚才那不接电话的……没劲！"

"我没说不接收她啊！"

"那不就妥了？行，带她上去吧，我得赶航班去了。"宋一楠搂了搂宁婕，亲了她一口，露出八颗牙齿职业性地一笑，"宝贝儿，你先照顾着呗。还有啥事我没跟你说的，等我回来了，咱再细聊。"

一辆显示空车标志的出租车过来了，宋一楠提起地上的路易威登旅行包，及那个牌子不够大众化但一定也价格不菲的宠物袋，奔向出租车。她走起路来如同脚踩风火轮，马路被她细高的鞋跟踩得"咯噔咯噔"的。她是急脾气的人。

"走了哈，交给你了。"走近出租车，宋一楠回头，向宁婕挥挥手。

旅行包放进了出租车后备厢里，宠物袋跟宋一楠上了出租车。那里面是她极尽宠爱的一条贵宾狗。它跟宋一楠常年同出同归——每次飞行，她都带出它寄养到宠物店里，回来的时候再把它领回家。

宁婕目送着汇入车流的那辆出租车，有心去认为宋一楠对待一只宠物的感情超过了这世上的其他任何人，但又觉得不能这么说。她回过头来，无奈地向这老人摊了摊手。

"跟我上去吧？"

"陈梓煌！"老人的目光还停留在出租车开去的方向，嘴嘟得老高，"我要陈梓煌！"

宁婕一下子被她的样子逗笑了。"你要哪个陈梓煌啊？"

"哪个？"

老人转过头来，瞪着无辜的眼睛，不解地望着宁婕。那神情，就仿佛脑子有问题的不是她，是宁婕。

"是啊！"宁婕说，"有两个陈梓煌，一个是宋一楠的那条贵宾狗，一个是她的前前前男友——每次需要历数宋一楠的前男友我就会犯结巴——对了！我跟你说啊，宋一楠就是一个变态女人，她对这位前男友怀恨在心，就把他的名字嫁接到了一条狗身上。可我就

3

不明白了，这狗呢，现在又是她至爱的宠物，那么，她到底是讨厌前男友啊，还是旧情难忘呢?"

"变态女人! 咯咯!"

老人捂住嘴，想笑又怕笑得太大声。她就这样轻笑着，偷眼看宁婕。

她那副样子，让宁婕陡然对她生出几许好感。

宁婕提起包，领着老人往宾馆里走。"你叫什么名字?"

"陈梓煌!"回答颇郑重其事。

进了屋，老人愣站在桌边，怯怯地望着宁婕。桌上宁婕姥姥的照片与这老人的样子互相映照。宁婕看看老人，又看看桌上微笑的姥姥，一下子有点恍惚。她比照片上宁婕的姥姥要小十来岁的样子，但这并不妨碍她与宁婕姥姥之间的神似。

越过窗户，宁婕看到，外面连绵的住宅楼毫无温度和生机可言。这偌大京城，是一个外省人初来觉得挺有人情味、有情趣，待久了会觉得诡谲、扑朔迷离的大都市。很多人会说，这是一个包容的城市，待久了却会发现，这包容不过是化了妆的冷漠。有时候，宁婕会因为无法把握这个城市而深感孤独。

待宁婕收回目光，再去看屋里这老人，忽然觉得这老人怎么看怎么顺眼起来。

"好吧!"宁婕走过去帮老人脱那鼓笨的羽绒服，脱掉绒线帽、围巾，她轻声说，"我承认，我喜欢上你了!"

老人的头发油油的，根根贴紧脑袋，仿佛戴了一个黑色油毡布的头套。看样子，有好些天没洗过头了。宁婕去卫生间往浴缸里放水。稍后，把老人带进去，好生帮她洗了个大澡。这期间，宁婕的

4

男友给她打来电话，她跑出去接。她跟他吐起槽来。

事情并不复杂：

宋一楠在街边捡到了这个无家可归的失忆或痴呆老人，但满世界飞来飞去、三天两头不着家的宋一楠觉得自己无法照顾老人，便将她交托给宁婕。当然，宋一楠如此勇于把见义勇为的接力棒交给宁婕，是因为宁婕是她朋友中唯一独居的人。

这只是次要原因。

更重要的是：宁婕深爱的姥姥前年去世，她曾多次跟宋一楠感慨过，她对姥姥心怀愧疚。所以，宋一楠一定认为，她将这老人托付给宁婕的同时，也给予了宁婕一个偿还内心愧疚的机会。

宁婕跟远在南京的男友分析着宋一楠之所以将老人托交过来的心理依据，就此把卫生间里的老人忘掉了。然后，她看到了水从卫生间门底下向外渗出的情景。她大叫着挂了电话，冲进卫生间。

老人仰躺在满溢着水的浴缸底部，正在做最后的挣扎。再晚发现一会儿，就出大事了。

好不容易将老人救出浴缸，宁婕接到了宋一楠的电话。

"怎么样？你俩处得还行吧？"宁婕听到那边传出飞机滑过跑道的叫嚣声。她显然已经抵达工作岗位了。"忘了告诉你了，"宋一楠慢条斯理地说，"她叫于桂兰，"又补充，"她早上自己这样念叨的。我没找到她的身份证。"

"知道了！知道了！"

宁婕正手忙脚乱地料理着这个叫于桂兰的老人，没空跟宋一楠说下去。

"我后天就回，到时候我帮你的忙！"

帮我的忙？宁婕觉得宋一楠的话真是驴唇不对马嘴。

说实话，即便于桂兰的到来多么能够一圆宁婕对姥姥的歉疚，现在，宁婕内心里最大的感触仍然是：她摊着了一个大麻烦。

2

不是麻烦是什么呢？这几天，宁婕正因为租房的事情焦头烂额着呢。

一周前，宁婕的男友檀枪枪来京"探班"，在她原先租住的地方住了一晚。也怪檀枪枪，这小子整个晚上都不安分。这一闹腾不打紧，第二天一早，邻居敲开了宁婕的门，暗示年轻人凡事不可过于高调。

又要怪檀枪枪了。要是宁婕一个人遇到这样的事，肯定会忍着不吭声，但是，小宁婕三岁的檀枪枪血气方刚，竟然跟那邻居吵了起来。

当天下午，宁婕便接到房东的电话。房东说临时决定将这房子装修，所以不能再租给宁婕了。并且，都不给宁婕过渡的，房东请宁婕三日内结算房费走人。

这叫什么事嘛！

但是，在北京这种地方租房子，什么样的房东都能遇到。这房东不算离谱的了。至少人家还有修养，懂得用冠冕堂皇的方式赶走房客。

这一周里，宁婕暂住在宾馆里。她在好几个房屋中介公司登了记，公司那边一旦有合适的房子，便会通知她去看。事实上，那几天里，她每天都在马不停蹄地看房子。对宁婕这种必须成天待家里码字的人来说，要找到合适的房源实属不易，既要安静，又要衣食住行方便，价位还不能太高。

太高了，宁婕有压力，她目前不过是个连二线、三线都没沾上边的小编剧而已，今天有活儿，明天没活儿的，而且都是小活儿，她实在不是个可以乱花钱的人。

给于桂兰收拾整理完毕后，宁婕好说歹说将她弄上了床，像哄小孩似的把她哄睡着了，然后她自己开始趴到桌上码字。最近，她找到一个跟人搭伙的活儿。眼下，管活儿的那位名编催她要稿呢，跟催命似的，一天一个电话，一上来就是高亢有力的声音，严厉而激烈。

才打开电脑敲了一会儿字，手机响了。中介公司那边来电话了，叫宁婕去看房子。

"你去哪儿？"宁婕刚穿好衣服提了包要出门，于桂兰从床上坐了起来。很奇怪，这会儿她看起来脑子没问题了。当然，这样的正常，也只是昙花一现——

"阿姨！我要尿尿！"于桂兰望着宁婕，可怜巴巴地说。

"天哪！"宁婕笑喷。被一个年龄大过她有三轮的人叫"阿姨"，这感觉怎一个怪异了得。"遇到了一个嘴甜的老孩子！好吧！你先起来！我这就给你把尿去！"

扶于桂兰坐到了马桶上，一个迫在眉睫的问题击中了宁婕的思路：现在，她要出门看房子。这一出去，一时半会儿回不来，万一像昨天那样，看了一套又来另一套，一看就是半天工夫，这于桂兰一个人待在宾馆里，能行吗？要是在此期间于桂兰开溜，她后面怎么跟宋一楠交代？最关键的是，她怎么跟自己心里那点刚被开发出来的善意交代？

苦思冥想片刻，来主意了。

有什么事情能难倒一个编剧？尤其她这么一个自认为天赋高蹈，只不过总是运气不佳的编剧。编剧是干什么的？就是想招儿的不是吗？虽然有的招儿不那么接地气，但并不妨碍一个编剧落实为行动的勇气。

扯下网线，宁婕三下五除二，将于桂兰绑在了床上。在此期间，于桂兰扑闪着浑浊的金鱼眼，疑惑不解地望着宁婕。

"我们做个游戏！"宁婕说，"你要是能这样躺在床上一直不动，直到我回来。我回来的时候带好吃的东西给你！行吗？你喜欢吃什么呀？"

"煎饼馃子！"于桂兰抬起沉重的大眼袋上方的眼睛，郑重其事地说。

看来，她已然认同了宁婕的建议。而且，宁婕听出来了，眼前这位老孩子不是来自天津，就是河北。刚才她一直在那儿琢磨这口音怎么就那么有赵丽蓉范儿哪。

"没问题！不但有煎饼馃子，还有真正的果子，苹果、梨，我回来的时候买齐全了，让你吃个够！你别怕吃撑着了就行。"

"不要煎饼馃子，要梨！"

"亲！你到底要什么呀？"

"要……云南白药！"

这哪儿跟哪儿呀。宁婕又被她逗笑了。

不管了，只要她老老实实待着就行。

绑完，觉得心里还不够踏实，宁婕拿来抽纸盒，扯了几张纸，团成一团，塞进于桂兰嘴里。她在门外挂了"请勿打扰"的牌子，出去了。

3

这次叫宁婕出来看房子的，是我爱我家中介公司。租房顾问是个从湖北小镇来的女孩，叫小琳。两天前，她已经带宁婕看过一套房子。宁婕此前听小琳说过，她上一年刚高中毕业。

"姐，这套房子不错，价格也不算太高。就是房东不怎么好对付。"刚进房产中介行业不久，这孩子应该还保持着质朴、诚实的好品性，有什么说什么。"但是吧，我觉得现在房子不好找，要是还过得去，你就租了吧。"

还有一个情况小琳也告诉过宁婕，她刚进这家公司上班，还处于试用期，所以，对业绩有很急切的期待。

"我知道的，我有数！"宁婕笑眯眯地看了看小琳。

房东果然不好对付。不是一般的不好对付，简直就是个娘娘腔。这么说不合逻辑，应该换种说法：这人简直就是一个比娘们还娘们的刁蛮"伪娘"。穿着打扮也有得一说：俗气中带一点新颖，像是刚从美容美发学校肄业的。

"你单身吗？"考察过房子，待要出门时，"伪娘"发问。

"我是单身，怎么了？"宁婕皱了皱眉头，看了他一眼，心想，我还没确定要租你的房子呢，这就查起户口来了？

"单身挺好。我是说，要是你是个男的，单身挺让人放心的，我

9

也挺乐意租。可你是个女的。"

"女的怎么了？难不成性别是被你拿来做歧视用的？"

宁婕脸一下子拉下来了，拿眼色示意小琳赶紧出去。她有经验，这样的房东，怎么他都有话说，如果是个单身男的要租，他一定也会说，租给单身男的不让人放心。

小琳心领神会，但她更想做成这单生意，便忙着打圆场。"这位哥，您放心，这位姐单身是不假，但人家是正派人，您就放心租给她吧！"

"租给她也行，但得加点风险费。"

"风险费？"

"是啊！"

小琳忙把"伪娘"拉一边儿协调去了。趁着他们二人走远到屋子深处的这阵子，宁婕再度打量了一下这房子：

四十来平，一个很小的厅，一个更小的卧室，两者之间用挡板隔开——原来这是一个开间改造出来的一室一厅啊。里面很有些东西没有配齐。沙发是有，但没茶几。这一缺失倒无关紧要。最关键的是，没桌子。

对宁婕来说，没桌子怎么行？租下来的话，她马上就得去买桌子，到时累得够呛。

宁婕突然就拿定主意不租这房子了，这时手机响了。一看，是"名编"打来的。

催活儿哪，说是资方这两天要开讨论会，再不出稿资方很可能会拿违约说事。

接完电话，再审视眼前的房子，宁婕犹豫了。当务之急，是赶紧找个房子安顿下来。住在宾馆里实在出不了活儿。尤其现在，冒出个需要照看的人，更不合适在宾馆住了。是跟于桂兰同住一室，还是另给她开一间房？同住一室，怎么干活儿？单给她开一间，一天两百多块，她发烧了吗？

　　一想至此，宁婕就决定租下这房子了。正好小琳和"伪娘"商量完了走了过来。

　　"风险费就一百，怎么样？"既然想租，宁婕就想速战速决，于是主动发问。

　　"噢！一百可不行！"

　　"哥！我刚刚不是跟你商量好让她每月多出一百的吗？"小琳急了，"怎么你变卦了呢？"

　　"这叫变卦吗？我这叫服从市场规律。你没听人说过吗？房市是啥，是当今中国变脸最快的市场，有个词怎么说来着？瞬息万变？一秒钟就一万个变化。我是跟你说多一百就可以了，但那是两分钟之前我跟你说的，这会儿可不行了。加两百！租就租，不租我绝不勉强。"

　　宁婕瞪大眼睛，望着这个不男不女的人。现在，已经不是钱的问题了，说实在的，再多一百，倒也没什么大不了的。重要的是，这么刁难的一个房东，她要真租了，以后跟他打交道，那得多费劲啊！

　　"小琳，你先出来一下，我有话跟你说。"

　　小琳看了宁婕一眼，马上就知道宁婕想撤了。

　　令宁婕意外的是，这孩子以迅雷不及掩耳之势发火了。

　　"你这人也真是的，有套烂房子了不起吗？我告诉你，现在就算我姐想租，我还不让她租了呢。房子有的是，大不了我带我姐多跑几天。"

小琳突然表现出来的刚烈，令宁婕感动。走到马路上，宁婕感觉跟这孩子的距离一下子近了许多。压制在心里的火，立马积极释放了。

"小琳你可真说对了！这鸟人，有这么套小房子，还是二手房，就自以为多了不起了。在南京，我好歹也住一套大房子，一百五十多平，就靠着夫子庙，卖出去怎么着也不止两百万。他这小房子能值两百万吗？我比他有钱，不是吗？"

"可不是！"小琳愤愤不平地应和，"他这房子就是通过我们公司交易的，我都知道，他是贷了七成的钱买的。一个老男人，穷显摆！祝愿他这小破房子永远租不出去，烂在手里。"

"省得他去买墓地了！"忽然觉得言重了，宁婕冲着小琳不好意思地笑了，"我是不是太毒舌了？"

"是挺毒的！"小琳哈哈大笑，"姐你是干什么的？"

"你猜！"宁婕说，"对有种职业的人来说，毒舌是职业病。"

"我早看出来了。"小琳眨巴着机灵的大眼睛，"姐你是作家？"

"差不多吧。"

"姐你一定属于那种'不毒则已，一毒惊人'的人。"

"作家都这样，蔫坏！"宁婕冲小琳挤挤眼睛，"我曾经做过一个手术，把眼镜蛇的芯子嫁接到我的舌头上了。可你猜怎么着？"

"怎么啦？"

"我那舌头导致蛇芯子坏死了，厉害吧？"

"姐你真会编！哈哈！你是个天才！"

宁婕笑了。"天才不敢当，地才的素质我老人家是有的。"

宁婕顺手在路边买了几种水果，打车回宾馆。途中，宁婕眺望车窗外的冬日街景，心生悲凉。

姥姥去世后，她再看父母，总觉得时光如电，于是她赋予自己让父母尽快过上好日子的人生使命，要不是这样的心态转变，她不会放弃蛮不错的采编记者工作改道干编剧，更不会来北京。

至于为什么想通过干编剧来落实让父母过上好日子的梦想，那是因为现在对写字的人来说，只有干这个才有可能挣大钱，而且想尽快在这一行混出点儿名堂，最好来北京。

走进宾馆走廊，宁婕远远看到那个中年女服务员正用感应卡开她的房间。一下子她就想起了绑在床上的于桂兰。叫这服务员看见了，定会惹出麻烦来。宁婕待要冲那服务员喊，却为时已晚。门已经开了，服务员大踏步向里走去。

三步并作两步，穿过走廊冲进自己的房间，宁婕被眼前的情景惊呆了。

4

床上除了胡乱摊开的被子，别的什么也没有。中年女服务员正弯下身来捡什么。等宁婕瞪大眼睛走近了去，发现她捡起来的是那根网线。

宁婕转身跑到卫生间门口，打开门，看到里头同样空空如也。

人呢？哪里去了？宁婕焦急起来。

"你怎么说进来就进来了？"一急，她就冲服务员发起了脾气，

"没看见门上挂着'请勿打扰'吗?"

"啥子?"这位说川普的服务员,显然不满宁婕的指责,"我没看见。这会儿是打扫房间的时间,你到底要不要打扫嘛。"

没看见?难不成这于桂兰偷偷跑出去的时候,还知道把牌子摘掉?这还像个痴呆老人吗?宁婕跑到门边找了找,竟然发现那牌子在门后的垃圾篓里。

"错怪您了!"宁婕向服务员赔笑脸,"看见一个老人出门了吗?"

"人?"服务员连鼻孔里面冒的都是冷空气,"我们店是正规店,你房间里头还住了一个人?去前台登记过了吗?"

宁婕闭嘴了。这家宾馆是部队招待所改的,里面的服务员大多是部队家属,或者家属的亲戚,这些人总是自我感觉良好,即便只在里面认识一个后勤部门的小助理,就觉得自己有多大后台似的。她们从来都分不清服务与管理的区别,动不动把房客当管理对象。摆不正位置。

不在她这儿耽搁时间了。宁婕飞快地跑了出去。

经过楼下,宁婕还是比画着问了问那瘦仃仃的前台小姐,有没有看到那么样的一个老人出去。前台小姐今天难得好脾气,并且还真看见了。

"她出门往右拐了。"

"什么时候的事?"宁婕问。

"有十来分钟了。"

宁婕推开宾馆门往外冲。往右,是一条小街。这街有点乱,两边有很多小商铺。沿着它往前走了两百多米,一下子就到头了。宁婕不知道该往左还是往右拐了，便折返回去。快要回到原先的路口，宁婕欣喜地看到于桂兰正从一家小型水果超市里出来，手里提溜着一兜水果。

"你怎么跑出来了？"宁婕冲到超市门口，抓住于桂兰，吼，"不是说好你在屋里等着我的吗？"

于桂兰瞪着宁婕，惊恐从眼睛深处淌了出来。

宁婕突然心里一咯噔：坏了！她要是不认识我了怎么办？

"阿姨，"于桂兰怯生生地说，"你咋了？"

谢天谢地！她认识宁婕。

"我们回去吧！"宁婕拉起她就走。

路上，于桂兰扯宁婕的袖子，示意宁婕看她提着的水果。

"你喜欢吃梨！"

宁婕停下步来，向那兜里望去，那里面，满满当当十几只梨。惊喜涌上宁婕的脸。

"给我买的？"

"嗯！"于桂兰重重地点头。

宁婕忽地泪流满面。她小的时候，住在郊区的姥姥经常买很多好吃的，坐十几站地的公交车，过来看她。每当那一天到来，宁婕就跟过节似的。

环顾四周，宁婕突然觉得就连马路上那辆挂着军牌的白色宝马五系车也亲切了起来。

回到房间，那服务员刚好才收拾完。她斜着眼看了宁婕和于桂兰几眼，上别的房间打扫去了。宁婕不搭理她，"砰"地关了门，挑了个儿最大的两只梨，用水冲干净了，和于桂兰一人一只连皮带肉地啃吃起来。

于桂兰吃得有点秀气，宁婕则吃得凶猛。吃着吃着，宁婕看着于桂兰大笑起来。于桂兰莫名所以，继而，报以傻笑。

小琳的电话又来了。

"姐，好消息好消息!"小琳大声说，"姐你运气真好，我刚回到店里，就有一套空房喊出来。我先去看了一眼，这套房特别特别适合你。你看，你要的安静、干净，都有。楼下还有好多吃饭的地儿。你赶紧过来看房吧。遇到这样的房，你得抓紧，晚几分钟很可能就被别人租过去了。"

"价格呢?"宁婕小有激动。

"三千整一个月。一室一厅。有六十平呢。先前那破男人的房子，比这差太多了，还要三千三呢。"

"真有这么好的事啊?"

"骗你是小狗!"小琳急切地说，"房东是一对老知识分子，跟小市民不一样，所以定了这个价位。最主要是急于脱手，俩老人的儿子在广州发了财，南方不是暖和嘛，人家孝顺儿子要接老人去广州定居，于是这房子就空了。第一次租呢。"

"太好了! 我这就出来看房。"

"把定金带上吧。觉得满意就可以马上定下来。"

"没有问题。"

正要出门，屋里的座机响了。前台打来的。

"宁小姐吗? 请下来一趟!"

"什么事?"

"你房间里不是还住着一个人吗? 麻烦过来登个记。你自己过

16

来，或者带她过来都行。"

宁婕一愣，旋即想起了先前那服务员阴郁而严厉的脸。较真说，登个记倒也不算是宾馆方刁难。可问题是：于桂兰没身份证啊。

"必须登记吗？"宁婕看了看床上坐着的于桂兰，脱口而出，"她是我妈，就住一两天，不登记不行吗？"

"对不起！最近北京有重要的外事活动，上头查得紧，万一公安过来，发现我们宾馆没按规定登记每一位住客，我们会被罚款。"

罚款？有那么严重吗？就编吧，这个人人满口胡言的时代，人人都能当最佳编剧。如此一想，宁婕就感觉这电话怎么听怎么刺耳了。

"那算了！"宁婕快速说，"不住了！退房。"

"随便你！"电话里的那个女声就是不能少说一句。

退就退。三下五除二，她把自己和于桂兰的东西都收拾到包里去，结账退房。一个小时后，她和于桂兰在小琳的帮助下，拖着一堆包来到了可能会租的房子里。

小琳说得没错。果然是特别和善、知性的两个老人。几乎没费什么口舌，就签了租约。如此顺利，也许还得益于于桂兰的存在。她像一个特别合乎时宜的背景，站在一边，令那两位老人对宁婕多了几分好感。

"这是你妈？"女老人问宁婕。

"嗯！"

"你带着你妈出来工作？"男老人问。

"她脑子不太好，跟着别人我不太放心。"宁婕发现自己这话很由衷。

"孝顺！"那两个老人点着头，同时说。

女老人还说起前几天看到电视上讲一个事：一个女大学生背着瘫痪的妈妈上大学。"如今还是有不少年轻人很有责任感的啊。"她感慨。

于桂兰也跟着他们点头，样子滑稽，但一点都不可笑。

房子确实不错，该有的全有。当晚，宁婕就跟于桂兰在新居住下了。

睡前，宁婕和于桂兰说了一会儿话。当然，她负责说，于桂兰负责听和傻笑。

"姥姥去世之前，我不是还做采编记者来着吗？恰好那年我被外派到广州，工作特别多。姥姥人已经快不行的时候，家里人喊我回南京。但我没能回去。其实，我真有那么忙吗？并不见得啊。真想回去，还是请得到假的。只怪我不懂事。我那时总在心里为自己找开脱理由，比如，姥姥不会走；也许，是老天在跟大家开一个玩笑呢，过一阵子，她就会好的。可是，她说走就走了。没见着我一面就走了……"

"我以前是个挺自私的人，"后来宁婕对已经打鼾的于桂兰说，"希望我以后不是。"

二、宋一楠

1

出了首都机场，宋一楠第一时间给冯优打电话。

"先不去你那儿了，"她说，"有个事，我要先去处理一下。"

每次飞行结束，她第一件事就是去冯优那里。这是他们交往两个月来，已经形成的铁律。但今天宋一楠要先去宁婕那里看看于桂兰。

"那你什么时候回来？"冯优问。

宋一楠抬头往天上看看。北京今天的空气质量不错，绝对良好指标以上，头顶正中的太阳一目了然。

"说不准，至少得四五点之后吧。我要去的地方在东边。今天是周一，路上肯定特堵。回不那么快。"

冯优住在西边。

"晚上一起吃饭。"冯优说，"三环那边新开张一家日本料理，那里面的刺身很讲究，就去吃这个吧？"

"再说吧。"

给宁婕打电话。"宝贝！"宋一楠问，"怎么样啊？跟她处得还不错吧？"

宁婕似乎刚睡醒，声音懒懒的。"昨天刚租下的房子，才搬进来住。你回来了？"

"公司有个朋友的车刚好去东边，我过去看看你俩？"

宁婕并不是在睡觉。她不属于那种夜猫子型的码字匠，做记者的时候也不是。事实上，她从来都排斥这种写作习惯。伤身体，更不利于美容养颜。她才二十七岁，可不希望自己还没混成名编就变成一个黄脸婆。得不偿失。

她这会儿正在赶本子呢。通常这种情况下，她没精神扯闲，所以说话心不在焉，听起来跟刚睡醒似的。

"要不，你明天过来？"宁婕从里面打开卧室的门，目光越过客厅，看见于桂兰正趴在阳台上，探出头往外看街景。"我暂时还挺适应她，"宁婕说，"你要真想一起照看她，等我哪天烦了她的时候，你再过来把她领走。"

"别！你还是别烦她。"宋一楠说，"我不适合照顾人，你又不是不知道。"

"怎么这么说话呢？人可是从你手头冒出来的。"

"做好事要有点诚意好不好？"宋一楠从来都是一张悍嘴，"别总是你啊我的，现在她就该你管，懂不懂？"

"你这不是耍赖吗？"

结束了跟宁婕的对话，宋一楠坐上公司的班车，直奔冯优住处。本来，她应该先去接她的爱狗，但她想想又决定见了冯优再跟他一起去接。

当然，她要给冯优打个电话，告诉他，她的计划变了，不去东边办事了，他务必从现在开始端坐家中等待公主驾临。

奇怪！他关机了。冯优还有一个号，工作用号。宋一楠换拨那个。这次的提示音是：对方不在服务区。宋一楠断定，冯优的这个号现在肯定被他设成了飞行模式。通常他的工作号码是日夜不关的，除非有特别重要的事情。怎么回事？

宋一楠一腔狐疑来到冯优的家。

冯优是不折不扣的高富帅，目前他主持着一个国际时尚名品在中国区域的业务，也许还做着其他的生意。他在全国十多个城市有房产，北京这边有一幢别墅，就是眼下宋一楠正置身之处。

站在楼底下，宋一楠再次打冯优的手机号，这次通了。与此同时，宋一楠听到楼上一间客房窗帘拉开的声音。不过，刚拉开又合上了。宋一楠见状敏捷地跳入墙根底下的那一大簇杜鹃丛之后。枯枝败叶的杜鹃丛险些扎破她的脸。

"你在哪儿？"

"我去见一个英国来的老客户。"冯优的声音气喘吁吁。

宋一楠努力回想刚才楼上那窗帘拉开又合上之际她所看到的情景，然后，她确信，当时冯优的脸晃了一下。没错！绝对是晃过的。

"我知道了。"宋一楠听到愤怒在身体里迸裂的声音。难得她把它控制住了，保持着声音的平静度。"我可能还要更晚一点回来，你忙你的吧。"

挂断电话宋一楠四处睃巡。她在寻找那个家用扶梯。有时候，它会被遗忘在外面。果然，今天它就静静地倚靠在西边拐角的墙

21

根上。

宋一楠费了很大劲，才把它扛到别墅后面。那里有个阳台，贴着阳台的一侧，是楼上卫生间的下水管道。宋一楠脱掉高跟鞋，惊险重重地往上爬，但是非常可惜，手刚够着阳台的边沿，待要往上攀时，她的脚打了一个滑，扶梯倒了下去。情况立即变得危急——

她两只手抠住阳台边沿，冰棍似的挂在那里。若不是她小时候练过体操，连持续挂一秒钟的可能都不会有。不过，即使有那点童子功，她断然也不可能挂五分钟以上，更没有能力猴跃上去。只好大喊大叫。

"救命！救命！"

可恶！由于宋一楠在别墅的背面喊，冯优没有听到她的呼救声。他房子的隔音效果实在太好。幸好保安及时赶到，并快速把梯子扶起来，重新架到宋一楠脚下。

"小姐，你是干什么的？"

宋一楠脚才沾地，保安就警觉地发问，还做出要捕捉她的样子。

"我干什么的你管得着吗？"

宋一楠气势汹汹，一把推开这个可怜的保安，发现地上有个小型花洒，她一把捞起来，折返到别墅的正面，奋力向楼上掷去。花洒砸到刚才冯优站着的客房窗玻璃上，发出沉闷的撞击声。紧接着，窗户打开了，冯优锻炼得线条有致的上体，与他中年、英气的脸，一起出现了。

"冯优！我跟你没完！"

宋一楠跳着脚，凭着女人特有的直觉，先入为主地断定了冯优的屋里有别的女人，于是如此恐吓他。

她猜得没错。所以，几分钟后，就是她暴跳如雷地驱赶那个陌生而妙曼的女孩了——她直接把这赤裸女孩连人带衣服扔了出去。再几分钟后，就是她跟冯优谈判了。

　　"咱俩完了！"宋一楠怒气冲冲地说，"你不是不知道我最讨厌男人哪一点。你往哪儿扎毒针不行，非往我的硬伤上扎？"

　　如果冯优向她摇尾乞怜，兴许还有转机。在爱情上，宋一楠是个拿得起、放不下的人。可冯优竟然用他的态度进一步激怒她。是的，他表现得淡然而理智，仿佛商业上的谈判遇到了瓶颈，梳理一下，一定就会顺。

　　"没那么严重。"冯优说，"我当然知道你有童年阴影——你父亲有过外遇，抛弃了你母亲。但这不是一码事。我跟你说过，我接受的是西方教育，我们需要一个互相判断的过程。在此期间，我所有的身体或情感尝试，从某种角度说，也是为了印证我们是否真正相爱。真正深刻的爱需要一个缜密的印证过程。"

　　"你这是打着西方教育的幌子放纵自己，亵渎我对你的爱。"

　　宋一楠怒吼毕，跑开去，收拾放在冯优这儿的东西。"再见！"

　　"我愿意给自己几天时间等你回来。"

　　"你卑鄙！你无耻！你下流！你卑鄙无耻下流！"

　　跑到这别墅区外面的大马路上，宋一楠咬牙切齿地给宁婕打电话。

　　"紧急集合！今天晚上，后海角界酒吧见！"

　　"怎么了？"

　　"七点！晚到一分钟跟你绝交。"

　　"于桂兰怎么办？万一她跑了！"

"你的门不能反锁吗？"

"好吧！"

再打程美誉的手机。同样的恐吓又跟程美誉发布了一遍。除了宁婕，能称得上铁杆闺密的，非程美誉莫属了。不过，两个闺密，要排个主次的话，宁婕在前，程美誉在后。在宋一楠眼里，程美誉看似温婉，实则有点装，交流起来多少有点费劲。还有一点，程美誉新婚不久，不能随叫随到。

"可是，我跟玮童说好今天晚上陪他去超市的——"

玮童是程美誉的新婚郎君。谢玮童。

宋一楠打断她。"你的意思是，要我帮你跟谢玮童请假？"宋一楠冷笑着说，"我并不觉得你是一个出门需要向老公请假的女人。"

"那我可能陪不了多久，十点之前就得回来。"

"不可以！我刚刚失恋了，我说了算。"宋一楠霸道地说，"今晚通宵！"

2

"给你俩一个证明你们是智慧女人的机会。一人给我一个建议：如何能够今晚就忘掉冯优？"宋一楠悲愤交加，双眼迷离。

要了一打喜力啤酒。几乎是宋一楠一人包揽。桌上尽是空瓶子，没开盖的已经所剩无几了。

"老办法！"宁婕说，"给你的狗换个新名字。"

"这个办法不奏效了！"宋一楠脸上是她一生中少有的卑微神情，"试过太多次了，效果适得其反！"

24

"杜拉斯还是亦舒说过，"程美誉说，"治疗失恋的最好解药，是立即投入下一场恋爱。"

"什么杜蕾斯？什么耶稣啊？别洋腔八调了行不？你说的这个方法，是常规手段好不好？再想想，有没有特别一点的。"宋一楠又深灌了自己一口，而后举目张望。蓦地，她的眼神儿绷直了。"不过，有时候，常规手段恰是最有效的手段。"

宁婕和程美誉觉察到了什么，顺着宋一楠的目光看过去：

与她们呈对角线的酒吧一角，一个男人正斯斯文文地坐在一边安静喝酒。很显然，他也有注意到这边。因为，宁婕和程美誉刚看过去，就见他向这儿瞥了一眼。

年纪与她们三人相当，二十八九岁。修身的蓝白细条纹衬衣，连最上面一粒纽扣都紧紧扣着，目测是个德智体美劳全面发展的五好男子。长相也不俗，很有清洗眼睛的功效。

"劳驾！"宋一楠把嘴凑到宁婕耳边，哧哧笑着，"你去！叫他过来一下！"

宁婕不干。"悠着点吧！酒吧里的男人，能有几个好的？你 high 也 high 过了，早点回去吧。"

"你这逻辑不对！"程美誉马上反驳宁婕，"人品好不好，跟来不来酒吧没关系的好不好？我们现在不是也在酒吧吗？——你觉得自己是坏女人？"

"那你帮宋一楠去叫他好了！"宁婕对程美誉说，"真逗啊你！就怕别人说你是坏女人。连我在找借口阻止这位失恋达人犯错误都听不出来！"

程美誉语塞。宋一楠冲她俩一摆手，推开椅子就要往那边走。

"你们俩都不够意思！算了，老娘亲自出马！"伸出手来，跟宁婕和程美誉一一击掌，"五分钟内保证搞定，你们现在开始掐表！"

宁婕和程美誉去拦，没拦住。

看着宋一楠摇曳的背影，程美誉对宁婕说："真难以想象，我们宋大小姐竟然是个空姐。"

宁婕附和，"我也一直弄不明白，她是如何当好一个气质优雅、文质彬彬、笑靥如兰的标准空姐的。更神奇的是，她居然是她们航空公司的标兵。"

"有一种人，多重人格！"

她们在这边说着，就见宋一楠已经和对角线末端的那位清新男子搭上线了。宋一楠一手捉着酒杯，一手撑着下颌，坐在男子对面，巧笑嫣然。听不清她在说什么。但可以发觉那男的坐得很正式，没有说过话。

当然，这只是暂时情况。十来分钟后，这男的已经在宋一楠的引领下来到了宁婕和程美誉她们座前。只要主动出击，宋一楠胜率颇大。

"介绍一下，谈小飞！"宋一楠得意的目光从宁婕脸上游走到程美誉脸上，"他是个艺术家！"

"不！做设计的。"谈小飞更正。口音有点奇怪。

"就吹一下牛会死？"宋一楠嗔怪地看了谈小飞一眼。

谈小飞尴尬而窘迫地看看宁婕，又看看程美誉。

看面相这男的不像个一肚子坏水的人。宁婕和程美誉不约而同地向对方使了个眼色：她们各有要事，都早就想开溜了。现在时机来了。

"小谈同志，我们把宋一楠交给你了。等会儿你负责护送她回家。"程美誉说。

宁婕补充，"别让她喝太多，早点送她回去！"

"真他妈不够意思！"宋一楠怒了。不过，瞧她这样子，并非是真怒。已有美男在侧，闺密主动告退，也许她求之不得。

事不宜迟，宁婕和程美誉推搡着彼此，这就往外走。但宁婕到底还是不放心，快到门口，她又折身回来了。

"谈小飞是吧？身材不错！我以小人之心度一下你的也许有八块腹肌的君子之腹，如果你是个坏人，我也有办法让你不使坏。"宁婕举起手机，"咔嚓"将谈小飞那张俊脸装进了手机里。"要是明天我们发现宋一楠小姐曝尸荒野，就把你的照片发给派出所。"

谈小飞不自然地咬了咬嘴唇，"那你们还是把她带走吧！"

"别呀！护花使者不是什么时候都有机会当的，好好珍惜吧！"

宁婕和程美誉逃也似的走了。

现在，只剩下一个刚刚失恋的美貌女人，以及这个尚且未明来路的男人了。宋一楠忽然发觉自己正在犯着什么大错似的，凛醒地站直了，好生看了谈小飞一眼，然后，她快速买单，追了出去。

夜色沉闷，马路上行人如织。那两人已经不见了。

宋一楠忽然就垮了。她沿着马路，跌跌撞撞往前走，眼泪流了一腮帮子。走着走着，她开始拨冯优的手机。才响一下，就通了，显得冯优一直在等着她回心转意的电话降临似的。然而，他的声音依然是淡淡的。

"你想通了？我在家等你，现在回我这边来？"

"冯优，你他妈不是个男人！"宋一楠大骂着，挂了电话。

一回身，却见谈小飞不知何时已跟到她身后。

"你跟过来干啥？哥们！你有多少年没艳遇过了？也太如饥似渴了吧？"

"我答应过你朋友，要保证你的安全！"谈小飞很正式地说，"住哪里？我开车送你！"

宋一楠心里没来由暖了一下。她站定了，借着路灯微弱的光线打量谈小飞。

别说，这男人还真有点吸引力，长得好，面善，目光干净。

于是，宋一楠听到了自己视死如归般的声音：

"去你那儿！"

8

女人如同一根干面条，悬挂在一个空阔的屋子里。一根绳子由她的脖子启程，最终坚定地抵达上面水泥横梁上一根锈蚀的铁弯钩。外面刮过来一阵风，薄纱的窗帘向屋里扑来，纱面上涌浪般地起伏，像有无数白色巨手在其后抓揉、舞动。

风终于从窗帘的底边冲出，然后以更快的速度向屋里扑来，弯钩下的绳索开始旋转、摇摆、扭动。随之，绳索下悬挂着的这个女人开始转动，转动，慢慢地转动……宋一楠陡然看到了她惨白狰狞的脸——

宋一楠惊吓地从床上坐了起来。

宿醉后的脑袋疼得一抽一抽的，回想梦中恐怖的情形，环顾四周，宋一楠发现自己躺在一张陌生的床上。

她机警地坐起来，发现自己包装完好，立即松了一口气。这是一间收拾得干净利落的小卧室，墙上挂着两幅画：一幅是莫奈的《亚嘉杜的罂粟花田》，另一幅是席勒的《黄色小镇》。

卧室的门关着。外面传来细小的声音。宋一楠悄悄下床，打开门，探出头。

谈小飞背朝这边，趴在阔大的工作台上画设计稿。台子真大，几乎侵吞了他并不开阔的客厅的大部分面积。台上井然有序摆着长短几支水洗笔、一瓶松节油。

宋一楠还注意到，他有一个小而圆翘的臀部。这使他在严谨之余增加了一点萌男气质。

想起来了，昨晚她被这个男人带到了这里。她记得她还吐了他一身，再之后发生过什么，不记得了。

"醒了？厨房里有吃的。自己去拿吧！"

不用回头，谈小飞就感觉到了宋一楠的目光。在自己家里，他多了份酷劲，不再是昨晚那个被窘迫和腼腆驾驭的男人。

又仔细打量了一下客厅，发现工作台一侧，有一张双人位的米色布艺沙发，上面有一条被子和一个枕头。因为被子已经被折成长条，枕头庄重地坐在被子正中，难以判断它们二者昨晚是否被谈小飞宠幸过。这个问题有必要搞搞清楚。

"你昨晚睡这儿？"宋一楠指了指沙发。

"嗯！"谈小飞回过头来问，"怎么了？"

"没啥！"宋一楠撇了撇嘴，心里的感觉很怪，分不清那是失望还是庆幸。

去厨房里瞅了瞅，居然有她喜欢吃的小米粥，还有一杯豆浆。

29

试了一口，温度刚刚好，显然是才热好放在这儿的。除此之外，一只盘子上还放着一只香喷喷的西式火腿汉堡。

宋一楠突然感到肚子很饿，不由分说就盛了碗小米粥一气喝到了肚里，又快速喝光了那杯豆浆，打了一个很有弹性的嗝。饱了。

宋一楠端着盛放汉堡的盘子来到谈小飞身后。"你做的？外卖？"

"我小时候在美国生活，直到十八岁。"谈小飞淡淡地说。

怪不得他的口音与一般国人不同。

"噢！你也是一个兜售劣等西方价值观的男人？"宋一楠冷笑。

谈小飞转过头来，疑惑地望着她。"我喜欢吃中餐。"又道，"我不知道你喜欢吃什么，就两种都做了一点。"

"懂了！"宋一楠端起盘子，举高了，看着谈小飞，说，"介意吗？"

"什么意思？"

宋一楠飞快地将那汉堡倒进垃圾篓。

"我讨厌汉堡！"她愤然道。

谈小飞用研究的目光看了看她，继续埋下头去，做他的事。

宋一楠歪起头来，审视铺在工作台上的设计稿。稿子的一边用行楷写着两个大字：失踪。这大概就是主题了。她对设计这种东西不懂，她感觉有点无聊。

"你经常去酒吧？"宋一楠顿了一下，补充了一句，"有的男人总去那儿猎艳，跟吸毒上瘾一样。"语气里充满挑衅。

"最近几个月，连着去了好几次。"谈小飞说，"在此之前，我不去那种地方。不为别的，主要是，我睡得早。"

"继续汇报！"

谈小飞突然沉默了，过了一会儿，小声道："我去找一个人。"

"找人？"

"我女朋友。现在应该是前女友了。"谈小飞低下头去，嗫声说，"有人告诉我，在那儿见过她。"

宋一楠看了一眼画稿上的那两个字，随口胡扯，"她失踪啦？"

竟然猜对了。谈小飞说："是的！"忽又道，"不说这个。"

"随便！"这么说过之后，宋一楠惊声大叫起来，"坏了！陈梓煌！"

"陈梓煌？"

"瞧我这脑子，怎么忘了去领它了呢？"

自语着，宋一楠快速找她的外套和包。找全了，急火火地走了。

出门前，她冲谈小飞挑了挑眉毛，"我的狗！改日介绍你俩认识。再见！帅哥。"

谈小飞家竟然离她家不远。十几分钟后，宋一楠回去开了车，去宠物店领回她的爱狗，跟它好一顿亲热。末了，她抱着狗黯然神伤。

把手机翻了几遍，没有看到期待中的冯优的短信，她心里更加郁闷。

宋一楠又把玩了一会儿手机，想给冯优发短信的，最后还是咬着牙制止了心里这个令她不齿的念头。后来，她昏昏沉沉地躺在沙发上睡着了。

手机铃声惊醒了她，她激动地跳起来，却是宁婕的电话。

"不行了！我顶不住了。"宁婕急切地说，"你今天不是休息吗？过来把她接走吧。哪怕就接走半天。"

"天哪！我刚刚失恋哎好不好？失恋者最需要什么？清静！懂不懂？"宋一楠喊，"我还想问你呢，有你俩这么做人的吗？把我甩给一个陌生男人自己开溜，太不像话了！"

"你先到我这儿来一下，行吗？"宁婕的声音急得不行了，"算我求你了！"

"行行！马上就到！"

依稀听到宁婕的屋里有人引吭高歌，还是美声唱法。除了于桂兰还有谁？宋一楠皱了皱眉头，抓了车钥匙，抱着爱狗一起出门。

4

于桂兰像个患有多动症的木偶娃娃，动作机械地挥手、摆臂、引颈、收喉，在屋里走动着，放声歌唱。

宁婕抓住宋一楠的肩，把头埋在宋一楠的肩颈之间。她们与于桂兰遥遥站在屋子两头，望着于桂兰。每当于桂兰发出高音，宁婕就把头埋得深一些，仿佛那声音是炸弹，具有毁容、聋耳之效。事实却是：于桂兰唱得不赖。

歌是她年轻时候流行的：深夜花园里四处静悄悄，只有风儿在轻轻唱，夜色多么好，心儿多爽朗，在这迷人的夜晚……

"早上，我还没醒呢，她就变成这样了。唱了一首又一首的。"宁婕苦恼地说，"唱着唱着，还小声哭一会儿。你到底从哪儿发现她的啊？"

"不是跟你说了吗？街上啊！"宋一楠说，"当时，她站在斑马线后面。红灯，她往前走。一辆车子差点撞着她，然后停下来拼命

32

朝她摁喇叭，她就不知道怎么办好了，就在马路中间呆住了。往前走也不是，往后走也不是。看她可怜，怕她出事，我也没多想，就把她带回来了。"

"开始看着确实挺可怜的，可现在一点儿都没那可怜样了。"

"肯定有什么沧桑经历，突然被激活了。"

"要这样的话，我可不敢收留她了。"宁婕把宋一楠拉进里面的屋子，"你当时把她塞给我，心里到底是怎么想的？打算让我一直养着她？"宁婕摇摇头，苦笑，"就像那首歌里唱的：陪着我一起慢慢变老？"

"我没想那么多啊！"宋一楠说，"当时就想，你是最合适带她的人选。由你先带着，再想别的办法。"

"那办法呢？你不是报案了吗？派出所还是没回音？"

"不是跟你说了吗？他们那点效率。哪能那么快？"

"那怎么办？"宁婕愁容满面，"关键是，她影响到我了。你知道我最近的时间多珍贵，多么需要保持良好生活状态，以便提高码字儿的效率，你知道今年的每一天对我来说多重要吗？原本我想着一年就写出名堂来的，就把我爸妈买大房子的钱挣出来，可我已经来北京一年多了，还是没起色。我再不加油干，可怎么跟我当初来北京的初衷交代？她会把我的事全搅黄了。"

"你至于吗？不是我说你。谁也没叫你干现在这一行，你妈没叫吧？你爸也没叫吧？他们有退休金，房子虽然不大，但我又不是不了解他们，他们其实挺知足的。都是你自找的不是吗？我倒是劝你趁早别干这个了。"

宁婕不想跟宋一楠辩论这个。"我们两个，从大学到现在，处了

33

这么多年了，你还是不懂我。当务之急，是想个更好的办法安顿她。对了，你发微博了吗？在微博上登个领人启事。很多人不都这么干吗？一定有效。"

"再次警告你，别侮辱我的智商好不好？"宋一楠用怪异的眼神看看宁婕，低声而不屑地说，"可能不发吗？"

宋一楠走向宁婕的电脑，快速打开她的微博，让宁婕看她的"招领启事"：

> 今在路上拾到老太太一枚，芳龄六十多岁，身高一米六至一米六五，疑似河北唐山人，疑似失忆或老年痴呆患者，疑似刚刚离家不久（穿着打扮干净，仪容整洁），如你是见过此老太太者，如你是此老太太的家人或亲朋好友，请速与本人联系。逾期不领，本人将严重苦恼。

下面是于桂兰的照片。照片下方，是红色硕大的宋一楠的手机号。

显然，没有人认识于桂兰。更不堪的是，一个留言都没有。

宋一楠关掉微博，向宁婕翻了个白眼。

"我不管那么多了，先解决我的燃眉之急再说。"宁婕说，"今天我必须赶稿。要不这样，你先把她带出我这里，让我好好地、安安静静地写几个钟头，晚上你再把她带回我这里来，这样不过分吧？"

宋一楠想了想，说："这可是你说的，我只负责今天带她一个白天，晚上还把她带你这儿来，你继续照看她。我明天要上班的，不在家。"

"那你赶紧带她走吧!"宁婕迫不及待地跑里屋去了。门"砰"地被她关死。从里面传出她的声音:"记得出去的时候给我带好门。"紧随而至的是"噼噼啪啪"的敲字声。

这狭小的空间里只剩下宋一楠和于桂兰了。当然,还有宋一楠带过来的那条贵宾狗。此刻,它蹲坐在地中央,警觉地看着于桂兰。气氛显得有点不太正常,于桂兰放低了声音,缓缓地转过头来,看宋一楠。

"再唱! 再唱我就把你扔到街上去!"宋一楠吹胡子瞪眼,突如其来地凶了于桂兰一句。

效果非常明显,于桂兰蓦地收了声,惊怯浮现在脸上。她不安地望着宋一楠。

里面的门打开,宁婕伸出脸来,说:"你别吓唬她! 好歹我们是在做好事,别把自己弄得跟个狱警似的。"

"我吓唬了吗?"宋一楠撇了撇嘴,说,"我这种兽面人心的女人,还用得着吓唬她吗? 光让她瞅着,就怕了我了。"

于桂兰忽地"嘿嘿"一笑,偷眼看着宋一楠。

"变态女人! 咯咯!"

说罢,于桂兰向卧室门里的宁婕望去,发出会心的一笑。

宋一楠不相信似的看看于桂兰。然后,她双手叉腰,佯怒地冲宁婕咋呼,"你在她面前骂我? 你竟然在她面前骂我?"

门飞速关了,宁婕从里面把它反锁,在里面笑得收不住声。

"该记的她记不住,不该记的,她倒记得一字不落。"

"看我咋收拾你!"宋一楠拉起于桂兰就往外走。

带于桂兰出去兜了一圈。于桂兰果然比较畏惧宋一楠。坐在她的车里，乖得像个宠物似的。宋一楠本来心情就不好，出于进一步威慑于桂兰的目的，把她带到了欢乐谷。

哄骗着于桂兰上了过山车，好生把她吓了一吓。

送她回宁婕处的路上，宋一楠奸笑着对她说："你敢不乖！就带你坐过山车。"

于桂兰大气不敢喘一声。

冯优够狠，没有电话，没有短信。宋一楠开始要求自己去仇视这个男人了。当然，她的仇恨来得没那么快。但她有的是办法为仇恨的到来增速，比如给她的两位闺密下达紧急任务。

"只要我给你打电话，你就要骂冯优！"她分别在电话里对宁婕和程美誉说。

"从来都是劝和不劝离的，你叫我骂他，可转脸你俩又和好如初了，那你们不得把我恨死了吗？"程美誉在电话里表达了这种担忧。

"得了吧宋一楠！你能有哪回谈恋爱不那么速战速决吗？"宁婕严厉地说，"你能给自己一点耐心吗？万一你误会了冯优呢？"

"我误会他？"宋一楠失声狂笑起来，"都捉奸在床了，还能是误会？别婆婆妈妈了！就说到底帮不帮这个忙吧？"

"那行！我骂！现在就开骂！"宁婕说，"我正想跟你说呢，这鸟男人一看就是个色鬼。我不是也见过他一次吗？就你带他出来见我和程美誉那次，你应该不会忘记吧？如果你愿意跟他一直好下去，打死我也不会说的，但现在你俩既然这样了，我憋不住了。我告诉你，他当时看我的眼神，就明显不对劲……"

"你说的是真的？不会是你职业病又犯了？"宋一楠声音里有一

种悲从中来的虚弱。

"骗你干什么呀?"宁婕说,"跟你坦白吧,他跟我暗送秋波了。你早该跟他分手了!他这种男人……"

宋一楠突然制止了宁婕,"行了!甭说了!我知道了,他果然不是个东西!"

"还不止那样呢,"宁婕说,"我跟你说吧,他……"

宋一楠忽然大声呵斥宁婕,"停!我不想听了!"

宁婕猛地发出一声冷笑,"所以吧,你想借助于我们的力量来加快你忘记冯优的速度,真的是一种很幼稚的方式。你根本就不能接受他是个坏人的事实。你让我们骂他,说他坏,对你也是一种伤害。宋一楠,你要真想跟他分手,就自己痛下决心。要不想分,就别再折腾下去了。你觉得呢?"

"我知道了!"宋一楠说,"分!必须分!男人有的是!但我不能让你们这些朋友轻看了我。"

马上就给冯优发去了一条短信:"浑蛋!我再也不要见到你!"

"好的!"这是冯优回过来的短信。

宋一楠气得七窍生紫烟。

三、宁　婕

1

　　终于敲完了计划中这两天的最后一个字，宁婕用力地将手提电脑推开，跳上床，蒙头趴到被窝里，狠狠地休息了两分钟。然后，她飞快地跳起来，抓起手机给檀枪枪打电话。

　　明天是周六，说好檀枪枪要过来。作为一对双城恋人，他们约定半个月会师一次。通常是檀枪枪过来。宁婕走不开。檀枪枪目前处于研究生最后一年，有较多时间出行。

　　"我要你去机场接我！"大女小男的恋爱模式里，男方常会被赋予撒娇的资格。

　　"就知道你会这么要求，"宁婕得意地说，"所以，我提前把这两天的活儿全干完了。"

　　"我老婆真能干！"檀枪枪贫嘴贫舌。

　　"记得给我带盐水鸭，"宁婕喜欢吃这个，"就要以前我们经常去的那家的，别买早了，买早了变质，上飞机前再去买。"

"还用得着你提醒？"檀枪枪忽然放低音量，"老太太好玩吗？"

"什么好玩啊？你把人当玩具啊？就算有人有玩具的潜质比如你，但她可不是。"宁婕忽然有点心烦，"真后悔接收了她！"

"怎么了？"

"等你来了再跟你细讲。"

话毕，宁婕坐回到电脑前，把写完的稿子检查了一遍，打开邮箱，给名编发了过去。又给他发短信，请他注意查收。

天色已晚，该吃晚饭了。成日忙于写稿，吃饭总是对付。宁婕打算今晚好好下一次厨，便去厨房忙乎了起来。于桂兰跟宁婕熟络多了，现在，她对宁婕似有种依赖感。宁婕走到哪里，她就跟到哪里。

"你歌唱得不错啊！"难得心情放松，宁婕跟灶台边的于桂兰开起玩笑来，"你该不会告诉我，你年轻的时候是歌舞团的吧？"

于桂兰会唱歌，还真把宁婕的好奇心调动起来了。对她好奇：她到底从哪里来？以前是干什么的？家里面都还有些什么人？

"变态女人！"于桂兰"哼哼唧唧"地笑。

"以后不许在宋一楠面前这么说，"宁婕像哄孩子一样把脸向于桂兰凑过去，"她可不像我。她脾气大！气坏她没你好果子吃。"

"嗯嗯！"于桂兰用力点头。

卧室电脑里传出有新邮件的提示音，宁婕跑进去，打开，映入眼帘的是名编连篇累牍的指责：

"你写的是什么啊？用没用脑子啊？还想不想干下去了？……"

正看着，手机响了。名编打来的。他姓孙。按照圈子的规矩，宁婕叫他孙老师。

"刚才我正想着怎么改你交来的稿子，一不留神，点错键了，直接把你的稿子发给资方了。"孙老师的声音气急败坏，"但愿不会出麻烦！"

能出的麻烦很简单：宁婕递交给孙老师的稿子，可能会使资方对合作编剧信心打折。现在项目还处于大纲阶段，如果交上去的东西对方特别不满意，很有可能会中止合作。那样的话，之前的工作，就全是白费功夫了。

"您老身经百战，一点麻烦算什么？"

宁婕听到自己的阴阳怪气，被压制的毒舌能力又要发作了。她已经忍够了他的语言暴力。

孙老师敏感地感受到了宁婕对他的不恭敬。码字儿的人，都敏感，这跟水平高低没关系。孙老师也不例外。

"你是不想干了吧？"他粗声大气地说。

宁婕一愣。她忍受他这样的居高临下很久了。

"何止不想干了，是早就不想干了。"

"年轻人！到时候别后悔！"

"你希望我后悔？做梦吧！老师——傅！"

"啪"把电话挂了。

一个小时后，宁婕刚跟于桂兰吃了晚饭，孙老师的电话来了。仿佛之前的龃龉没发生过似的。"真怪！这么短时间他们就有结论了。"孙老师叹着气说，"资方刚才就给我回电话了。听那口气，他们想另请高明了。"又道，"也许他们本来就诚意不多，只是找到了一个借口。我之前就在怀疑，他们可能同时找了几方编剧。算了，你不用理会这些事，我心里有数。"

"孙老师，对不起了！"宁婕有些过意不去了，归根究底还是自己的活儿没干好，惹出了现在这种后果。"那现在怎么办？"

"一点关系都没有。"孙老师说，"项目有的是，准备做下一个吧！"

宁婕对孙老师的认识有所更新了。其实孙老师也就只是说话不注意方式而已，人还是很练达、大度的。

"下一个我会加倍努力的。"宁婕说。

"改天我带你去见个老板。是一家新公司。"

宁婕有些感动，孙老师常会带她去见资方，这是很多老师做不到的。新编剧需要拓展人脉，孙老师这样做显得他特别善良。

也怪这几天于桂兰的到来，实在是把她的心打散了。宁婕想，接下来她得好好想想，怎么在干好活儿和继续做好事之间找到平衡点。

说见就见。时间约在第二天上午。让宁婕意外的是，见到的人居然是冯优。

"宁小姐？"冯优先认出了宁婕，立即视孙老师如无物，"原来你是做编剧的，早知道就直接找你了。"

宁婕也认出了他。他们两个月前匆匆照过一次面，也是在后海，另一家酒吧。就是她在电话里跟宋一楠提到的那次见面。

"怎么是你？"宁婕啧啧称奇，又想起他对宋一楠的劈腿行为，毒舌功夫马上发作了，"这年头，稍微有点钱，就想来影视行业圈钱。这钱有那么容易圈吗？再说了，你是有点钱，但还没有钱到那种程度吧？知道运作一个像样的剧要多少钱吗？"

孙老师要制止宁婕。冯优一愣，转而哈哈大笑。

"宁小姐还是这么的伶牙俐齿，我喜欢。"

那次见面，冯优就夸宁婕才思敏捷、机智尖锐，才华与美貌兼具。他并未跟宁婕送过秋波，那是宁婕那天在电话里故意刺激宋一楠的。不过，他当时看宁婕的眼神不太对劲，那倒不是宁婕瞎编的。

"可是我并不喜欢你。"檀枪枪的飞机中午到，她本来就舍了接他的时间来参加这次约谈的，现在，她觉得自己应该去接男友。"我还有点事，先走一步！"

"宁小姐，把你的电话留下吧！"冯优对着宁婕的背影喊，"你这种性格，一定能写出很出彩的戏剧，我看好你。我们真该合作一次。"

宁婕头也不回地走了。

孙老师对冯优说："随她去吧！我们谈。"

2

半个月才见一次面，当然是干柴烈火。回到居所不久，宁婕就跟檀枪枪直奔卧室。当然，为了尽可能地排除干扰，盐水鸭宁婕一块也没吃，全部交给于桂兰，并把她推进厨房，直到看着她专注地坐到灶台边吃起来，才悄悄带死了厨房的门出去。

刚解除武装，正要进入情况。卧室门响了。

"卡！卡住了！"于桂兰嘶哑着嗓子在门外喊。

胡乱穿了衣服，宁婕打开门。于桂兰端着盐水鸭，站在门外，脸上挤满了难受劲。

"痛！"

"不是吧？吃盐水鸭也能卡住？"

檀枪枪在里面喊："别管她，那骨头软，过会儿会自动滑下去。她不会有事的。"

"万一有事怎么办？老年人不比我们，器官一个比一个脆弱。"

檀枪枪只好跑出来帮忙，先给于桂兰接了一大杯水，强行给她灌了进去。

"怎么样？下去了没？"宁婕问。

"痛！"

"多半已经下去了，"檀枪枪说，"痛是因为遗留下来的感觉。别管她了！"

"万一没下去怎么办？"宁婕担忧起来，"要不要带她去医院？"

"行了！别折腾了，我保证她没事。"檀枪枪开始不耐烦了。"这样好了，找点东西让她吃，如果还在喉咙里，东西会裹着它一起滑下去。"

"那不行！"宁婕说，"万一刺在肉壁上了，会刺得更深。"

檀枪枪烦躁起来，"我怎么觉得这老太太这么讨厌呢？"

"别这么说，谁都有老的时候。咱俩老了，还不照样讨人厌？"宁婕笑着抚慰檀枪枪。

好在，于桂兰居然真的咽下去了。她向宁婕没心没肺地笑。

"不疼了！"她说。

檀枪枪一把推上门，将于桂兰关在了门外。

费了好大劲，才战火重燃。不合时宜的敲门声却又响起来了。这一次，更用力，手脚都用上了。

打开门，宁婕看到于桂兰捂着嘴在笑。这回，居然是她的恶作剧。宁婕也恼怒起来。

来北京一年多来，跟檀枪枪每次见面，他们在"小别胜新婚"定律的作用下，每次都很开心。这是唯一不开心的一次。第二天，史无前例地，檀枪枪没有像往常那样直赖到最后一刻才出发。

"这老太太真不好玩，我居然同意你收留了她。"上飞机前，檀枪枪发牢骚。

檀枪枪属于那种比较情绪化的人，有时候调皮得像个小男孩，有时候冰冷得像个政客。当然，这跟他年纪小，还没踏上社会有关系。不过，有时候，他的话也不无道理。

送完檀枪枪，回去途中，宁婕开始想：自己是否应该缜密论证一下继续做这桩好事的成本？如果成本太大，她确定自己能坚持到底吗？如果无法坚持到底呢？

冯优的电话冲散了她的思绪。无疑，他是从孙老师那里得到宁婕的电话的。

"宁小姐，有空出来坐坐吗？"

"空倒是有，但跟你合作的兴趣却没有。所以，我不觉得有什么必要跟你去坐坐。"

"你是因为宋一楠才不想跟我合作的吧？如果是这样，你太不理智了。"

"你错了，恰恰是理智告诉我，你根本不可能在影视圈捞到金，也就是说，你的项目根本不可能成功，所以我才拒绝。懂了吗？我拒绝，是因为我能掐会算，料定你是瞎子点灯白费蜡，我是不想在你这儿耽误工夫。"

"你的结论下得为时过早！"冯优笑了，"如果没有可能成功，我会去浪费那个时间吗?"

这个反问有点无厘头,但让宁婕意识到冯优多半是有备而来的。她来北京这一年多来,不就是在等待一个好机会吗?想最终受惠于一个好机会,首先得珍视每一个来到面前的机会。

可是,如果跟冯优合作,以宋一楠的脾气,肯定会对宁婕大发雷霆、鄙视有加。宋一楠不会理解她的。很有可能,她们十几载的友情就此泡汤。

"不好意思!你能不能在这个行业里初战告捷,我都不会跟你合作。"

"你有个性!我必须跟你合作。"冯优朗声道,"我相信我的眼光。我会说服你的。"

才结束这电话不久,孙老师的电话就打进来了。

"你耍的是哪门子脾气呢?莫名其妙!"

"对不起,孙老师!有些情况你不知道。我也不便说。我真的不想参与这个活儿。"

"我不知道你到底在较什么真,但是我很清楚地告诉你,我跟冯总深谈了,探清了这个项目的底,你知道这个公司的实力吗?"

"实力?他能有什么实力?"

"这个姓冯的不简单,他笼到了好几个大财团。这就是这家公司的幕后背景。他们是经过长时间的市场调研之后,才决定打入影视行业的。他们的每一步都会慎之又慎。最关键的是,他们的项目,都是大手笔。凭我经验判断,他们跟我们谈的这个项目,一定会有很好的效果。你难道想一直这么混下去吗?如果不是的话,赶紧跟冯总打电话告诉他你想做这件事,还来得及。"

"孙老师，容我多说一句，您觉得这项目好，您去做不就是了吗？"

孙老师沉默了一下，发出一声干笑。"不瞒您说，我发现，如果你不参与，这个合作不会有。"

"敢情你这次把我当人质使啊？我突然变成和亲工具，你的判断依据是什么呀？"

"我也说不清为什么。也许是因为你们认识，他对你感觉很好，直觉告诉他，你行！你有才华，你能担当这个重任。"

宁婕犹豫了，"也许我真的应该好好想想！"

8

程美誉领着老公谢玮童进来的时候，于桂兰正在放声歌唱。依然是一首老歌，美声唱法。她已经唱了一个来小时了。

"看那田地，看那原野，一派美丽风光。俄罗斯的大自然啊，这是我的故乡……"

谢玮童一下子乐了，对宁婕说："听美誉说，你家来了个老女孩，正想问从哪里来的呢。原来，是俄罗斯来的！"他本来就是在音乐学院当老师的，和着于桂兰唱了起来，"看那高山，看那平地，无边草原和牧场。俄罗斯的辽阔地方，这是我的故乡。"

他唱得显然才是真正的专业，于桂兰便不唱了，怯懦地缩在一边，望着谢玮童。

"俄罗斯姑娘，会对唱吗？"谢玮童说，"咱俩来个对唱？《小路》会唱不？也是俄罗斯民歌。"就先开嗓，"一条小路曲曲弯弯细又长——"

程美誉打断了他，"别闹了，先去把车里的东西搬上来再说吧!"

他们二人是专程过来看望宁婕的。带着不少家用物品。都是他们家里已经用不着的。结婚之前，他们把房子重新装修了一遍，撤换下来不少东西。

谢玮童就来回几趟往上搬。中间，宁婕对程美誉说："这些东西我不能白要，折算了钱给你吧?"

她早就听宋一楠说，程美誉这人挺奇怪的。她喜欢给人东西，都是旧东西，或者买些不值钱的玩意儿，背地里呢，立马就会向全世界广播她给了某某多少东西。

在宋一楠眼里，程美誉是个热衷于花很小的代价换取美好声誉的人，她就这点不好。

其实拿她东西的人往往未必要她的东西，但被别人用行动加语言推论成贪小便宜的人，这是任何人都杜绝的。

"就别跟我客气了嘛!"程美誉当然不答应，"要是样样都去买新的，那得多少钱啊。你别看这些东西是旧的，可是，能省下你不少钱! 再说了，你房子是租的，东西嘛，凑合凑合，能用就行，别太讲究什么牌子啊、档次啊，女人嘛，要会过日子。等以后你得了一大笔稿费，在北京买了自己的房，再买新的，多好!"

"我可没想着在北京买房，没准儿要不了两年，我就告老还乡了。"

"别啊! 咱俩玩得这么好，我可舍不得你走。"

宁婕跟宋一楠是大学同学。程美誉跟宋一楠曾经同过事，只不过程美誉才做了两年空姐就另谋高就了。她俩是通过宋一楠认识的，

47

所以，她俩的关系，远不如她们跟宋一楠那么亲密。宋一楠才是这"三人帮"的轴心。

谢玮童终于搬完了，去逗已经躲到阳台上去的于桂兰了。他是个喜欢插科打诨的人。宁婕就和程美誉一边在屋里整理着新搬上来的东西，一边谈话。她们的交谈，主要围绕于桂兰展开。

"她怎么这么爱唱歌啊？好离奇！"程美誉说。

宁婕想了想，说："我这两天也琢磨这事。我就想，她是不是想借助这种方式来激活脑细胞？她跟我一样，也想知道她是谁，从哪里来，有哪些过去？她在努力启动自己的记忆能力？"

"你的意思是，她是知道自己脑子有问题的？"

"开始我没这么觉得，但相处几天下来，我就发现她不是常规意义上的老年痴呆症患者。她痴呆，但不甘痴呆。她想同命运抗争，也正在尽力地抗争。她在寻找有效的抗争方式。唱歌应该就是她找到的一种方式。也许以后她还会找到别的方式。"

"没那么深奥吧？"程美誉说，"怎么觉得你职业病犯了似的。编戏啊？"

"戏剧来源于生活，"宁婕说，"我没事就会观察她，我觉得，她其实挺痛苦的，我懂她！"

"你对她真不错！"

"唉！"宁婕皱起眉头来，"说心里话，我有时候挺怵她的。我还不知道，能坚持收留她多久。"

"这个吧，我倒觉得你把事情想严重了。换个思维想想，她其实也挺好玩的，你正好一个人在北京，有她陪，你就没寂寞的时候。再有，你不是自己都说了嘛，她能锻炼你的观察力。将来你当了大编剧，你可得感谢人家给了你素材和灵感资源。"

"不是你自己的事，你说起来当然轻巧了。"宁婕忽然盯住程美誉，心念一动，"哎！你刚才不是说她挺好玩儿的吗？要不，你收留她？"

"我？"程美誉噤了声，仿佛闯了祸。

"你心慌啥啊？我还没说完呢。"宁婕说，"我的意思其实是，我们两个人一起收留她，我不方便的时候，让她去你那儿。"

"我吧！"程美誉表情不自然了，"我呢，倒是没什么意见，这要看玮童乐不乐意。"

程美誉的这种说话习惯，宁婕是懂的。她是个从不会当面表达拒绝的人。说白了，程美誉这人比较曲里拐弯。于是，别人就经常不能搞准她心里的意思。照她这表情，似是想拒绝。但宁婕却在潜意识的支配下让自己认为程美誉的话是有余地的。

"你回去做个准备吧，说不准哪天我真把她带你家去！"

"这个吧，"程美誉站了起来，岔开话题，"玮童，你不是说想去一趟学校的吗？要不，我陪你去？"

"去学校？"谢玮童看了看程美誉，立即心有灵犀，"对对！今天要给学生补课。"从阳台上走了出来，搂住程美誉，"那咱走吧！"

程、谢二人前脚才走，冯优的电话就来了。

"老孙说你同意了！这样，下午咱找个地方再聊一聊，要没其他问题的话，今天就把合同签了。"

"等等，"宁婕忙说，"我说我同意了？"

"你还是明智的！我相信你，也相信这次合作！你住哪里？要不要我去接你。"

"那倒不必了!"宁婕发现自己已经接受这一合作了,"时间、地点,你发我个短信。我自己去。"

"我知道你在避免什么。"冯优笑了,"你放心宁小姐,咱俩只谈公事,不涉及私人感情。我再向你强调一句,我是看好你的才华。"

"多说一句,咱俩如果合作的话,请向宋一楠保密。"

"放心!我们已经不联系了。"

"为什么?你知不知道,她一直在等着你给她一个台阶下。"

"你们不愧是闺密。你真了解她。不过,你并不了解我。在我眼里,需要台阶才愿意下来的,不是成熟女人。用发展的眼光看,不成熟的女人,不适合长期持有。"又道,"说好了不涉及私事的。这可是你先提起来的哟!"

下午三点。他们准时坐在了雕刻时光咖啡店。除了宁婕、冯优、孙老师,还多了一个人。冯优带来的。他介绍说,是他们新成立影视公司的一个股东。

"万总经营着一家上市企业,业务波及四面八方,他是通才。"冯优吹捧这位姓万的男人,"有他坐镇幕后,我腰杆也直了。"

"冯总你才是通才。"万总膀大腰圆,面有霸气,说话自有种气贯长虹的气势。"哈!我们都是通才!"

过程非常顺利。给的预付金也很丰厚。而且,冯优当场就对孙老师提出,要宁婕主笔,孙老师适时把把关就行了。照宁婕看来,在这个项目里,孙老师被赋予的任务,倒更接近策划。

"宁婕,这是一个特别优待你的机会,"回去的路上孙老师送宁婕,他说,"你必须全力以赴,也不枉我带你一场。从今天起,你要闭关，就要进入状况，别的事都撇一边儿去。听见没？"

"可是，我那里……"宁婕想起了越来越对她形成干扰的于桂兰。

"别什么'可是''可不是'的，"孙老师说，"你写成了，我说出去，脸上也有光彩。"

"我真的行吗？"

"放心！我带你也不是一天两天了。不但冯总信任你，我更信任你。"

"那我没有退路了！行！大干一场！"宁婕的积极性终于被轰轰烈烈地调动了出来。

回到家，趁着激情还在，立即开工。看资料，看相关类型的剧集，尽量快速地调集思路，寻找灵感，校正创意。临近三点才睡，这在她是少有的。通常，她十一点就上床了。

半夜，于桂兰在外面敲门。

"我想起来了！"于桂兰显得罕见的正常，不再是个痴呆症患者，"我是河北人。"

"你当然是河北人，这一点，我早就看出来了。"宁婕不耐烦地推着她，往她的床上走。

"我有一个孩子！"上了床，于桂兰瞪大眼睛，对宁婕说。

"你的孩子？男的？女的？叫什么名字？"宁婕一阵激动，要是她的家人出现，现在领走了她，那该多好。"快好好想想！再多想想！能想起来吗？"

应着宁婕的指挥，于桂兰拼命思考起来，然后，可怕的事情发生了：

51

她扑到地上，打起滚来。

"痛！"她喊，"头痛！"

就此被于桂兰折腾到天色微明。

天亮后，于桂兰又恢复到这几天来最惯常的痴傻、笨拙的样子。

"我是个好孩子！"于桂兰看着双眼红肿的宁婕说，"阿姨，我想家了！"

宁婕烦得想大叫，一把推开她。"走开！你不是想家吗？回你自己的家去！"

于桂兰坐到地上"哇"地大哭起来。

阳光从窗户外面爬进来，窗台上宁婕姥姥慈眉善目微笑的样子依然深得人心。

宁婕凝视着姥姥，走过去，把姥姥深深地搂在怀里。过了一会儿，她向身后的地上看去。于桂兰的样子此时在她看来多少有点面目可憎。

她思念姥姥，对姥姥歉疚，但她妄图将这思念和歉疚移情于一个陌生的老人，这是不是有点可笑？善良有时候会使那些错误的决定乘虚而入不是吗？这样想着，宁婕就开始给宋一楠打电话——她今早回京。

"开会！"宁婕说，"容留于桂兰这件事，我们重新研究。"

4

"你真让我失望！"宁婕才说出不要于桂兰的意思，宋一楠就叫唤了起来，"让你做件好事，让你为无家可归的老人献点爱心，让你为社会的美好贡献点爱心，贡献一份实实在在的力量，就有那么难？"

宁婕也火了。"别来这一套！用道德来绑架我？那么你呢？你有美德，表现给我看看啊！你跟我一样，也是读着雷锋的故事长大的，凭什么你就可以只做个道德指挥家就万事大吉了，我就得累死累活地做道德的奴仆？就得承受烦躁，被搞乱，被折磨？人还是你整出来的呢，按道理最应该负起收留责任的是你，难道不是吗？"

这是在另一家咖啡店里。挺安静的咖啡店。给她俩这么一吵，气氛凝固了。满屋的人都往她们这儿看，目露不屑之色。言下之意是，哪来的两个泼妇？

宁婕忙示意宋一楠别大声嚷嚷。

宋一楠已有点理屈词穷了，她嘟囔，"你不是看见了吗？我没几天是在家的，不可能把她带在身边。"

"不可能？怎么不可能？你别找理由开脱了。你要真有那份心，随便动一下脑子，办法就有的是。你可以雇个家政啊，你不在的时候，由家政帮你看着。"

"哎呀，不是外人我不放心吗？"宋一楠示弱了，"我真的是有那份心，但有心没力，你不是我最好的朋友吗？我这不是想通过你实现一下救死扶伤的理想吗？"

"行了！别张口仁义、闭口道德了。谁信啊？"宁婕说，"其实我也是有那份心的，跟你一样。但你弄错了的是，我不是既有心又有力。这方面我跟你还是一样，也是有心没力。"顿了一下，又道，"这样好了！我们一有空就往派出所跑、催促他们，就广发微博，去报纸上登广告，招贤纳士，广贴英雄榜，我就不信不能很快找到既

53

有心又有力的人收留于桂兰。"

宋一楠忙制止，"我又不是没做过，只不过范围没你说的那么广泛而已。但范围大小都是一回事你信不？没有用的，别费这个功夫了。"忽然神色凝重了，望着咖啡店大门。阳光播撒在行人与往来的车身之上。"其实吧，我是有的时候觉得自己挺空虚的。我觉着你也是。我就想我们亲力亲为地做点好事。"

给她这么一说，宁婕倒还真有点动容了。"一楠，其实这两天我心里也挺不好受的。你知道什么原因吗？"

"说来听听。"

"你知道人在什么样的状况下最难受吗？是突然发觉自己并没有原先以为的那么好、那么重感情、那么有血有肉。这几天，在跟于桂兰的互动中，好几次我开始重新审视我心里那份对我姥姥的愧疚感。我是愧疚了，一直愧疚。但我同时又深刻地认识到，假如时光倒回到我姥姥去世之前那阵子，也许我还是不会回去。最根本的障碍是我对事物的态度。我就是更爱事业，我的兴奋点就是在工作上、前途上、人生成败上，我姥姥去世前我是这样，她去世后，直到现在，我还是这样，这一点一直没有变过。"

"我的亲姐！你想太多了吧？"

"没有，肯定没有。"宁婕流下泪来，"我总说我来北京是为了让父母过上更好的生活，是！这肯定是我来北京的一个动力，但不是主要动力、最大的动力，是我有事业狂的倾向，我想获得超凡脱俗的成功。这两天我厘清了自己的这些，你知道我对自己有多失望吗？"

"你不该这么想自己，这么想太偏执了。"宋一楠眯缝起眼睛来，

"不过，既然你已经深刻地认识到你没有做好恩泽他人的准备，强迫你也是没有用的。到最后，不但你自己苦恼，于桂兰也受罪。"想了一会儿，她计上心来，"不是还有程美誉吗?"

宁婕眼睛一亮，"你也想过把于桂兰送程美誉家里去?"

"程美誉这人吧，抹不开面子拒绝别人。好歹咱可以利用她这一点，先把于桂兰放她家里缓一缓。兴许在她那儿缓过几天之后，派出所就来送消息了呢，我微博上的'招领启事'就起作用了呢。"

"对头!"

"兴许，人家程美誉还真挺乐意的呢。她这人是有点伪善。但伪善至少证明人家心里还有善的潜能，还有行善的内心需求，说不定于桂兰的到来让她善心大发呢。那不是两全其美吗?"

"倒是有点在理。"宁婕说，"权当你说的是真的吧。咱什么时候行动?"

"我今明两天在京，如果你需要我配合你一起行动的话，也可以今明两天。如果你能坚持，那再缓几天，就最好不过。"

"事不宜迟!"

四、程美誉

1

新婚无疑是人一生中最大的催化剂，叫人身体里的每一个细胞都亢奋，都夜不能寐。新装修过的房子美轮美奂，这个冬天室内的暖气实在太好。程美誉裸呈着她的一切，扭动腰肢，如同埃及艳后附体。谢玮童欲罢不能。

门铃声响了。

打开门，程美誉惊讶地看到三个女人笑容可掬地在门外站成了一排：年轻的两个笑得牵强，老的那个，站在她们中间，脸上挂着对她来说最经典的傻笑。

"冻死我了！快别像个门神一样挡住我们了。"宋一楠嚷嚷。

程美誉往一边让了让，宋一楠和宁婕泥鳅一样滑了进去。又双双回身，把木讷的于桂兰拉了进来。

"你们这是？"程美誉满脸疑惑。

"数你们家房子大，三室两厅，那两间房空着太可惜了。"宋一楠说，"支援一个房客给你们！"冲于桂兰努努嘴。

程美誉看了于桂兰一眼，脸上立即露出刚看过恐怖片的那种神色。

"她会唱歌！美声！"宁婕给程美誉打气，"你老公在我那儿跟她彩排过一次你还记得吗？他俩可以男女声二重唱！你不是特喜欢听别人唱歌吗？你跟我们说过，当初，你那颗冰封的心被激活，最早的原因是谢玮童会唱歌。家里光有个男歌星不够完美，再给你配个女歌星，这就叫锦上添花！"

"等等！"程美誉弄明白这群女人的来意了，"我们要出去旅游，今天晚上就出发，玮童正在里面订机票呢。"放大声向里面喊，"玮童，机票订得怎么样了？"

谢玮童拉开卧室门，脸晃了一下，然后关上门又进去了。"哦！哦！快订好了！马上就订好！"

程美誉看看宋一楠，看看宁婕，向她们摊摊手："抱歉！"

宋一楠和宁婕不知道该怎么演下去了，这女人油盐不进。

拉宁婕到一边，宋一楠跟宁婕耳语，"要不要给她上上政治课？"

"现在给她办速成班来不及的，这女人二十九年来早熬成精了。"

"那咋办？"

"只好用缓兵之策了。"宁婕说，"她不是说他们今晚走吗？不是还有大半天吗？就说先容留于桂兰这大半天，晚上我们别来接于桂兰就是了。"

"成吗？"

"程美誉好面子，不可能赶她走的。慢慢我们再做她的工作。实在不行，我再考虑接回去。"

"你愿意考虑再接回去？"

"也许吧！"

"到底愿意还是不愿意？"

"哎呀！愿意，行了吧？"

"有你这句话，俺老宋就放心了。看我的！咳！"

宋一楠露出八颗牙齿笑着走向程美誉。还没走到她身边呢，却见于桂兰弯下腰来，开始一件一件捡地上的衣服。当然那都是这对新婚夫妇先前做某种动作之前随意脱下来扔掉的，毛衣、衬衣、谢玮童的臭袜子，包括一只歪嘴斜眼躺在角落里的文胸。

三个年轻女人都吃惊非小。目送于桂兰从屋子这边捡到那边，直到把地上的衣物全捡起来，抱了满怀地，向沙发那边走过去。

然后，她站在沙发边，分门别类地摆放这些衣服，男女分开，适合折叠的，她就开始折叠。

难道她意识到自己是个不受欢迎的人，知道程美誉的家是最后一个可能收容她的驿站了？她要把握住这最后的机会？

"你看你看！"宋一楠抓住时机对程美誉开展政治工作，"她会收拾房间，不会在你们这儿白吃白住。"

宁婕说："是啊！你们两个懒鬼，就是需要一个能积极主动、心甘情愿、肝脑涂地为你们及时收拾房间的老妈子。现在天上掉下个这样的老妈子，你们还不赶紧万福金安？"

谢玮童不知什么时候从里面走了出来，看着沙发边忙乎的于桂兰，竟然，他的脸上浮现出了被感动的神色。

"老婆！"谢玮童把程美誉拉到一边，悄声说，"我看这老人家挺可爱的，就先让她住一阵子吧。"

"你看你老公都发话了！你不是啥事都听老公，立志做一个新时代的贤妻的吗？"宋一楠赶紧说，"现在是你向谢玮童同学表现三从四德的好时机，你还不赶紧答应啊。"

程美誉在强大的攻势下不得不从。

离开程美誉，宋一楠有些难过。"瞧我干的什么事呀？我到底在干什么呀？我们到底在干什么？我怎么觉得我有病似的。"

"不管咋样，我们是在做好事。"宁婕说，"就算是强迫，我们也是在强迫程美誉做好事。我们的出发点是好的。所以我们就心安理得吧。"

宋一楠喃喃地说："好吧！"

2

现在，屋里只剩下这对新婚夫妇和一个不速之客了。程美誉快步走到于桂兰身后。

"放下！谁让你动我们的衣服的？"

程美誉绝对是那种外面扮小绵羊回家后回归母老虎本质的女人。她娇小的身躯是一个功能绝佳的调音台，想发出什么样的声音都可以。此刻，应该是调音键全推到顶部了，她的嗓音洪亮而尖厉。

"你叫于桂兰是吧？你觉得你的所作所为像一个合格的老年痴呆症患者吗？我看你是全天下最有心计的女人。"

于桂兰放下手里的衣物，瞪着程美誉。她被吓坏了，连哭都忘记了。

"老婆！"谢玮童走过来，"先别生气，有话好好说。"

"好好说什么呀?"程美誉擒起沙发上谢玮童的皮带，象征性地抽了他一下，"都怪你! 你为什么要同意? 你想干什么呀? 你延吉的爸妈都没跟着我们住过来，现在倒好，弄了个陌生老太太。你脑子有病啊?"

谢玮童捂脸的手放了下来。他的脸上现出一道红印。看来程美誉失手了。

"你别那么冷血好不好?"谢玮童因为挨了一记也生气了，"你能不能好好说话? 当着一个比咱爸咱妈年纪还大的老人，吼三吼四的。进了咱家的门，不管是谁，不管人家进来的原因是什么，目的是什么，都是咱的客人，有你这么对待客人的吗?"

谢玮童一反击，程美誉软了。但她软也软得有技巧。她"嘤嘤"哭了起来。

"你冲我吼什么呀? 为了一个素不相识的外人，你冲我吼! 你也真吼得出来? 你不爱我，你对我的爱都是假的。"

"行行行! 我错了我错了还不成吗?"谢玮童过来搂住程美誉，"没那么严重，先让她住两天，再想办法把她还给宋一楠和宁婕，这不就成了吗?"

"那你就赶紧想办法，从现在开始，一刻不停地想。"

"知道啦!"谢玮童说，"行了! 现在，咱就当家里来了客人，好好待客吧!"

程美誉不吭声了。谢玮童转过身来，去找刚刚到来的芳客。于桂兰已经习惯性地找到阳台待着去了。谢玮童走到阳台上。于桂兰听到或者没听到，都没有因为谢玮童的到来转身。她趴在那儿，凭杆远眺。

"嘿！俄罗斯姑娘，在看什么呢？"谢玮童用轻匀的气声哼唱起来，"看那田地，看那原野，一派美丽风光……"

于桂兰应着谢玮童优美的歌声转身，笑意盈溢，望着他。

"有时候我能想起来自己是谁，有时候不能。"她幽幽地说。

她说这话的时候，跟正常老人无异。看来，她是个偶尔会思维回归正常的老人。也许她是个新晋老年痴呆症患者，还有得救。也许，她一直在努力拯救自己，总有些微弱收效。

"那你是谁啊？"谢玮童问她。他发现自己有点喜欢这个老人。

"云南白药！"

9

程美誉从试衣间走出来，这回不是埃及艳后附体了。现在钻进她身体里的，是类似奥黛丽·赫本这类女神，淡雅而不失高贵。中袖小西装，及膝短裙，粉色系，这三者姣好地勾勒出这个沐浴在新婚气息的女人的美好身段，怎一个流光溢彩了得。

"老公，怎么样？"

"嗯！"谢玮童走近了来，围着她，低头巡视，频频点头，末了把手伸进她的后领，掏出标牌。"如果标价不是那么高的话，就更完美了。"

"价格不是问题！"程美誉说，"别忘了，你老婆是高薪阶层，白富美的杰出代表。"

年轻的男导购员及时走过来，掏出手机。"小姐，可以的话，给您照个相？"

"给你们店做免费模特?"这导购员的变相阿谀奉承,程美誉深感受用,不过,这样的情况下,不发挥一下精明,有悖于她的伟大三观,"拍照可以,但你得再多打一个折扣。"

她本身就是搞公关的,成日活跃于镜头之下,肖像权对她来说无足轻重,重要的是要及时享受砍价的乐趣。

砍过一番,以八折价格成交。直接穿着这衣服,途经寒风凛凛的商场地下车库,去到车里。驱车回家,途中,程美誉诱导谢玮童再次表扬她:

"老公,你确信后天我会惊艳全场?"

"我老婆是全北京最美艳的公关部经理,沉鱼落雁,风华绝代,既能倾国又能倾城。"谢玮童很懂得配合。

后天,是帮一家网络公司组织广告投放宣传会。

回到家中,于桂兰正在苦思冥想什么。不过,盛装回来的程美誉令她眼睛一亮。她紧紧盯着程美誉,露出正常女人才有的艳羡之色。

此等用实际行动表达赞美的表现,让程美誉对于桂兰有了一点好感。吃饭的时候,程美誉破例给于桂兰夹了菜。于桂兰受宠若惊,望着降临到碗里的那筷子菜,想吃又不敢吃的样子,一下子把程美誉和谢玮童逗笑了。

"我就说吧,她挺可爱的!"谢玮童适时调动程美誉对于桂兰的接受力,"我相信,她会跟我们相处得很好的!"

"但愿!"程美誉说。

他们高估了形势。当晚,程美誉和谢玮童睡至半途,忽被某种焦臭气味惊醒。不过,因为睡意过于浓重,他们当时没有在意,重又睡过去了。

第二天，程美誉匆匆穿上新装按时去参加发布会。会上，她总感觉别人的目光不对劲。中场休息的时候，她去更衣室补妆，霍然发现衣服后背上有一块焦状色斑。怎么早上穿的时候没发现呢？怎么回事？

接下来的时间变得尴尬而煎熬。事实上，素来在这种场合八面玲珑的程美誉后来的表现实在不尽如人意。都怪这该死的衣服。

下了班程美誉即跑到了昨天买衣服的商场，兴师问罪。

那男导购员还在，他坚称这焦状斑昨天是没有的。他们这家店不可能出此疏漏，这个牌子的成衣面向的是高端客户，上架的衣服都会检查又检查，出售过程中的每个流程都会慎之又慎。到最后，虽然程美誉依然振振有词、咄咄逼人、气焰高涨，并退货成功，但她心里还是发虚了。

回到家，程美誉就去了于桂兰房间。正如她回来时所最终揣测到的那样，她看到原先放在柜子里的熨斗，此刻正躺在窗户与床之间的地板间。

"你什么时候烫的？谁让你烫的？"程美誉一把揪起于桂兰往外推，"给我滚！滚出我的家！"

于桂兰惊恐万状，任程美誉将她推出门外。然后，她站在外面的门口，看着一件一件被程美誉扔出来的她的东西，咧开嘴小声哭了。

"痛！"她摸着头，求饶地望着程美誉。

程美誉更生气了。"我又没打你，喊什么'痛'啊？滚！快滚！"

"你干啥？"正好谢玮童下班回来，忙制止程美誉。

"什么我干啥？你干的好事？"程美誉怒得花容狰狞，"你不是要留下她的吗？那好！你跟她一起滚出去！"

对门打开了，里面的邻居伸出头来看。谢玮童忙将于桂兰和她的东西一股脑儿地弄进去，冲程美誉吼开了，"你有完没完？"

程美誉哭了。

"老公，我们从认识到结婚，好歹也有半年了吧？之前吵过一次没有？没有是不是？而现在呢，她来了之后，才三天不到，我们就吵了两次了。你还是觉得我们应该把她留下来吗？"

"我倒是觉得，这老太太一来，我反而看清你的本来面目了。"谢玮童冷冷地说，"你还别说，这老太太就像一面照妖镜，是一块试金石，把你以前没表现出来的缺点和恶劣的地方，一缕一缕地给扯出来了，使它们一一亮相了。所以，她更加不能走了，我得让她多照照你，看你那里还有什么坏毛病。"

"不许这么说我！"程美誉惊愕地望着谢玮童，"你怎么能这么说我？你变态！"

"你看看你有多穷凶极恶！我怎么找了你这样的女人。"

当然，他俩稍后互相道歉，声称不该对彼此那么态度恶劣、如此恶语相向。

之后有两天时间，程美誉和谢玮童说话始终有点生分。这在他们之间是少有的现象。

程美誉向宋一楠打电话诉苦，一五一十说了。末了，程美誉说："一楠，我好不容易结个婚，容易吗？你这不是破坏我们的夫妻感情吗？求求你了，你能把于桂兰带走吗？"

"真有那么严重啊？"宋一楠终究还是内疚了，"那我想想办法，

64

但就是要我带走于桂兰，也得先暂缓两天，行吗？"

"最多两天！"程美誉哭泣着说。

可是，两天期限还没到，就在次日，于桂兰自己走了。

谢玮童先回的家。打开家门，于桂兰不在。找遍家里每个角落，都找不到她。

"你为啥不反锁门？你故意的吧？"正找着，程美誉回家了，谢玮童劈头盖脸就责问，"你想赶走她，也犯不着耍这种阴谋诡计吧？程美誉我告诉你，我早看出来了，你是个耍小聪明的女人。"

程美誉站在那里，有点惶惑。她故意的吗？她不记得了，也许她是在潜意识的支配下无意识地做了这件事。但即便这样，谢玮童的态度也太恶劣了。他怎么能对她这样？

她淅淅沥沥地哭了起来。

"好啦！别哭啦！"见程美誉哭，谢玮童声音软了，"真把她弄丢了，你对得起你俩朋友吗？兴许她才走不久，我们赶紧出去找她。"

4

公园里围了一圈人，有的人在笑，有的人在揶揄。谢玮童拨拉着看客走进人圈，程美誉跟着挤到谢玮童身后。他俩霍然看见于桂兰扒着一个树墩坐在地上，隔一会儿就用脑门撞一下树墩，嘴里还念念有词：

"痛！"

一个看热闹的人说："这老太太受了什么刺激了？坐这儿一个来

小时了，也没人管。"

另一个人说："这年头，一个老人还能受什么刺激，多半被不孝子女遗弃了。"

"真可怜！"

谢玮童过去一把将于桂兰拉起来，"起来吧！咱回家！"

于桂兰抬头望了谢玮童一眼，立马往后缩。"不！"

她不认识谢玮童了。

谢玮童计上心来，微笑地望着于桂兰，小声哼唱："看那田地，看那原野，一派美丽风光……"

于桂兰歪着脑袋看着谢玮童，眉开眼笑了。"你唱得真好！"

"是啊！"谢玮童顺势拉起她，往人群外走。于桂兰又开始捂脑袋，喊痛。

看热闹的人用轻蔑的眼神看着谢玮童。他们把他当成那所谓不肖子孙了。

程美誉正在接电话，"找到了找到了！你俩就别找了，先过这儿来吧！"

不一会儿，宋一楠和宁婕赶过来了。

"你俩怎么回事啊？"宋一楠一上来就训斥程、谢二人，"不是说好过两天再说，这两天你们先照看着的吗？怎么把人给弄丢了？"

程美誉哭丧着脸，看着宋一楠，渐渐脸上露出愠怒之色。

"看我干吗？怪我强迫你们收留她吗？不想收留早说啊！又要装好人，又要把人赶出去，"宋一楠瞥着程美誉，"假惺惺的！看不惯你。"

程美誉的脸色变得越来越难看，但她显然不是那种愿意在大街上嚷嚷的女人。她快步向谢玮童走去。

66

"老公，我们回去吧！"

"回你的去吧！"宋一楠冲着程美誉的背影大吼，"必须求着你们似的。"

宁婕制止宋一楠。"哎！宋一楠，你不像话了啊。别总弄得你最有理似的。别忘了，根子都在你。事全是你惹出来的。"

"轮得着你说话吗？"宋一楠马上把火气转向宁婕，"你也是个只知道为自己打算盘的女人。"像赌气似的，快步走向谢玮童，一把将于桂兰拉过来。"我就不信，离开你们地球转不了。我不求你们了，不要你们帮忙了，你们谁我也不稀罕。"拽起于桂兰就往她的车走，"跟我走！"

程美誉如释重负地松了一口气，远远喊道："一楠，那对不住了啊。你以后要实在带不了她，还可以找我们的。"

宋一楠没搭腔，她已经将于桂兰拽到她的车前，往车里塞。"进去！进去！"

于桂兰惊恐地避让着车门，坚决不进去。"不！"

"不愿意？"宋一楠难以置信地望着于桂兰。

于桂兰怯怯地望着宋一楠，点头。

宋一楠无计可施了。

谢玮童走了过来。"看来是在我家待习惯了，"他笑着对宋一楠说，"那就让她继续住我们那儿吧。"

程美誉待要制止他，却看见谢玮童突然瞪向她的凌厉目光，只好罢了。

"你确定？"宋一楠讶异地望着谢玮童。

"我还没跟她男女声二重唱呢，"谢玮童说，"这就让她走了，

67

多可惜啊。"

宋一楠脸上漾出感动的神色。"谢谢你了!"又看程美誉,"等你俩有孩子了,我封个大红包。"

程美誉只好冲宋一楠笑笑,显然心里面依然是一百个不情愿。宁婕过来,捏了捏程美誉的手。"美誉,我们会很快想到新办法的。一定不会让她在你家待太久。"

正要就此分开,于桂兰捂着脑袋喊叫起来:"痛!痛啊!"

宋一楠和宁婕赶紧回转身,跑过来。"她哪儿痛了?"宁婕说,"在我那儿的时候,她就喊过几次痛,我也弄不清楚她哪儿痛。"

"脑袋!"谢玮童说,"在我们家这阵子她是脑袋痛,现在也是。"顿了一下,忽道,"这样不行!得送她去医院。"

"早该送医院去了!"程美誉如同一个溺水的人突然呼吸到了新鲜空气,大声说,"去医院!必须去医院!就让她住医院去好了!住院的钱我出!"

宋一楠和宁婕不约而同地说:"你出多少?"

毫无疑问,她们不会相信程美誉会花血本给一个陌生人看病。

她们确实够了解程美誉。

"这样吧!先住进去再说,钱不是问题,大不了我们三个好朋友分摊。"程美誉吞吞吐吐起来,"我可以先垫付押金。"

于桂兰似乎是痛得不行了。最近几天她是会喊痛,但只是偶尔,像今天这样喊个不停的,还是首次。不送医院是不行了。

两辆车一前一后,呼啸着向旁边的一家医院飞驰而去。途中,前面车里的程美誉给宋一楠打电话,商量如何分摊住院费的细节。跟她讨论了两句,宋一楠就不想谈这个了。

"到底要不要住院，那得去医院看了再说呢，你急着谈这些干吗呀?" 她冷笑着对程美誉说。

　　结果，去了医院，医生却是建议要住院的。程美誉再度主动拎起那未竟议题。最后说定程美誉和谢玮童多出人工，也就是多来医院看望于桂兰，同时，要请一个护工，这项费用由程美誉出。其他的费用，说定由宋一楠和宁婕平摊。

　　在送宁婕回家的路上，宋一楠却偷偷对宁婕说，不用宁婕出钱，这份钱全由她出。

　　"你现在手头比较紧张，" 宋一楠说，"就不劳你破费了。"

　　宁婕有些感动。宋一楠从来想不到体贴别人，真要想到了，体贴的都是别人的重点。

五、宋一楠

1

宋一楠给谈小飞打电话，"帅哥，不是说好要把我家的狗介绍你认识的吗？它现在心情不错，适合结识新朋友，你下来，还是我带它上去？"

她是在谈小飞楼下给他打电话的。

谈小飞坐在电脑前，正将他新近一个构思落实成图案。今天他不是很想见人。"麻烦你跟它说，我今天比较忙，不是结识新朋友的好时机。"

"你确定你交过女朋友吗？"宋一楠轻蔑地笑了，"那不过是我们女士的一个借口罢了，你连这个都不知道？"

谈小飞淡淡地说："我当然知道！我那样说，也不过是我们男人的一个托词罢了，你竟然没听出来？"

"听出来不可以装作没听出来吗？"宋一楠模仿谈小飞的淡然语气，"适当时候装装傻，是我们女士的惯用伎俩，这个你不知道吧？"

这算是斗嘴吗？还是调情？三局两胜。宋一楠得意地在电话里笑了。"下来吧！我就不上去了。"见谈小飞依然不配合，她不得不将今天找他的真正目的和盘托出，"其实，是想请你帮个忙。帮女士一个忙，这点绅士风度你不会没有吧？"

　　几分钟后，谈小飞下楼了，藏青色的羊毛风衣，带流苏的净色黑围巾，刚刚洗过的头发被风吹散，看上去俊秀又有点不羁。

　　宋一楠开车，谈小飞坐副驾座。他不怎么说话。

　　"听起来会有点狗血，但是那确实是我能想到的一个好办法。"宋一楠说，"我们现在是去我前男友那里。我想借用你的花容月貌气气他。"

　　谈小飞不自在地侧过头来，看了看宋一楠。

　　"你多大了？"

　　"二十六，你呢？"宋一楠温柔地说。

　　"你确信你的心理年龄超过十八了吗？"

　　宋一楠对他的嘲讽不以为意。"幼稚又不犯法，你这么较真干吗？"

　　谈小飞突如其来地发出一声冷笑。"我只是不适应做道具。"又道，"通常情况下，想出这种笨招，证明还想挽回爱情。"

　　"你倒是挺有经验的嘛！"宋一楠说，"说说你女朋友的事——前女朋友。她怎么就失踪了？"

　　谈小飞闭口不言了。过了一会儿，宋一楠只好说自己的事，"我不至于那么犯贱。我只是今天早上才发现还有一箱东西落在他那儿了。要不是这个，我永远都不想再见到他。"

　　"我不太相信。"谈小飞说，"看你说起那个什么'他'，依然一副生气的样子。如果你放下了，绝不会生气。"

"不跟你说了，没劲。"

宋一楠来到冯优别墅下才给他打电话。"我就不上去了，"宋一楠说，"万一再让我碰上个无脑嫩模、寂寞少妇啥的，再因为我的铁砂掌使她们致个残，就不好玩了。麻烦你去一下你楼下的储物间，把那个纸盒箱给我抱下来。正方形，边长大约三十厘米。你一看就知道了。"

"我不在家！"冯优说，"你应该提前约一下。"

"不必了！"宋一楠说，"我就在你楼下等，请你马上回来！"冯优的语气令她瞬间对他寒了心。不能不说，这几天里，即便在今天来这儿之前，她对他还隐隐抱有一点期待的。现在，几乎就没有了。

冯优不带任何情绪地笑了。"宋一楠，我一直没弄明白，你这颐指气使的习惯是从哪里来的?"

"这不是你该管的事！给你半个小时的时间，够了吧?"说罢，宋一楠发现自己果然已经开始恨这个男人了。

不到半个小时，冯优在他的大奔里摁喇叭。宋一楠扯了谈小飞一下，先自跳下车来。谈小飞只好也跟着下来。宋一楠赶紧挽起他站在车边等冯优。

"你好！"经过宋一楠和谈小飞身边，冯优用很程式化的语气主动跟谈小飞打了个招呼，转而对宋一楠说，"等我一下！"

抱着宋一楠的箱子下来，他用同样程式化的语气对谈小飞说："交给你了！"将箱子交到谈小飞手里。

谈小飞显然对冯优的傲慢态度不满。接下来他的表现让宋一楠欣喜，只见他抱着箱子缓步走到后备厢那儿，将它放进里面，然后

72

他歪着脑袋走向冯优，骤然出拳，将冯优击倒在地。

冯优没有还手。他从地上爬起来，看了看宋一楠，回身上楼去了。

"你练过跆拳道吧？"在车上，宋一楠用复杂的语气问谈小飞。

"我考到过红带！"

"为了感谢你的仗义，我请你喝咖啡！"怕他拒绝，宋一楠马上说，"拒绝女士的邀请真的是不礼貌的。"

在漫咖啡店的一个角落里，宋一楠有点恍惚。为缓和气氛，谈小飞主动讲起了他和前女友的事。

"其实，我想找到她，并不是因为我想旧情复燃。"他说，"已经过去大半年了，我早就放下了。我想找到她，是想问清楚，是什么原因导致她不告而别。我觉得分手也该把分手的理由说清楚。我不喜欢给人生留下糊涂账。她用这种方式甩了我，让我有受辱之感。"

"那么，你跟我一样。"宋一楠露出感同身受的表情，"我还真不像你所说的'没放下'，我也只是咽不下这口气。凭什么他犯了错，我耍个小性子说分手他就答应跟我分手了？"

"是啊！我们都一样，在获得胜利、维护自尊和赢得爱情之间，我们通常选择前两者。"

宋一楠看了谈小飞一眼。她的眼睛里有光。

"知道我为什么必须拿回那只箱子吗？"宋一楠忽然说，"那里面有对我来说特别重要的东西，我不能把它们弄丢了。"

谈小飞表现出比较多的兴趣，用探询的目光看着宋一楠。

"想看看那是些什么东西吗？"宋一楠说，"都是些有故事的东西。"

2

诸如大学毕业证书、岗位标兵荣誉证书之类的东西代表着宋一楠人生业绩，还有一些不值钱的小饰物：一只发卡、一个干透了的唇膏、一只眼镜盒，这些，都透着陈旧的气息。还有一条洗得泛白的蓝围巾、一顶帽子，应该也都是陈年旧物。

以上这些都只是箱子里的陪衬物。那里面的主角，是大大小小的几本相册。

总之，这箱子里面拉拉杂杂的。

但显然都是一个人的珍爱之物，加在一起，就是一个人漫长的人生轨迹。

"这是我爸、我妈的结婚照！"

宋一楠打开最大的一本相册，指了指第一页上面那一对年轻男女。黑白照。男的穿中山装，女的穿鸡心领的系带衬衣。两个人肩挨着肩，头却有些分离。女的笑得十分放松自然，男的也笑，但笑容有点勉强。

一页一页翻过去。这里面全是宋一楠父母的照片。换句话说，这是她父母的合影专辑。

打开另一个相册。第一页，刚才那对男女，宋一楠的父母，拥着一个胖乎乎、分不清男女的婴儿。从前至后翻过去。最后一页是一个穿着学士服、握着奖状坐在草坪上的忧郁女大学生。刚才那个男的，现在已经变老了，远远地坐在女大学生的一侧。显然这是宋

74

一楠与她父母的合影专辑了。

其他影集里的照片，都是宋一楠自己。

宋一楠和谈小飞席地而坐。

"我妈是做生意的，就是八十年代特别常见的那种做服装倒卖的个体户。我爸以前在一个国企里面上班，中层干部，搞宣传的。当然，那是他在世时候的事。"

"他去世了?"谈小飞小心地问。

"我妈去世得更早!"

谈小飞不自觉地身体一凛，"你妈也……"

"要不是那个不要脸的女人，我妈不会干那种傻事。"宋一楠把手伸进纸箱，摸找了一会儿，抽出一张照片，指着上面那个女人说，"就是她! 她从我妈手里夺走了我爸。我妈想不开，就自杀了。"顿了顿，道，"那是我小学一年级时候的事。"

谈小飞的表情有点不自然了，他关切地问："你没事吧?"

"没事!"宋一楠木然一笑，"都过去那么多年了，我早没事了!"

"没想到你这么坚强!"

宋一楠又指指那个女人。"她是从沧州来的。那时候我们都住在天津。她比我妈大八岁，比我爸大四岁。她来到天津后，跟我妈学做生意，她们慢慢也成了很好的闺密。她是个老姑娘，三十多岁了还没嫁人。我妈热心肠，总想着给她介绍男朋友。我妈发动了所有的关系，帮她物色人选，包括发动我爸。我妈还总把她带到我家里。谁都不知道她和我爸是什么时候开始的，总之，等我妈知道，她已经彻底把我爸的魂勾去了。"

"她怎么可以这样？"

宋一楠摇摇头，苦笑。"我妈输给了一个比她老、比她难看的女人。一个她特别信任的密友。这两点，是她内心里最不能接受的。我猜，她主要是因为这两个原因，才想不开的吧。"

谈小飞不知道该怎么安慰宋一楠，想了想，轻轻把手伸过去，将宋一楠的手抓在了他手里。宋一楠感激地看了看他，却把手抽离了。

谈小飞又坚决地重新抓住了她的手，并且，用力地把她搂在了怀里。

宋一楠在他怀里抽泣起来。难得她脱下咋咋呼呼的面具，变得少有的楚楚可怜。

有那么一会儿，两个人不说话。之后，谈小飞低下头去，吻住了宋一楠的嘴。宋一楠刚开始有点抗拒，很快就热烈回应。她贪婪地吻着谈小飞，仿佛这样就可以把那些平时被她竭力掩藏的脆弱摧毁似的。

后来，他们分开了。宋一楠说："我真不知道我爸看上这女人什么了，她哪点有我妈好？"她又把手伸进纸箱，这回摸出的是一张身份证。她指着身份证，说："于桂兰！嗵！连名字都那么俗气！"

"是挺俗气的！"谈小飞好好地看了看那身份证上的三个字。不过，他心里觉得，于桂兰的长相并不像宋一楠说的那么不堪。当然他不好直说这个，也没有必要。

手机响了起来，宋一楠拿起来看了看，是程美誉打来的。

"一楠，你现在能到医院来一下吗？"程美誉说，"医生要跟我们商量点事！"

"什么破事？有什么好商量的？别什么事都跟我商量！"宋一楠又变为平常那种粗暴、激烈的语气。

"还不是这老太太的事吗？你来一下吧，我决定不了。宁婕一会儿也来。"

"我马上过去！"宋一楠向谈小飞转过脸，"想看看于桂兰吗？"

"看她？现在？"

"是啊！她被我带到北京来了！"

"带到北京？你把她带到你身边？"

"她在医院里，前两天刚去的。当然，她来北京有好多天了。"宋一楠说，"很奇怪吧？这里面的逻辑有点绕，一句两句话说不清。你想听的话，我慢慢跟你说！"

"愿意洗耳恭听。"

与谈小飞去医院的路上，宋一楠把于桂兰被她带到北京来的原委简单说了一下：

她爸上个月去世，临终前思前想后还是开口请求宋一楠照顾于桂兰。因为，于桂兰终身未育，没有子女，而且，就在三个月前，也许是因为突然被查出癌症的宋一楠的爸爸病情急转直下，随时面临病危的境地使她精神恍惚，她竟然在家中卫生间里摔倒了，这一摔脑子就出了问题：什么都记不得了，看起来智力似乎也急剧下降。

宋一楠的爸虽然觉得要宋一楠照顾于桂兰太过为难女儿，但除了为难她，他实在想不到有什么办法可以确保他去世后于桂兰安然无恙。

"我其实有心去接受她的，"快到医院的时候，宋一楠叹息着说，"但是，这实在是太难了。说实话，我一直在努力。但这真的是一个艰难的过程。"

"你真的心里是想接受她的?"

"那有什么办法?"宋一楠说,"总不能眼睁睁看着她没人管。送养老院吧,国营的,一年半载根本排不上号,私人的养老院,你又不是不知道,好的贵死了,条件一般的呢,很恐怖,网上不是还经常爆出打老人的情况吗?唉!在我们这儿,养老是个大问题。"

"其实你还是挺关心她的。"

"我不是关心她,我怎么可能关心她?"宋一楠说,"我只是在关心一个老人而已。"

"你别嘴硬了!"

"不相信算了!"

3

医生是这么解释的:

脑部 CT 显示,没有肿瘤,没有血块,脑动脉内膜基本正常,没发现血栓。于桂兰的大脑,没有什么实质性的毛病。所以,弄不清楚她为什么会疼痛。

"老年痴呆的话,一般是不会痛的。"这医生说。

"她不是老年痴呆!"宋一楠脱口而出。

程美誉和宁婕用奇怪的眼神看了宋一楠一眼。

宋一楠觉察到有所失口,忙把头转向了一边。

谈小飞说:"她是摔的!"

却见宋一楠瞪了他一眼,他立即醒觉这里面有什么猫腻,忙不说了。

宋一楠把他拉到门外，小声告诉他："她俩不知道于桂兰与我之间的关系。"

谈小飞狐疑地看了看宋一楠，尚且没有完全理顺这里面的全部线索。不过，要配合宋一楠，这他意识到了。

谈小飞走进去，对程美誉和宁婕说："我刚才是猜的。因为，如果不是老年痴呆的话，她很有可能曾经摔过一跤，于是变成这样了。医生，我的推理有道理吗？"

"你们不是她的家属吗？"医生说，看看面前的三女一男，"摔没摔过你们不知道？"

"我们不是！"宁婕说，"她是我们当中的一个人在街上捡的。"

程美誉补充，"是啊！我们纯粹是做好事。"

医生恍然大悟，用赞许的目光看了看她们。"假如是摔跤导致了她现在的脑部问题，那我差不多可以做诊断了。"他在处方笺上写下"脑挫裂伤"四个字，"这种情况，也可能会导致类似老年痴呆的症状，智力大幅下降。"又说，"不需要做手术的，目前看来也没这个必要。只能是先观察着再说。乐观点讲的话，也有可能慢慢会恢复到正常思维能力。"

"真的吗？"宋一楠惶恐地问。

"有什么问题就及时把她送过来吧。"医生说，"至于她会痛，我给你开点止疼的药，疼的时候就让她服着。"

"不需要再住院吗？"程美誉大声问。

"如果你愿意把她放在医院里一直观察着当然也可以，但是，你们带回去观察，效果也是一样的。费那个钱干吗？"

程美誉用目光征求宋一楠和宁婕的意见，"要不，还是让她再多住几天院吧！也没多少钱。我出！全部我出！"

宋一楠表情复杂。宁婕则不知道该说什么。程美誉正想说话，谈小飞发话了。

"既然已经不需要住院了，就别住了吧。"他挥手制止了正欲反驳的程美誉，说，"我那儿反正有间屋子空着，就让她暂时住我那儿去。"说着，目光里带有丰富的含义，看了宋一楠一眼。

宋一楠有心推翻他的好意，但话到嘴边却咽下去了。她把头转过去，这样程美誉和宁婕就无法发现她脸上波涛汹涌的丰富表情。

"就这么说定了！"谈小飞抓住宋一楠的手，用力地捏了一下。

他这个动作被程美誉和宁婕看见了。当然，她俩误会了他的用意。

从理疗室接出于桂兰，走出医院，程美誉揶揄宋一楠，"刚才都忘了让你介绍了，这位帅哥是谁啊？"

"装什么呀？"宋一楠白了程美誉一眼，"你又不是没见过他。"

程美誉装出恍然大悟的样子，"想起来了，艺术家！后街男孩！不对，后海男孩！"

"听好了！"宋一楠站定了，对程美誉和宁婕说，"隆重推出我的新男友，名字你们也许忘了，谈小飞！"又看谈小飞，说，"亲爱的，给你介绍一下，这两位是我在北京的搭档、玩伴加损友。"

程美誉说："程美誉！"

宁婕说："宁婕！"

然后，宁婕小声问宋一楠："你真的已经跟冯——那个姓冯的分手了？"

宁婕表情有点不自然，宋一楠显然没有发觉这一点。

"能不提这个人吗？"宋一楠表情骤然变冷，但很快她夸张地撇了撇嘴，"这还用问吗？"她捞起谈小飞的胳膊，露出八颗牙齿，又很快让它们消失在了嘴唇之后。

当然是程美誉和宁婕各自回去了，宋一楠和谈小飞把于桂兰装进车里，直奔谈小飞住处。进了门，宋一楠当着于桂兰的面搂住谈小飞，在他脸上亲了一口，幽幽地说：

"谢谢你的良苦用心！"

谈小飞举起手掌，拍拍她的脸。"你需要一个过渡期，那是再自然不过的事。我理解你。我还相信，这个过渡期不会太长。"又道，"忘了跟你说了，你在我眼里，是个特别善良的女孩。"

"如果她在别人那里，我想我目前不会有心情经常去看她。"宋一楠话里有话，"但现在她在你这里，我会经常过来看她。"

"那我倒应该谢谢她了！"谈小飞同样语带双关。

宋一楠和谈小飞忙乎了半天，才把他的另一间屋子收拾出来。

原先，那里面主要被他用于堆放他的设计作品。不过，里面是有一张现成的床的。

收拾完，他们才把在客厅里发呆的于桂兰带了进去。

"好好在他这儿待着，不许再乱走了！"后来，宋一楠抱臂远远地站在一边，严厉地敦促于桂兰。

于桂兰愣怔地望着宋一楠。看得出来，她对宋一楠的感觉与她对别人稍稍不同。不过，很显然，现在的她也不知道自己为什么会这样。

"你真的什么都不记得了吗？"宋一楠目光纠结地打量于桂兰，

"你真的不记得你是谁了？"

"'我是谁'？"于桂兰拧起眉头，望着宋一楠。

"不知道也好！"宋一楠说，"至少可以让我自欺欺人地告诉自己，以前那个拆散别人家庭的女人，不完全是现在我眼前的你。这样我就不会那么那么地反感你。我真无法想象，如果你恢复正常了，我们该怎么面对彼此。"

把速度放到五十迈，宋一楠慢慢地开车往回走。途中她用手机打开微博，找到那条"招领启事"，删除了它。那天，宋一楠把它亮出来给宁婕看但迅速关掉，所以，宁婕没有看到下方"仅自己可看"的设置。至于跟宁婕说已向派出所报案，那纯粹是宋一楠瞎编。

这一晚宋一楠在床上辗转反侧。

她很快做了一个梦，梦见于桂兰坐在冯优的车里。两个人有说有笑，她也坐在车里，但他们两个人对她视若无物。

忽然，于桂兰向宋一楠转过脸来，一脸的狰狞。宋一楠惊得从床上坐了起来。屋子里黑咕隆咚的。她打开灯，瞪大眼睛，呆呆地在床上坐了很久。后来，她关了灯，重又睡去。

她又做了梦。现在，是她近二十年来反复在做的那个梦：一个女人，直挺挺地悬挂在房梁之上。而这个夜晚，当那绳子被风吹动，紧接着那女人的脸转过来的时候，宋一楠分明看清那是她妈妈的脸。

那一年，她最先发现了上吊自杀的妈妈：那天，她蹦蹦跳跳地穿过小巷回到她生活的院子，爬上楼梯，哼着歌，一边解着红领巾一边用钥匙打开了她家的门，然后，她看到了悬挂在房梁上的妈妈。

六、宁 婕

1

剧本创作紧锣密鼓进行。遇有交流，冯优与宁婕垂直对接，基本没孙老师的事。

周五晚，宁婕把写完的剧本大纲发给冯优。第二天早上，宁婕刚从院子里跑了一圈步回来，就见冯优的大奔停在她的楼下，而他本人则靠在车身上，远远地望着她跑过来。

运动服，白球鞋，扎着马尾，运动后红润的脸颊，冯优眼里的宁婕健康而随意。

"你喜欢运动?"冯优问。

"这是我的一个习惯，每次遇到大项工作，我要先把身心调整到最佳状态。"

"这个习惯不错!"

"怎么知道我住这儿?"

冯优脸上露出秘而不宣的表情，一笑。宁婕想肯定又是孙老师告诉他的。

"跟我走！"冯优邀请她上车。

"去哪儿？"宁婕不太喜欢被冯优任意指挥，"我觉得除了工作，其他方面，我们就别发生交集了。"

"现在我请你出去，就是工作。"冯优说。

"不好意思，我不觉得跟你出去，跟我们的工作有什么关联。"

"晚上大学同学聚会，我需要一个女伴。"冯优说，"就有劳你了！"

宁婕抱起双臂瞥了他一眼，摇了摇头。她绕过车，向楼上跑去。

冯优却一个大步拦住了她。"宁小姐，郑重提醒你，我今天叫你出去，就是工作。"他的脸上是有度的威严，"什么时候你们女人不再那么自以为是，就没有那么多两性问题了。"

"好吧！"宁婕冷冷望着这个最近被宋一楠描述为十恶不赦的男人，"说说！你的同学聚会，怎么就跟我的工作扯上关系了？"有风，虽已至三月末，依然寒冷，刚才运动的时候没感觉到，现在感觉出来了，宁婕用双臂更紧地抱住自己。

冯优脱下羊皮夹克，帮宁婕披上，一边大声说："你昨晚交的作业太臭了，我们必须严肃地就此深谈一次！"

宁婕拧眉打量冯优，见他表情严肃，不像在开玩笑。

她把皮衣取下来，扔给他，主动跳上车。

"说吧！我写的东西臭，跟你的同学聚会有什么必然的联系？"她对紧随而至在驾驶座上坐好的冯优说。

冯优没立即理会她，系上保险带就把车发动了。车在楼下打了个呼啸，快速开出这个小区，直奔三环路。

"我的手机！"宁婕生气地用手拍驾驶座后背，"我的手机落在家里了，你总得让我把手机带出来跟你一起出去吧？"

"最近这段时间，你还有其他比剧本更重要的事吗？所以，你也没什么其他重要电话吧？"冯优说，"不重要的电话，不接也无妨。"

宁婕不好跟他说今天檀枪枪来。依然是中午到。檀枪枪小孩子脾气，万一他打电话宁婕不接，免不了他这次过来的两天里要不断数落她。

不过，檀枪枪有她房间的钥匙，上次他来她给他的。中午他可以自己进去。至于他的数落，她也习惯了，所以想想手机落在家里的确也不是什么大不了的事。宁婕就不再纠缠于手机的话题了。

"下车吧！"来到新光天地，冯优让宁婕先进去。

接下来的时间，宁婕整个儿给冯优弄蒙了。他快马加鞭带宁婕去了几家高端女式成衣店，为宁婕买了几套衣服。当然，作为一个浸淫在时尚行业多年的人，冯优的品位无可挑剔。

更蒙的还在后头：拎着衣服离开新光天地，冯优的车直奔国贸一带，接着在一家富丽堂皇的发型店停下。店里的首席发型师开始给宁婕挑选发型，并迅速在她的头上一展身手。

必须说，宁婕平时不注重修饰。等宁婕顶着新发型，穿着刚刚购得的衣饰站到镜子前端详自己时，都认不出自己了。她到今天才发现，自己原来也可以这么靓丽。

可是，冯优到底想干什么呢？

"你写的东西，世俗气。"冯优说，"听明白了，我说的不是俗气，而是世俗。这是两个不同的概念。"见宁婕的眼神里不再有抗拒和轻蔑，冯优脸上露出满意的表情，说，"可是，我们要做的这个电视剧，是给人造梦的。你那样写绝对不行。我甚至认为，影视这个东西，大多数作品都承载着给人造梦的功能，难道不是吗？生活已经够沉重了，你还要把它赤裸裸地剥开、挖掘，让看的人感受到更多的沉重，你以为这样就显得你很聪明，看的人会认同你、感激你？你错了！观众最需要的不是这种东西。所以，他们会反感你，反感你的自作聪明。他们其实比你聪明，比你懂生活。你给他们展现的那两下子，他们早就见怪不怪了。你不要试图跟他们比聪明。你要跟他们比理想，比诚意，比信念。这样你才有出路，我们的作品才有市场。我是商人，请原谅，在商言商，我必须摸清观众的心理，弄清市场规律。"

宁婕不说话了，陷入了深深的思索。的确，她写东西喜欢挖掘，这也是她做记者时形成的习惯，那时，她是个民生记者。可是，她得明白，她现在不是个记者了，她是个服务于娱乐业的小编剧，为老百姓提供茶余饭后的小话题，同时完成自己让家人过上更好生活的凡人凡梦。干一行就得服从一行的规律，她一直没有意识到这种服从是如此的重要。

现在看来，她来北京一年多了，始终没混出名堂，并非她运气不好，而是她没有从内心里摆正自己的位置。是的，她一直没有真正地把自己摆放到凡人的位置。包括之前那次她未能让资方满意，表面看跟于桂兰那几日的打扰有关，其实并不是，是这样的吗？

"你觉得我说得有道理吗？"冯优问。

"也许吧！"宁婕恍惚地说。

"那么，从现在开始，你必须改变你的一些固有写作思维。"冯优说，"但我也知道，写作这种东西，源于内心，所以，你要想真正成为一个能为人造梦的编剧，就得从内心里接受一些新的观念，甚至改变你的一些固有思维，这样你造出来的梦，才能让人觉得不假，令人信服。"

"我试试吧！"宁婕说，"实在不行，你可以换编剧。"

"大可不必。"冯优说，"你无须自卑。我相信我的眼光，我看好你。你有才华，才华很多。我告诉你一个实情，在你之前，我找过好多编剧，但他们给我的感觉都没你好。我看人重视直觉，而且经验证明，我的直觉总是很准。我对你有感觉。当然，你别误会，不是那方面的感觉。你一定是个有才华的人。只是，你需要调整，然后使你的才华对准该对准的靶心。"他有点坏坏地笑了，"我是一个很好的调理师，相信我，我有能力在很短的时间里，把你调理出来。"

宁婕忽然觉得，冯优跟宋一楠描述中那个花心、肤浅、冷漠的男人，不是同一个男人。接下来的晚宴之后，她的这种感觉尤甚。

冯优竟然是牛津大学的高才生。当晚，是他牛津大学中国区的年度同学会。席间，冯优谈笑风生，游刃有余地驾驭着各种交谈。他变成了一个知识渊博、有点深刻的男人。

为什么在宋一楠眼里，他却是那么样的一个男人呢？后来宁婕揣测：宋一楠每回进入恋爱都太仓促了，而往往，在她还没来得及品味到一个男人的真谛时，她就暴躁地与对方分手了。从宁婕与宋一楠大学同学到现在，这十多年来，宁婕所记得的宋一楠的恋爱，最长时间没超过三个月。但愿她和谈小飞这次能海枯石烂。

"现在，你认可我今天带你出来是为了工作的说法了吧？"晚宴结束，将宁婕送到住处，冯优笑着问宁婕。

宁婕没说话。她不得不相信他其实是用心良苦的：他想让她打入时尚圈，至少对这个圈子有所了解。毕竟，他们正在进行的这个项目，写的是时尚圈里的男女，正如冯优所说，这是个具有造梦功能的电视剧。

"你租的这个地方，房子太老气了。"车开到楼下，冯优仰头往窗外看了看，说，"我务必给你换一个好一点的地方。"

"这个，不必了吧？"宁婕忙拒。

"工作需要！"冯优向宁婕挤了挤眼睛，"这事你就别管了，我吩咐人操办。你等着过两天搬家就是。"

下车，宁婕看到檀枪枪就站在不远处的楼洞口。

"他是谁？"等他几乎认不出来的宁婕走到面前，檀枪枪挑衅地看着正在车里掉头的冯优，问宁婕。

2

免不了一番解释。好在宁婕和檀枪枪的感情还是比较坚固，于是檀枪枪没有过多责备。他们好了四年了，从檀枪枪大二下半年开始。跟宁婕恋爱以来，檀枪枪的学费还是宁婕赞助的哪。他家境不好。

"咱俩该互交作业了吧！"宁婕今天的样子实在讨檀枪枪喜欢。

"别闹了！我得先把这身演出服脱了，我穿这样的衣服还真不自在。"

她确实不自在。这种不自在，令她偶然间会惶然觉得，不知能否达到冯优所说的打心眼儿里摆脱世俗层面的作文意识。必须这样

88

吗？她都有点糊涂了。

"脱衣服我最在行。我来！"檀枪枪说，"当然，别误会，也只是脱老婆的衣服在行！"

一番闹腾过后，檀枪枪靠在床头，一副欲言又止的样子。

"你怎么了？"宁婕对此感到疑惑。

"家里逼婚了！"檀枪枪说。

"你才多大？你家里怎么想的？"

"我二十四了啊！"檀枪枪嘟囔道，"岳云跟他爹在风波亭为国捐躯的时候，儿子都牙牙学语了。跟他比，我老男人一个！"

"那是古代。古代人寿命本来就短，忙着翻辈，人刚一成年就开始传宗接代。现在是什么时代？二十四就结婚的男的已经不多了吧？再说了，你还没毕业呢。"

"又不是我想结！"檀枪枪说，"是他们想让我结。我们家三代单传。跟别人家不一样。没毕业怎么了？研究生结婚的有的是。"

"看来是你自己想结了？可我就不明白了，你工作都没找，就想结婚！像你这种没点事业心、没点追求的男的，还真是少见！"

"你又不是不知道，我不喜欢我学的这个专业。我都不知道毕业后去干什么，还是先把婚结了再说。"

檀枪枪学的是机电自动化专业。宁婕觉得这个专业挺好的，可随着毕业临近，檀枪枪越来越对这个专业没有兴趣。不知道他当初为什么要选择这个专业。

"看看！就是你自己想结吧？"宁婕轻蔑地说，"还搬出你家里人做借口。要结你跟别人去结。我反正是没空。我琢磨着，至少一年半载以内，是没空的。尤其现在，时间对我特别宝贵。相夫教子的责任和义务，先得靠边站。"

他们不说话了。宁婕趴到电脑上敲字去了。檀枪枪躺在床上看手机，精神恍惚。许久，他爬到宁婕身后。

"其实本来可以不跟你说这件事的，但是……"他不安起来，说，"但是他们又在发短信叫我回话了。不跟你说不行了！"

"谁？"

"我还是跟你说实话吧。我爸妈这次跟我一起来北京了。"

"不是吧？"

檀枪枪苦闷地说："他们猜到你对这件事暂时不会那么上心，就先在外面宾馆里住着，叫我先来做做你的思想工作。我刚才表现出我自己也想结，是因为我想探清楚你对这件事到底是怎么想的。其实，我是不怎么想的。我觉得我俩现在这样挺好的。"

"你把他们叫过来，我跟他们谈！"

"他们是有备而来的。以我对他们的了解，你说什么都动摇不了他们的念头。"

"那怎么办？"

"婕，要不然的话，"檀枪枪吞吐起来，"要不然，你还是回南京吧。剧本，就别写了吧。我觉得你原来那种状态在南京，就挺好的。我一直不太理解你为什么要到北京来做现在这个事。"想了想，又说，"再说了，晚上你们老板对你那样子，让我也有点不放心。"

"怎么可能？"宁婕简直不能相信这话出自檀枪枪之口。

檀枪枪沉默了，躺到一边儿去了，继续玩手机。过了一会儿，他叫唤了起来。

"他们要过来！"他恐慌地说，"我跟他们说，你不同意，他们就要过来跟你谈判。"

"谈判？"

"婕，你别生气！他们来的时候跟我说，如果你实在不同意马上跟我结婚，就……就要我跟你分手！"

"是吗？那檀枪枪同学，我更关心的是，你是怎么想的？"宁婕冷笑，又说，"看来逼婚是假，想跟我分手才是最终意图啊。"

"不许误会我！"

"你爸妈也真会算账，我出钱供你读到研究生，现在你毕业了，不需要供了，可以自食其力了，马上想着要跟我撇清关系。我不是不知道，你父母那种俗气的人，思想陈旧到跟木乃伊平级的地步。他们一直不喜欢你的女朋友比你年纪大。"

檀枪枪急得红了脸，想辩解，宁婕烦躁地挥手制止了他。檀枪枪赌气躺到一边儿去了。

一阵沉默。在那几分钟的时间里，宁婕想起冯优的那一番话。她能不世俗吗？她一直活在红尘俗世当中，不世俗才怪呢。正这样想着，敲门声响了。

"他们就在你这小区对面的如家开的房。"檀枪枪从床上跳起来，提示宁婕，"你好好跟他们说啊！别惹他们不快！"

门开了，檀枪枪的父母不动声色地站在门口。都穿着过时的羽绒服，头上戴着同样过时的帽子，脸上的皮肤都不好，表明他们是常年风里来雨里去的人。檀枪枪的家在一个乡镇上，他父母数十年如一日在农贸市场做宰杀活禽出售的营生。

檀枪枪曾经有一个特别土的名字，叫檀光标，为了让别人无法从名字上窥见他的出生秘密，他上大学后就给自己改成了现在这个艺名。

跟檀枪枪恋爱这七年来，宁婕只见过檀父檀母一次。那次，是檀枪枪放寒假，带她回了趟老家。

进来落了座，客套过几句，檀母先开腔。

"我们明天上午就要坐火车回去，所以我们还是不绕弯子了吧。"

"您请说！"

"光标刚才给我发短信，把你的意思都跟我说了。看来，我也没有必要再做你的工作了。"檀母的确是农贸市场摸爬滚打过来的，够干脆，"那就只能这样了。我们把你这几年帮光标垫的学费都算一算，补给你。你看怎样？"

宁婕以一种不可思议的目光望着她。果然，让儿子早点结婚只是个借口。宁婕突然备受打击。她看看檀枪枪。檀枪枪表情很焦急，显示他并不希望他妈这样说。宁婕得到了些许安慰。

"那个钱，就不用算了。那都是我自愿的。"

"那也好！我们就谢谢你了！"檀父怕宁婕反悔似的，忙说，"谢谢你这些年对我们家的帮衬。"

宁婕对檀父的这个反应有点愕然，敢情补钱只是他们的一个策略啊。如此父母，如果她跟檀枪枪真结了婚，如何跟他们相处？

3

宁婕叫出宋一楠和程美誉，在咖啡馆里跟她们吐槽檀枪枪父母。

"你后来是怎么回击他们的？"宋一楠问。

宁婕说："谈判后来陷入僵局。我后来给他们委婉地下逐客令。

我对他们说：我只想跟你们说，你们儿子会不会跟我结婚，什么时候跟我结婚，只能由你们的儿子说了算。你们只有建议权，决定权与你们无关。如果你儿子现在愿意跟我分手，我二话不说，马上跟他分手。你们先听听你们儿子怎么个说法。"

"小檀同学是怎么个反应？"程美誉问。

"他先是不吭声，不敢违逆他父母，但我确信他是爱我的。他依赖我，黏我，我们谈了四年的恋爱，他一直是这样。在我颇见淫威的眼神逼迫下，他磨叽再三，不得不跟他父母说他不愿意和我分手！"

"漂亮！"宋一楠说。

"这小子还算有种！"程美誉说。

"他父母后来气急败坏地走了！"宁婕说罢解气地大笑。

后来，宁婕建议她们三人一起去看望于桂兰，她说她自从见了檀枪枪父母之后，突然对憨脸呆眼的于桂兰有点想念。程美誉同意，宋一楠也只好赞同。三人离开咖啡馆，直奔谈小飞的住处。

"刚住进来的两天，她还挺安稳的，也不怎么喊头痛了。"谈小飞说，"可是，最近两天，她挺反常的。"

三个女人悄悄推开于桂兰的房门，头挤头地往里看：

于桂兰席地坐在窗边，她身旁一只行李包打开着，她正缓慢地翻动着里面的东西。一会儿拿出一个东西看两眼，又放进去，再拿出另一个东西。

三个年轻女人开始悄悄往里走，才走了两步，于桂兰感觉到了她们的存在。她仓皇回过头来，又快速转过头去，把拿出来的东西往包里塞。然后，她站了起来，挥舞着手喊：

"出去！出去！"

目光落到宋一楠脸上时，它停住了。宋一楠没来由心里一惊。于桂兰的声音突然变得凌厉。

"出去！"

宋一楠下意识地帮于桂兰拦住宁婕和程美誉，推着她俩往外走，直推出于桂兰的房间，然后宋一楠快速将那门关死了。

"我们走吧！这老太太还是那么烦人，眼不见为净！"宋一楠说，"好好的心情又给她弄坏了！你们不走我走了。"

她们走前，宁婕问谈小飞于桂兰今天的怪异以及他所说的她这两天的反常，到底怎么个说法。

谈小飞说："晚上不怎么睡觉，像个游魂一样的在屋里走来走去。嘴上还絮絮叨叨的，我听不清她到底在念叨什么。"

他还要说下去，宋一楠制止住了他。谈小飞才醒觉般地不再说下去了。

走出谈小飞的家，来到楼下，宋一楠一直冷着脸不说话，让宁婕和程美誉好生奇怪。直到上了宋一楠的车，她才开口。一开口把宁婕和程美誉吓了一大跳。

"我还是跟你们直说了吧！"宋一楠烦躁地说，"于桂兰是我继母！"

宁婕和程美誉震惊地面面相觑，两个人的嘴都张开了一个大大的"哦"状，忘了合起来。

宋一楠又把当时给谈小飞说的那些她的家庭变迁史、她与于桂兰的情感纠结，复述了一遍。听得宁、程二人瞠目结舌。即便宁婕和宋一楠是大学同学，宋一楠的这些事，她也是闻所未闻。

看来，宋一楠要强，一直以来竭力地向外界隐瞒她的这些不凡而动荡的家事。

最后，宋一楠说："现在我郑重向你们道歉！对不起，我利用了你们。我之前想把她先在你们那儿放些天，以便给自己一个缓冲期。但我没想到的是，你们俩的表现实在是差了那么点意思。多亏了谈小飞。要不是他，我后来都不知道该怎么办好。"

宁婕和程美誉都有点愧疚。宁婕当场表示，既然宋一楠和于桂兰之间是这层关系，既然宋一楠对于桂兰还有着这样一份善意，她愿意接下来尽她所能地配合宋一楠，比如，谈小飞不方便的时候，她还可以再次把于桂兰接到她那里去住，直到宋一楠顺利接受于桂兰的那一天到来。

程美誉张了张嘴，显然也想表达宁婕表达过的这个意思。但想了想，她还是没说。

"我对友情又有了点信心！"宁婕说罢，宋一楠对她和程美誉说，"谢谢你！谢谢你们的理解！谢谢你们的体谅！谢谢你们的心意！"又说，"我也会努力的，让自己尽快接受她。老把她放在别人那里，给别人添麻烦，总也不是个事。该我尽的义务，我不能总推卸到别人那里去。要那样的话，我宋一楠真不是个东西了。"

"你别这样说自己！"程美誉难得用真诚而由衷的语气说，"我突然发现，你比我强多了。宋一楠，我认识你那么多年，被你蛇蝎面目迷惑了。"

宋一楠得意地说："我再跟你们说一遍，别人是人面兽心，我宋一楠是兽面人心。"

程美誉又看看宁婕，有点恍惚地说："你们都比我厉害。"

宁婕听出程美誉话里有话，忙问："你怎么了，突然魂不守舍的？"

程美誉仿佛这才意识到自己走神了，笑了起来，"没有啊，我哪里魂不守舍了？"

4

冯优说到做到，果然给宁婕物色了新居。

新居位于一个富人如云的高尚小区之内，很大，一百多平，标准的书房，带落地窗的大卧室，宽阔的双人软床。冯优把新居的图片先发给宁婕看，好多张，从各个角度展示这新居的时髦、别致及贵气。

"最关键的是，小区绿化非常好，还有假山和人工湖。你写累了，就出去走一走。在院子里就可以完成边散步边构思剧本的意愿，就不用去马路上，接受灰尘的洗礼了。"

宁婕随意扫了一眼那些图片，就把它们删了。她有了新的想法。那想法令她由衷敬佩自己。

上午十来点钟的样子，冯优再次把大奔开到她楼下，用电话喊她去看新居的时候，宁婕对他说：

"你先到我现在的住处来一下吧！"

显然，冯优对宁婕的邀请感到高兴。

很简朴的房子，除了那些必备的家具之外，什么也没有，但看着干净、整洁、安静、稳妥。宁婕还是穿着那件运动服，趿拉着一双棉拖鞋，清汤挂面的发型，素面朝天。

"我喜欢住在这里!"宁婕直截了当地对冯优说,"住在这样的地方,我感到踏实、心静。因为,我自小就是在这样的房子里长大的。你给我租的那种地方,好是好,但我看着生分。那种生分,是一种不安全感。我不想在一个会让我感到不安的房子里住。"

冯优不以为然,"你该知道,我让你住那种地方,不仅仅是希望你住得好,也是希望它能对你更加切入我们这个项目的气质有帮助。"

"我正想跟你说,冯总!"宁婕说,"我不适合你这个项目。"

"什么意思?"冯优隐隐感觉到不对劲。

"很简单,我热爱世俗生活,不喜欢造梦式的写作,也没有那个资质去搞这种写作。"难得她说了一句糙话,"就让你的造梦项目见鬼去吧!"

"你太天真了!"冯优笑了,"你非得坚持这种编剧态度,你很难遇到适合你的项目。也许,永远都遇不到,一辈子都遇不到。除非你不想干这一行了!"

宁婕说:"哼!我就不相信,我所喜欢、有感觉的项目,永远不会出现。我就不相信没有例外。我愿意等,直到它出现。即便为此历尽千辛万苦,我也在所不辞。"窗户外面,漫远的居民楼冷漠着透着股硬朗,宁婕深吸了一口气,转过身来说:"我已经决定了,你不用再做我的工作了。"

"没有回旋的余地了?"冯优问。

"我确实有成功的欲求,确实有尽快一圆心里某种愿望的强烈的念头,我也会经常为此焦虑。但即便这样,我仍然选择采用我自己喜欢的表达方式去圆梦,去实现梦,去为梦努力。"

"既然你意已决，我也就无话可说了！"

"你之前给我的预付款，我如数奉还！"

"那倒不必！"

"不是不必！是必须！"宁婕用一种骄傲的声音说。

冯优花了好长时间凝视宁婕，像不认识她似的。可以确定，他隐隐感觉到他心里某个地方动了动。

他发觉，他从这个上午开始，才真正对宁婕刮目相看。在他四十二年的人生岁月里，经历过的女人不计其数，宁婕这么死心眼的可爱女人，他还真是头一回遇见。是的，在他眼里，宁婕这种忠于自我的死心眼，一点都不招人烦，相反是十分可爱的。

七、程美誉

1

结婚两个月来，这是程美誉第一次主动打电话把两个闺密叫出来逛街，而且是大上午。对此，宁婕和宋一楠都略略感到意外。

"太阳打西边出来了！"宋一楠说，"你不怕谢玮童一个人在床上打飞机啊？"

程美誉举手拍打宋一楠，"哎！有你这么重口味的吗？想男人想疯了吧？那位'艺术家'同学没有对你尽到男朋友的本分？"

宋一楠说："你少来了！人家那叫冰清玉洁好不好？"忽然自己笑了起来，"不过，还真让你说中了，他是个坚持婚前守贞的基督徒。这一款的男人我还真没经见过，感觉很不错。"

宁婕马上发现这是给予谈恋爱通常没常性的宋一楠善意提醒的绝佳时机。"感觉好就认真谈，别再像以前那样了，十天半个月的就崩，弄得我们大家都替你操心。"

"操心你自个儿吧！"宋一楠忽然满脸的自信，"咱俩打个赌，我保证比你先结婚!"

宁婕撇嘴,"你哪次谈恋爱不是这么自信满满?结果呢?"

"不跟你说了!你这人,就知道打击别人的自信心,没劲!"宋一楠一把捞起程美誉的手,"美誉,刚才跟你说笑的。现在咱不开玩笑,你跟我说,是你公婆来了吗?要不然大周末的你肯定不舍得抛夫弃家地出来玩。"

"哪有啊!"程美誉说,"就是怀念结婚前跟你俩在一起吐槽八卦瞎胡逛的时光了,仅此而已。女人跟女人在一起,说个笑,扯点闲,那种乐趣,是什么样的事情都取代不了的。我可不能因为结婚就放弃这种乐趣,对吧?"

"你这人最假了!我才不信你的鬼话,我打赌是你公婆来了。"宋一楠说,"你们结婚的时候我们又不是没领教你公婆的厉害。尤其你公公,六七十岁的男人,劲儿劲儿的。一个小县城的老头,说话一格愣一格愣的,一看就是刚愎自用的人。你跟他绝对处不到一块儿去!是他们来了对不对?"

"是这情况吗?"宁婕说,"而且,我也觉得你婆婆这人,远没有于桂兰那么好玩。"

说到于桂兰,宋一楠的脸忽然沉下来了。宁婕和程美誉见状忙转换话题。

"我请你俩去美容吧!"程美誉说,"上星期给一家新开张的医陪美容机构做活动,他们送了我一张美容卡。咱去看看这家店办得怎么样,好的话咱经常去!"

宋一楠张大了口,"闹了半天,你今天是为人家拉客来的?我说呢,没事大周末的你拉我和宁婕出来干吗。"

"冤枉哪!"程美誉忙辩解,"我保证不要你俩掏一分钱。"

"那还差不多!"宋一楠说,"咱走?"

回头就往先前停了她们车的地方走。半路,遇见一个厕所,程美誉和宁婕将包交给宋一楠,她二人进厕所里去了。刚进去两分钟,程美誉包里的手机响了。是谢玮童打过来的。

没多想,宋一楠就把电话接了。

"跟你们老板请到假了吗?"谢玮童的声音有点急,"表妹刚才来短信,说火车快要进站了。我们得赶紧开车去接她。人家大老远过来,又是第一次来北京,让她在火车站干等不好。"

宋一楠哧哧笑了起来,"哟!谢玮童,没看出来啊,瞧你叫得那个亲啊——'表妹'!"

"怎么美誉的手机在你这里?"谢玮童说,"她不是去公司加班了吗?"

"加班?没有啊!我们迁在逛街呢,"宋一楠说,"一会儿我们还要去整个容啥的。"

"整容?开什么玩笑?美誉她今天没有加班?"

宋一楠忽然意识到程美誉今天的主动邀约果然是因了家庭问题,但已经晚了。谢玮童的语气突然变冷:

"她在哪儿?叫她接电话!"

正好程美誉和宁婕有说有笑地走出厕所。一抬头,程美誉看到宋一楠举着她手机发愣的样子,立即意识到了什么,奔了过来。她抢过手机,放到耳朵边上,发现谢玮童已经挂断电话了。

"他说什么?"程美誉看了眼来电记录上"老公"这两个字,慌张地问宋一楠,"你跟他说什么了?"

101

"谢玮童说什么'表妹'已经到站的，还说你在加班什么的，我是不是说错什么了？"

"你还说什么了？"程美誉紧张地问。

"我还跟他开玩笑，说我们马上要去整容。"

"什么？你怎么能说这个？"

"我开玩笑的啊！"宋一楠说，"对了，你没跟谢玮童说过你整过容吗？"

"我怎么敢跟他说这个事？他跟我刚认识的时候就说过，他喜欢原生态女人，最不能接受女人整容，"她哭丧起脸，"再说了，我那是微整形，严格说来，不算整容，我跟他说这个干吗呀？那不是徒增他的疑惑吗？"又转脸看看宁婕，"你们都不知道，别看谢玮童这人表面上嘻嘻哈哈，没个正形的，其实心可细了……"

"那怎么办？"宁婕说。

宋一楠抱歉地看着程美誉，"不会出什么事吧？你俩感情到底怎么样啊？你这人不像我那么真情实感，我还真对你俩的感情现状把握不准。"

"开始还挺好，最近越来越糟糕。"程美誉难得真情实感起来，望着远处，幽幽地说，"自从你继母在我们家待过之后，我们老起争执。我也不知道怎么回事。反正三句话不对头，就争起来了！"

"对不起啊！"宋一楠诚挚地说，"要不是我当时硬把这个讨嫌的于桂兰往你家里按，恐怕你俩都好好的。"

"那倒不见得！不关你的事，"程美誉说，"该来的总会来，你继母的到来只是加快了它们的推进速度而已。我现在突然明白以前在杂志上看过的一句话了：闪婚这种事吧，必须得慎重。弄得不好就闪了魂，闪了心……"

"别信那些杂志上的鬼话，"宁婕忙给程美誉打气，"凡事都有个过程，哪有两人在一起不需要磨合的，现在你和谢玮童只是过于快速地进入了磨合期而已。别担心！会顺利度过的。"

"谢你吉言！"才这么说过之后，程美誉又变得虚弱了，"宁婕，一楠，万一你俩到二十九岁还没嫁出去，千万不要像我这么急。人吧，总觉得到三十的话，一下子就老了似的……每一个整数岁到来之前，人的心理挺奇怪的……"

"放心！我们二十九岁之前肯定嫁出去了！"宁婕和宋一楠异口同声。

2

谢玮童不在家。他打了个车接他的表妹去了。回到家，程美誉慌慌地坐在餐桌边，有一搭没一搭地削苹果。削了三只苹果，但一只都没啃过一口。

给谢玮童打了三次电话，他都按了拒接键。

程美誉将第四只削了一半的苹果跟水果刀一起放下，第四次给谢玮童打电话。

"玮童，你听我解释，"她柔声说，"本来说好是要加班的，但我才出门，单位里又来电话，说不需要了。我想反正已经出来了，就把宁婕和宋一楠叫出来逛街。"

"你能不能不再编瞎话？"谢玮童应该是在出租车上，因为程美誉听到他同时在跟谁指示驾驶路线，"程美誉，你要是实实在在跟我说，你不想我们家里的人来打扰我跟你的小日子，你心里不高兴，于是你编了个谎以此表达不满，我倒还不至于那么反感你今天的表现。可都到这份儿上了，你还在编。我能问你一句吗？我们认识到现在，你还编了多少谎？还瞒过我什么？"

"老公，别说得那么恐怖好不好？我今天是说谎了，但我是善意的。你想去接你表妹，我心里不高兴，但我怕表现出来惹得我俩又起争执。我真的是善意的。"

"谎言有善意的吗？"谢玮童说，"就算有善意的谎言，你那谎也不算是。你那是再恶意不过的谎言了。你就是自私，家里来个客人立马不高兴。我早受够你这种自私了。"

"好吧！我自私！"程美誉是那种先柔后硬的女人，实在柔功无效，立即会变得坚硬，"那么，谢玮童先生！您好好把你表妹接家里来吧，您甚至可以从此后跟她一起过日子——反正乱伦也不犯法。我暂时可以去公司宿舍住。不过你不要忘了，我们买这二手房的钱，我是掏了大头的，所以，下次你要想接谁过来跟你一起过日子，必须得到我的容许。"

"你说的是什么话？"谢玮童怒了，"我表妹才十五岁，还是未成年人好不好？她来北京艺考面试，我这个表哥不该接待她一下吗？叫你把人这么往脏里想？真难以想象你心里还有什么肮脏东西没倒出来。"

"你觉得我脏是吧？"程美誉说，"好吧！我改主意了。有我这个脏人住过那么久的家，也干净不到哪里去，你带着你白莲花似的表妹住宾馆去吧，省得把她给蹭脏了。"

"那是不可能的！"谢玮童在电话里面吼，"我自己家里的事，我说了算，我想叫谁住进来就住进来。"

"谢玮童！想不到你是这么大男子主义的一个人！"

"我就大男子主义了，怎么了？"

"所以，你不也是吗？"程美誉说，"难道你就比我好吗？你的毛病不也一样一样地出来了吗？谁也不比谁好到哪儿去，你没有资格说我。"

从电话里传出一个女孩子的声音，显然是谢玮童的表妹了。"哥，要不，你帮我找个宾馆让我住下吧！我不想让嫂子不高兴。"

程美誉听得真切。这句话起作用了。程美誉发现这有可能是个懂事的孩子。于是她说："好吧！算我错了！我们别争了！我也不去公司宿舍住，你们也别在外面找宾馆住，就接她回来吧！"

"算你还懂事！"大约要在表妹面前表现他一家之主的地位，谢玮童大声地这么说了一句。

程美誉一下子给气炸了。"谢玮童！你算个什么东西！"

程美誉神经质般地挂断电话，快速去衣橱里取了几件换洗衣服和外套，塞进包里，趁着谢玮童还没回来，离家出走了。她开车去往公司宿舍的途中，眼泪断了线地往下流。

公司宿舍空荡荡的，程美誉一个人在里面待了一会儿，感觉特别孤独。没结婚的时候，一个人待着倒是适应的，结婚虽然才两个月，但与谢玮童相伴相守的，已经成了习惯，如今一个人待着突然完全不适应了。

正好宋一楠今天没出飞，给她打电话。

"一楠，我有点小事情这两天不回去住了。能在你那儿住一下吗？"

"快来吧！"宋一楠仗义地说，"你就别扛着了，什么叫小事情？肯定是跟谢玮童闹大了是吧？放心！这个时候姐们的作用一定要大大体现。我这儿包吃包住，你想住到什么时候就住到什么时候，住到天荒地老、海枯石烂我宋一楠也欢迎、支持加坚决赞同，直到那姓谢的打电话来向你讨饶赔罪，八抬大轿抬你回去！"

"谢谢了，一楠，你真好！"

"我把宁婕也叫过来，咱好好骂一骂这个姓谢的。"

来到宋一楠家，程美誉抽泣个不停。稍后，宁婕也来了。见程美誉哭得娇喘微微、伤心欲绝，宋一楠就来气了：

"这个谢玮童太可恶了，放着娇滴滴的新婚老婆不管，把什么表妹往家里拽。哪有这样做男人的。"说着就愤怒了，"美誉你给我老实交代，你有没有后悔跟他结婚？要实在觉得委屈，就别再跟他过下去了。二十九岁算什么呀？如花似玉的大好年华。不行咱就离。我保证你要是离了，排队上来献殷勤的好男人能从天安门广场排到东直门。"

宁婕忙制止宋一楠，"一楠你说什么呢？有你这么教唆的吗？你巴不得每个人都过得像你这么兵荒马乱是吧？"

"什么叫兵荒马乱？"宋一楠鄙夷地说，"那叫自由自在、快意生活好不好？"

宁婕说："你那叫自由、叫快意吗？谁还不知道？你那叫身不由己，那叫你自己说了不算，瞧你自己每当一失恋就像个没头的苍蝇到处乱踢乱打的状态，整个一个疯狂和病态。有你这么一个跳大神的就够了，你还想把美誉也往火坑里推呀？就算美誉答应，我都不会答应。"

"你能不能不毒舌?"宋一楠被宁婕气乐了,"不毒舌你会死吗?"

还是程美誉自己打断了她们,"你们都别说了。我自己的事,我心里有数。先让我静一静好不好?"

宋一楠建议程美誉一定不要给谢玮童打电话。这个宁婕赞同。程美誉也是这么想的。夫妻没有不吵架的,但如果第一次吵架后扛不住先投降,难免形成未来的某种规律。

在宋一楠这儿住了三天,谢玮童竟然没有来过一个电话。中间,宋一楠飞过一次,一个晚上,加一个半白天。等宋一楠回来后,发现程美誉还住在她这儿,她忍不下去了。问到谢玮童的表妹只来北京两天现在肯定已经回老家了的情况,宋一楠更是气不打一处来。她火速给谢玮童打电话,程美誉拦都拦不住。

"谢玮童!你能不让我那么内疚吗?"宋一楠劈头盖脸地说,"你看啊!在我硬把于桂兰塞到你们家之前,你跟美誉一次架都没吵过。这一次,如果不是我接了美誉的电话,兴许你俩这一架也不会吵。你俩现在这么僵着,弄得我尴尬啊。好像是我宋一楠设计陷害了你们似的,好像我宋一楠硬要拆散你们似的,好像我宋一楠多么不懂事似的。你俩要真想闹矛盾,下次再找个别的机会行不行?这次,先让我避个嫌,中不?"

谢玮童正在等台阶下呢。他的确有大男子主义,总觉得先向程美誉投降的话,大男人的面子过不去。宋一楠这么一吆喝,他立即说:

"你叫她在你那儿等着,我马上去接她!"

程美誉站在宋一楠旁边,把谢玮童的话听了个真切。她一下子眼泪掉了下来，抢过宋一楠的手机，还没说话，嘴巴就嘟了起来，撒娇在即。

宋一楠忙用手势制止。程美誉该说什么话她心里清楚，用不着宋一楠指挥。

"老公！谢谢你！"程美誉说，"我在一楠这儿等你，你也不用着急赶过来。路上小心点。今天风大，多穿点出门！"

宋一楠斜着眼睛看程美誉，看了半天。

3

"咱应该好好谈一谈！"一回到家，谢玮童就一屁股坐下来，盯着程美誉说。

"老公，别那么严肃！"程美誉微笑着说，"这三天你是怎么过的？你表妹懂不懂事？吃饭的问题是怎么解决的？你又不会做饭，肯定是在外面吃的吧？那你一定没吃过一顿好饭。我给你做饭去！"

谢玮童闻言颇有些动容。他上前，从后面搂住程美誉。

程美誉转过身来，用手指亲昵地戳了戳谢玮童的脑门，然后用力掰开谢玮童的手指，向他微微一笑，去了厨房。打开冰箱，将就着冰箱里的一块牛肉、两个鸡蛋、两种快蔫了的蔬菜，很快整合出了三道菜，有条不紊地炒了起来。中途，见谢玮童跑过来腻歪，她将他推了出去，并关上了厨房的门。

厨房里只剩下了她一个人，她脸上的表情忽然变得肃穆。

显而易见，她在思考着什么。

后来，她将炒完的三道菜端出去，在餐桌上放好，认真地观摩谢玮童卖力、卖弄的吃相。对于谢玮童用这种夸张的方式向她示好，她心里不为所动。

饭足菜饱之后，谢玮童绕过餐桌向她走过来，一把将她搂住，又是蹭又是捏的。显然，某桩事他憋了好几天了。等他再也收势不住，非要将她置之于床上而后快时，她缓慢而坚决地推开了他。

"玮童，我们谈一谈吧！"

谢玮童有点扫兴，但他马上觉得这个时候配合程美誉的思路非常重要，忙说："我也想跟你好好谈一谈！"

程美誉说："这三天我一刻也没闲着，我一直在回顾我们从认识到现在的点点滴滴。"

"我也是啊！"谢玮童小声说。

"然后，我坚定地认为，我们结婚并不是草率的，虽然看起来我们从认识到结婚只花了比较短的时间。"

"当然，咱俩是相爱的。我第一眼在别人的婚礼上看到你，就认定你是我要找的那种姑娘，你温柔、体贴，说话特别有涵养，有分寸有讲究，做任何事都把别人的感受放在前面……"

程美誉打断了他，"那么好，既然我们确信我们是相爱的，余下的问题就属于技术范畴了。只要我们有诚意去解决，就一定能解决掉的，你觉得呢？玮童！"

"当然！当然！"

"我们现在来探讨一下解决的方式。"

"好！"

"首先，我们发现彼此都没有对方想象的那么好。我们各有各的问题，而且，随着我们的婚姻生活越来越走向平庸和乏味，我们各

109

自身上的问题会越来越多地呈现。"

"是啊！一定是这样的！"

"我是坚定地要跟你白头偕老的。你呢？"

"我也是啊！"

"那么好，为了我们能够如愿白头偕老，我们只有学会去容纳对方的毛病。"

"咱共同努力吧！"谢玮童望着程美誉，他从来没有像今天这样意识到程美誉是如此厉害的一个人。她心里是非常有数的。真正到了关键时候，她其实是非常懂得技巧的。这样的妻子，不可谓不好。

"玮童，是的，我以前总不能及时将真实的想法向你表达出来，虽然我的出发点是好的，但造成了不好的后果。关于这个，现在，我向你承认错误。"

"不全是你的不对！我更多不对！"

"以后我尽量向你袒露最真实的自己。"

"那倒不一定，凡事大可不必矫枉过正。"

"下面我要跟你说一件事，我的事情。这件事我以前从来没向你坦白过。你听到后一定会感到吃惊。我也知道你对这样的事情是什么样的态度。但我还是决定要向你坦白。你准备好了吗？我要说了。"

"嗯！你说！"奇怪，谢玮童竟然目光含笑地望着她，那目光里有一种先知先觉的聪慧感。

"我做过几次微整形！"

谢玮童大吃一惊。他的嘴微张着，合不拢。

他就这样怔怔地望着程美誉。然后，他失声大笑起来。

"其实，我早有这种猜测。而且我也想过，如果真的是这样，我会不会接受你。结论是，我是愿意接受的。我爱的是你这个人，不是你的容貌。也就是说，你的容貌只是你的一种外在表现形式，只是一个形式而已。它代言着你的内心。你不过是爱美，对你内心的代言者期许过高。在这种期许下，你对它做了点向好、向美的调整而已。"谢玮童说，"你今天主动把这件事说出来，我便对此没有任何看法了。我坦然接受。"

程美誉长舒了一口气，然后，她握起粉拳，向谢玮童捶去。"讨厌！你已经知道了，还装作不知道。还有，不许你用刚才那种怪样子吓唬我。你知不知道，你刚才做出那种大吃一惊的样子，把我吓坏了。我心想，完了！这下子完了!"

"完不了！哪能那么快完了！还没开始呢。"谢玮童将程美誉扛将起来，快步走向卧室，将她扔到床上。她娇柔的身体在床上蹦了两下。她娇声呼痛。谢玮童一个饿虎扑食，将她淹没到自己圆硕、宽阔的身体里。

"这个地方整过没有?"他手口并用纠缠着她身体的某处，如此发问。

"整过的，全整过的!"程美誉咯咯笑着挑逗他。

"妖女！看俺老孙怎么收拾你!"谢玮童喊。

"臭猴子！看谁收拾谁!"

后来，在汗液与激荡的喘息声中，程美誉问：

"我们能顺利渡过难关吗？这个难关会持续多久啊?"

谢玮童翻身坐起，瞪着程美誉说："有一个让咱容易渡过难关的办法!"

"说来听听！"

"生个孩子！"谢玮童说，"孩子可以使咱俩转移注意力。"不过，没等程美誉回应，他先自犹豫起来，"我怎么突然有点害怕了呢？"

程美誉笑了，"所以，这件事吧，得想清楚了再说。"

八、于桂兰

　　于桂兰静静地坐在地板上，面朝窗户，背朝房间门。阳光越过塑钢窗玻璃淌到她半边身子上，最终在她的身后形成一条狭长的亮影。于是于桂兰就仿佛是坐在一片银色方舟的前端了。这样她的样子看起来多少有点怪，呈现出某种诡异之气。

　　她弯曲、打开的双膝间，放着她的那只彩条纹帆布包，上面的拉链开着，里面拉拉杂杂装满了各种各样的物什，这些大概都是她的心爱之物了。

　　一沓照片被于桂兰抓在手里，她用缓慢的动作一张一张地翻看它们，看完一张，捻下来，将它放到地板上，继续看下面的那张。

　　最上面的一张照片上，是一个男人和一个女人的合影。女人正是她，男人比她年纪略小，眉眼与宋一楠很有几分相似，显然是宋一楠的父亲宋鹏伟。

　　将这张照片拿开，她眼里出现的是一个妙龄、穿空乘制服的姑娘，正是宋一楠。于桂兰的目光在宋一楠的这张照片上停留了很长时间。

　　她慢慢地翻看下去，最终，目光又在一张黑白照片上停住了。

照片上是一个小女孩，依稀可以看出现在宋一楠的样子，无疑这是宋一楠小时候的照片了。

最终，于桂兰将这三张照片抽出来摊开放到地上。其他的照片，她小心地塞进包里。

她歪斜起脑袋来，目光在地面上这三张照片上挪来挪去。在目光与这三张照片的对应中，她的脑中开始跳跃一些画面，它们大多只在她脑中停留片刻，但也有个别画面停留时间较长。

有三个画面颇有些清晰：

第一个是：宋鹏伟躺在病床上，于桂兰与宋一楠站在床边，宋鹏伟的嘴翕张着，艰难地说着什么。

第二个是：那张黑白照上的小宋一楠从外面跑进来，她的手指被什么东西刮破了，流着血。于桂兰看见了，慌忙进了里屋。不一会儿，她拿来一小瓶云南白药，抓起小宋一楠的手，要帮她敷药。宋一楠却用力推开她的手，打落药瓶。瓶子里盐白色的药粉撒了一地。

第三个是：穿着高跟鞋的宋一楠走在北京的大街上，于桂兰提着她的两只包，奋力地在宋一楠身后追撵她。宋一楠突然回过身来，气势汹汹地拿眼睛瞪着于桂兰。于桂兰吓得腿发软，包掉到了地上。

现在，于桂兰的脑海里又开始闪现第一个画面，她努力使这画面停留在脑海里不动，因为她想听清楚宋鹏伟翕张的嘴里说着什么。好些天了，她的脑中出现得最多的就是这三个画面，而最最多的，正是这个宋鹏伟正在说着什么的画面。于桂兰几天前就已经听清楚了：

"照顾好你妈！"宋鹏伟是这样说的，"虽然，虽然……"

但就只清楚这些字，"虽然"后面还有些什么话，无论于桂兰如

114

何努力思索，都听不清了。

"照顾好你妈！"——这句话和这三个画面，以及面前的这三张照片，整合在一起，会形成一个什么样的逻辑呢？这些天来，于桂兰一直在努力利用她思绪的断点，试图想清楚些什么。

她是谁？照片上的这个男人和她是什么关系？这个姑娘，又跟她是什么关系？她最想弄清楚的，就是这三个问题。

"照顾好你妈！"——"你"，除了是这个姑娘，还能是谁呢？那么，"你妈"又是谁？她分明就能从不断闪现的那第一个画面里看到宋鹏伟说这二字时望向她的眼神，显然，"你妈"就是她自己了——那么，这个姑娘是她女儿？她是这姑娘的妈？而这个男人，是她的丈夫、这姑娘的父亲？

于桂兰的脑海里一次又一次地铺陈出这样的推理过程，最终，就尘埃落定成她心里的结论了——她是宋一楠的妈。

每当推进这简单但艰难的思考过程，她的脑袋会锐痛起来，最终她感觉脑袋简直要炸开了，迫使她不得不中断思考。后来，她确信那个结论不会有误，觉得再进行这种重复的思考实在没有意义，便不再做这样的思考。

房门响了一下，紧接着，谈小飞拧开门，走了进来。宋一楠跟在他的身后。

"这两天她怎么样？没太烦你吧？"宋一楠的声音很大，依然是那种烦躁的腔调。于桂兰听够宋一楠的这种声音了，她反感这种声音。

"还好！"谈小飞说，"不叫她，她就一直在这间屋里坐着，一动不动的，发呆。"

"她脑袋还痛吗？"宋一楠问。

宋一楠的这句话令于桂兰对她的声音没那么讨厌了。

"没怎么听她喊痛了。"谈小飞说。

"我们出去吧!"宋一楠忽然说,"就让她一个人在里面待着吧,只要不乱跑就好。"

他们出去了。于桂兰扭过头去,看着被他们砰地关上的房门,狠狠地瞪了它一眼。现在,她的目光灵敏得与常人无异。事实上,于桂兰自己现在也不觉得自己的脑子有问题了。她觉得,她顶多是个记忆力不怎么好的老年人而已。

"你能接受她了吗?"在客厅里,谈小飞问宋一楠。

"我突然说不清楚这个了,"宋一楠喃喃地说,"说实话,我已经不怎么讨厌她了。过去的事已经过去了,现在她是一个老人,需要照顾的老人而已,我应该这么想不是吗?其他的不用去想。也许,再过几天,就不用麻烦你了,我就已经可以把她接到我那边去了。"

"那倒无所谓!"谈小飞说,"她安安静静的,不影响我做事,我还挺愿意她待在我这里的。"指了指工作台上的设计稿,"其实她还给我增加灵感了呢。"

宋一楠看了看那设计稿,不知何时,那上面的"失踪"二字变成了"失踪的记忆"。

"她每天沉默地坐那儿冥想的样子,很触动我。"谈小飞说,"单个的人失踪不可怕。最可怕的,是记忆会失踪。人类的记忆一直在失踪。总有一天,我们整个人类也会在宇宙的记忆里失踪。我终于校准我这件作品的表述位置了。"

宋一楠带着钦佩的眼神,望着清澈的目光中突然带点灵异特质的谈小飞,"你会变成北京最有名的景观设计师。"

谈小飞脸上掠过一丝羞涩。"不说我的工作了。"又说，"反正，我是愿意她住在我这儿的。"

宋一楠想了想，说："那最好了。以后，她可以住我那儿，也可以住你这儿，就看她自己的意愿吧。"

他们两个在做这些交谈的时候，于桂兰蹑手蹑脚走到门后偷听。但是，她没听清楚他们说什么。

过了一会儿，房门外变得悄无声息了。于桂兰猛地打开房门，却见谈小飞正在工作台上画设计稿，而宋一楠竟然拿着一根用纸卷成的短绳，对准谈小飞的脸，捻动着它，脸上挂着春意盎然的笑——她在挑逗他。

于桂兰变得健步如飞。没等宋一楠反应过来，于桂兰已经来到她身边。

"你个不要脸的东西！"于桂兰张手就往宋一楠的脸上来了一记。

宋一楠愕然地瞪着于桂兰，她的目光里出现了已经久违的仇与恨。

"你打我？"她又把头转向谈小飞，说，"我小的时候，她经常这样用蛮横的态度对我。我受够她了！这个可恶的女人！坏女人！我永远不要跟她在一起住。"

谈小飞也十分惊愕，他不明白于桂兰为什么变成了这样。却见于桂兰脸上露出了傻傻的笑——这一次，她是装的。

她要弄清楚宋一楠为什么遗弃她。为了弄清这个为什么，暂时装装傻是有必要的。这样可以使宋一楠对她失去警觉，更容易透露出她的秘密。

"变态女人！"于桂兰"傻笑"地对宋一楠说。

宋一楠捂着脸，无奈而烦躁地看着她。

九、宁　婕

1

宁婕在马路边跑步。

北京的春天比南京来得晚至少两个月，但到底还是来了。路边的大杨树都纷纷开始抽芽。气温适宜，宁婕跑出了汗，便在马路边站下歇会儿，又掏出手机，拍杨树。拍完往微博上传照片。

"春天已经来了，好运什么时候来呢?"在照片的前面，配了这样一句话。

刚把这个题配图发上去，手机就发出有人评论的提示音。打开，看到一个叫"尤马"的微友的评论:

"好运就在你后面，你却假装看不见。"

宁婕回过头，看到冯优微笑地站在她身后。一身 BOSS 牌子的米白色运动服，脸色红润，衣服里鼓胀的胸肌上下起伏，显然刚跑过步。看起来最多也就三十五岁，但宁婕早就知道他已经四十二了。

"你怎么到这儿来跑步? 你家不是住西边吗?"宁婕问。

"我试试追你的感觉！"冯优话里有话。

宁婕假装没听出他的弦外之音，"你什么时候跟在我后面跑的?"

"从上一次咱们分别之后，我就开始构思怎么追你了！"冯优说，"当然，今天是第一次付诸行动。"又打了个哈哈，道，"你跑步真专注，我在后面撵你大半个小时了，你居然一点感觉都没有。"

宁婕想起宋一楠向她吐槽过的冯优的诸多恶劣之处，一下子就警觉起来。

她抱臂站好，远离了冯优一些。"一大早的，找我什么事?"

见宁婕严肃，冯优只好也收回了脸上的狎昵。然后，他盯着宁婕看了一会儿，笑了。"我还是想跟你谈谈我们的那个项目，我的意思是，你不做这个项目可惜了。"

"没什么可惜不可惜的，我不适合它，如果硬着头皮写了，我早晚会崩溃。我了解我自己，做违背心意的事，我会痛苦不堪。"

"宁小姐，"冯优摇了摇头，"这两天我去你微博里潜水，把你从去年来北京后的微博一条一条看了，加起来上千条。我觉得我足以了解你来北京的目的了。"

"那又怎样?"

"既然你说，你来北京是为了让你工人退休的父母过上最好的日子，"冯优说，"我们把话说得俗一点吧，就是说，你是想挣到一笔数目不算小的钱，好给父母买个大房子，装修得漂漂亮亮的，除此之外，你想存下一笔旅行基金，每年带父母出去走那么几趟，帮他们完成他们不愿告诉你的他们从年轻时就有的旅行梦，你还要给他们存下另一笔基金，保障他们晚年有足够的医疗资金，令他们可以一直过上丰衣足食的生活，总之，就是这些，对吧?"

"是啊！你看得倒是认真。"

冯优说："要帮他们实现全部这些事情，也要不了太多的钱。你自己应该知道，只要你认认真真完成我们这个项目，就能挣够这笔钱。"

"这我知道，不用你说。"

"我们这个项目通常也就一年半载的时间。咬咬牙，把这段时间坚持下来，你来北京、干编剧的愿望就全部实现了，余下的时间，你想干什么就干什么。什么忠于你自己的内心，什么什么的，都不在话下。牺牲不到一年的时间，换取你未来所有的心遂所愿，何乐而不为呢？反过来想，你如果一直这样等下去，愿望的实现就会拖下去，很难说拖到哪年哪月，而你父母也一天一天老了，你对他们的一腔孝心全成了空话。"

宁婕紧紧地盯着冯优，不再希望他说下去。他在拆穿她。她是虚伪的。在来北京这件事上，不但她自己早先已经看到了，现在冯优也看到了：她是虚伪的。她假借着对父母的爱，其实是想达成她内心里更深刻的那些动机。隐藏在暗部的这些内心秘密，现在看来，是确凿无疑的了。

"你如果坚决要放弃现在这么好的机会，那只能表明：你是一个非常自私的人。你并不爱你的父母，你只爱你自己。你任性，太任性。你跟很多小女人一样，是个以自我意愿为中心的女人。"冯优忽然这样说。

这句话产生了惊人的效果。换句话说，这样的激将法产生了实效。宁婕仓皇地望着他，突然说：

"为什么你必须找我？全北京编剧那么多，找不到活儿干的并且有能力的编剧有的是。你为什么必须找我呢？"

"因为我深信你有才华！"冯优说，"我不知道你所说的找不到活儿干并且有能力的编剧才华有多少，但我深信，你，你的才华是足够了的。"

"谢谢你这么信任我！可是——"

"不要再'可是'了，"冯优大声说，"你知道这个世界上多数人是怎么浪费时间的吗？纠结于那些无意义的思前想后，浪费了他们一生大多数的时光。如果人人都能把这些浪费掉的时间利用起来，人人都能心遂所愿。"

宁婕对面前的这个男人有了更深一步的了解，那就是：他是雄辩的。这是一个典型力量型的男人。"请容我再最后考虑一次。"她低下头去说。

"我等你回话！"冯优说，"但愿我们不要再把时间浪费下去了。"他笑了，"其实，有一点宁小姐你一直忽略了，我们是签了合同的，你中途退出，是违约的。有了这次违约经历，你将永远成为一个没有诚信的人。这个圈子说大也大，说小也小。传出去，你就别想在这个圈子里混了哦。"

打了个响指，他跑到远处。步子迈得很开，速度惊人，脚步掷地有声。粗壮的腿部肌肉随着他的奔跑而跳动。什么大半个小时都没追上宁婕的话，完全是他编出来的鬼话。

他是一个想追谁一定能追上的男人。宁婕捂着心房，微带着些恐慌，微带着些欣欣然，愣怔地想。

2

宁婕在深夜接到檀枪枪的电话。檀枪枪的声音幽怨又不失真诚。

"婕,自从上次离开北京后,我爸妈成天给我施加压力。他们还把我奶奶搬了出来。大老远的,把她老人家从北京折腾到南京。然后就是他们三个人对我狂轰滥炸。我被他们打败了!"

"你什么意思?"宁婕心里一凛。

"还能有什么意思呀?"檀枪枪说,"谁叫你那天跟他们说话那么不注意方式呢,他们是对你满肚子的意见。况且,他们想叫我今年结婚,确实是真的。所以……"

"'所以'什么啊?有什么话痛痛快快说出来就行了!"

"他们跟我说,如果我选择和你继续谈恋爱,他们就不再认我这个儿子。"

"你怎么想的?"宁婕的心在冷下去。

"他们真不是吓唬我玩的。我苦口婆心地劝说他们,他们最后把我拎到公证处,给我下最后通牒,要么马上做公证解除与他们的关系,要么,跟你分手。"

宁婕把电话从耳朵边上拿远。她打开灯,怔怔地望着天花板。她发现先前她在看待她与檀枪枪的关系上,过于自信了。也许檀枪枪这么些年来,根本就是在利用她。当然,以她如此内外兼修的资质,说檀枪枪一点都不爱她,那也是不大可能的。

她与檀枪枪的认识过程很简单:

当时,她还在南京做民生记者,报业集团交代给她一个选题,选题的内容是调研十多年前的那些下岗工人的子女现状，檀枪枪是被采访者之一。

这件事之后，檀枪枪有事没事开始过来找宁婕玩。宁婕那时就是个工作狂，平时没什么娱乐，生活刻板而机械，檀枪枪虽然家境贫寒，但人却调皮、活泼，对新生事物特别善于接纳。他教会了宁婕上网偷菜、在网上养宠物，使宁婕对各种各样的潮流品牌略知一二，他还使宁婕知道了南京各种各样的特色餐馆——总之，在他介入她的生活后，她一下子觉得生活比原先所了解的要有情趣得多。

檀枪枪无疑是那种特别有情趣的人，可爱、奔放，热爱生活。宁婕喜欢他这样的性格。慢慢就恋爱了，直到现在。说实话，宁婕从来没有想过要跟檀枪枪分手。

"其实，还有一件事，我一直没跟你说，"檀枪枪说，"我要毕业了，我喜欢南京，会在这里找工作。我不喜欢北京，不会去北京找工作的。可是，你似乎在比较短的时间里，不可能回南京的。当然，我知道，你有你的追求。可是，我不适应这种双城恋爱生活。我觉得，这是对有限生命的一种浪费。"

宁婕发现，檀枪枪是个及时行乐者，一时半会儿的两地生活都承受不住。她以前为什么就没发现这一点呢？

"你等着我明天回南京！"后来，宁婕说，"我想跟你好好谈一次。"

相对于男人，女人更珍视一场不可谓不长的恋爱，宁婕无疑正是这样的女人。

上网，订机票。第二天一早就直奔机场，快中午的时候，打车回到她自己的房子——檀枪枪住在她的房子里，从他们谈恋爱第一年就开始了。

回到她房子所在的小区楼下，宁婕被眼前的一幕震惊了：

檀枪枪雇了两个工人，正在往楼下搬东西。他不时从楼上的窗口伸出头来，督促和指挥那两个工人。楼下停了一辆宝马车，显然是用来拉檀枪枪的东西的。

一个女人，三十多岁，戴着墨镜，嘴里嚼着口香糖，坐在驾驶室里，穿着黑色丝袜的腿高高跷在方向盘上，不时用脚尖摁一下喇叭。车门开着，喇叭响起来的时候，她就将头支出车外，向楼上宁婕家窗口处的檀枪枪那儿看一眼。

檀枪枪心有灵犀地向她展颜微笑，还向她打口哨。

"叫他们搬快点！我肚子好饿，得赶紧找个地方吃饭去。"女人抬头冲上面的檀枪枪说。

"别急嘛！搬完我再好好陪你吃！"檀枪枪在上面大声应答。

男人撒起娇来，实在是有点怪异。

宁婕途经那女人和她的爱车旁边的时候，很是郑重地打量她。女人似也觉察到宁婕与她之间有着某种联系，也深深地看了宁婕一眼。宁婕抬了头，看到檀枪枪正冲下面看她和这女人。然后，宁婕看到檀枪枪把手机举了起来，与此同时，她包里的手机也响了。

"宁婕，你先上来吧。我们在上面说话。"

宁婕什么也没说，挂了电话，抬起头来，大声冲上面喊："我在下面等你。我不愿意在我家里与一个急于跟我撇清关系的人说话。"

车里的女人这时意识到宁婕和檀枪枪的关系。令宁婕奇怪的是，她从车里走了出来。

"你就是宁婕吧？"女人说，"我听枪枪说了，你们刚刚分手。

我替枪枪向你道歉，枪枪年纪小，不懂事，你就担待他一点。"

"你谁啊？"宁婕忍住心里的怒火问，"你是檀枪枪的干妈，还是他大姨妈？"

"我是他……同事，"女人说，"您别误会！"

"我没误会！"宁婕说，"是你们成心想让我误会，搞出这副阵仗，想干吗呀？"

"好吧！"女人冷下脸来，"还是让枪枪给你交代吧！枪枪说得没错，你确实挺没趣的。不就给男人蹬了吗？多大的事啊？搞得那么苦大仇深的。"扭头，瞪着身穿天鹅绒运动套装的宁婕说，"你这身衣服是从网上淘的吧？真没品！"又捏着自己的衣领子，装模作样地往上提了提，傲然扭身走开去。

她是在提示宁婕注意她的满身名牌。

名牌的商家应该找她索要负面宣传费吧？这些名牌寄居于她至少三十五岁的高龄，真是找错宿主了，宁婕心里面嘲讽地想。还没到雪纺衫的季节，她穿着这个，也不怕引发禽流感。她是从哪只笼子里蹦出来的？以为穿了套爱马仕的衣服就成珍禽异兽了？长了条尾巴就觉得自己是孔雀娘娘的转世灵童？

这时檀枪枪飞快地跑了下来。宁婕将鄙视的目光从那女人身上移走，两手紧紧垂于身侧，不自觉地用力握起了拳头。

"宁婕，对不起！"檀枪枪说，"我实在不想做过于烦琐的解释，一想，还不如让你看个一目了然算了。"他摊了摊手，冲侧前方车里的女人努努嘴，"你们已经认识了，我就不介绍了。她是我的新女友。"又补充，"其实，我们认识也没几天。我没有脚踩两只船过，这点你放心。"

125

"看上去挺有钱!"宁婕讥笑道,"恭喜你,找到了一个更能帮得到你的下家。"又转过头瞥已经上了车在车上假模假式化妆的女人,说,"不过怎么看怎么像个鸟类。"

"别那么损好不好?"檀枪枪赔笑脸。

宁婕绕过檀枪枪,快步走向电梯间。

檀枪枪转过头来,用非常之短的时间目送了宁婕一下。他耸了耸肩,一蹦三跳地向车里跑去。

"亲爱的!解决完了!咱走吧!"他的声音里满是夸张的喜悦。

已经走到电梯口的宁婕突然折回身来,挨着墙挪到门口。她探出头来眺望开始启动的宝马车,以及已经亲昵起来的车上的男女。宁婕收回头,靠着墙壁缓缓地往地上坐去。

她十分不明白,自己到底做错了什么,哪里不好,檀枪枪要用如此粗暴的方式向她宣告他们恋爱的终结。太粗暴了,不是吗?之前的那些,什么家里逼婚,什么他父母看不上她,都是借口吧?

她只能佩服檀枪枪。幼稚在他们分手这桩事上,被他充分地利用了。这种小男人真要狠起来,简直登峰造极。

缓步进了电梯,又拿出钥匙开门。

屋里乱糟糟的,跟刚刚遭受过一场洗劫一样。

宁婕走进去,胡乱脱了鞋,包和外衣都扔到地上。她蜷进沙发里,木然望着地面,一动不动,就那样躺着,直到天黑。

电话响了,是她妈打来的。早上,上飞机前,她通知过爸妈今天要回南京。

"回来了吗?"宁妈说,"在你自己那儿,还是哪儿?"

宁婕说:"我马上去你们那儿!"

126

"你老爸做的全部是你喜欢吃的菜，"宁妈说，"打个车，节省点时间，快点过来吃。"

有宁婕最喜欢吃的干烧鸭胗、糯米藕、青毛豆炒小螺蛳肉。房子有点老，它是宁婕家的祖业。里面虽然收拾得干净整洁，但没有一样值钱的家具。吃着吃着，宁婕流起眼泪来，宁爸看见了，问：

"怎么了小婕，谁欺负你了？"

宁妈也问："在北京过得不好吗？"

宁婕说："爸，你鸭胗里面放多辣椒了，辣得我眼泪水都出来了。"

回北京之前，宁婕买了一大束菊花，去了趟姥姥的墓地。

"姥姥，我终于弄清楚了，我以前是个挺自私的人。您别怪我啊！"宁婕抽泣着说，"你放心，我以后不会那么自私了。"

9

"你也真行，一小屁孩就把你耍了，还成天整出一副智慧女神的样子，"宋一楠说，"现在知道了吧？咱仨里面，数你最愚蠢了！"

"就别火上浇油了！"程美誉向宋一楠使眼色，"你失恋的时候，人家宁婕可是不辞辛劳地安慰你，你现在倒好，反过来挖苦人家。"

"我这是恨铁不成钢好不好？"宋一楠辩解，搂住宁婕，换了语气，"说正经的，这小子那么恶劣，要不要我帮你找人收拾他一顿？五湖四海皆有我兄弟，南京我随便一吆喝，斧头菜刀立马跳出来一大堆，不把这小子切成一块五花肉，我不姓宋！"

三个女人坐在宋一楠家的客厅里。闺密的价值往往在其中某人

127

失恋时能得到最大体现。

"别闹了!"宁婕说,"你们又不是不知道,我测过的,我的情商最低了,及格线都没达到的,才二十几分。所以,我是罪有应得。"

"跟情商有什么关联?别那么作践自己!"宋一楠说,"你应该去算算命,你看你,最近这一年多来也不知道怎么了,想做点啥事,啥都不成。这下好了,连个鸡肋般的男朋友都弄丢了。"

程美誉马上说:"这个吧,倒不算一楠瞎出主意。哎!我认识一算命的,特灵,哪天我带你找他去算一卦,叫他给你做个转运仪式啥的。"

"其实我运气不差,真的!"宁婕眯起眼睛,陷入了思绪,"不是运气的问题,真的不是,我知道。有个事,我跟你俩商量商量。"

"啥事儿?"宋一楠和程美誉异口同声。

宁婕看了宋一楠一眼,忽然又不想说有人正在竭力游说她写一个时尚剧的事了。当然,就算两秒钟之前,她想着要拿出来商量,也不会说此人正是冯优。

"也不算啥大事,"宁婕说,"昨天我回南京,看我爸妈住在那套旧房子里,我心里有点心酸。我想跟他们换换,把我那套新房子给他们住,我住旧房子里去。"

"你早该这么做了!"宋一楠说,"你那时候跟我说,你爸妈非常有先见之明地在二〇〇五年的时候,把自己省吃俭用攒下来的钱,作为首付,给你买了套房,我就觉得他俩非常伟大。那时候我就想,那么大的一套房子,为啥你不跟他们合住呢?虽说他们自觉得过了头,说什么这是你未来的婚房,他们不能住过去,以免影响你跟你未来老公的关系，但他们可以这么想，你宁婕却不能那么想啊。现在你看，男人靠得住吗？靠不住！亲爸亲妈才是最靠得住的人。你为了个男人牺牲了孝敬父母的机会，那也太得不偿失了。"

"这个一楠说得在理，"程美誉说，"没什么好犹豫的，马上跟他们换！再说了，你现在人在北京，指不定在这儿待多久，房子空在那里不住人，又不可能租出去，怎么想怎么不划算啊。不如让你爸妈住你那儿去，如果你长期待北京的话，就把他们那套老房子租出去。"

"我知道了！我一定马上就办。"

嘴上这么说，宁婕知道她爸妈不会搬去她那里的，这个事也就是说说而已。

在这件事上，还真不能过于指责宁婕。宁爸宁妈是坚决不这么干的。他们那个年纪的有些人当父母，有种奇特的奉献至上的精神。宁爸宁妈说过，坚决不会在宁婕婚后与她同住的，以免给女儿、女婿带来不可预知的话题。既然有此打算，就应该提前适应不跟女儿同住的生活，一到二〇〇七年那房子交付，紧接着第二年宁婕住进去之后，就跟宁婕分开生活了。当然，他们在二〇〇七年宁婕大学刚毕业的时候，就希望她那年嫁出去的。

又跟宋一楠聊了聊于桂兰，宋一楠难免又言辞激愤，说到于桂兰莫名其妙扇过来的那一巴掌，她怎么都不能释怀。

"眼看着我能接受她了，愿意把她接我那里去了，可以结束她漂来泊去的动荡日子了，她给我整了这么一出，她不是自讨没趣吗？"宋一楠愤愤地说。

宁婕和程美誉自然是对宋一楠婉言相劝，然后这次闺密聚会解散。

回到家，宁婕就给冯优打电话。

"我收回我以前说过的话。冯总，我会全力以赴投入这个项目。"

"能不叫我冯总吗？"冯优说，"明天有个活动，很适合你，一起参加一下吧。一定也会对你接下来的工作有利。"

宁婕下意识地想拒绝，但立即觉得不该拒绝，就答应了。

她一定要在最短的时间内实现为爸妈买一套大新房的愿望。眼下，只有这个愿望值得她珍视，其他这些那些的思考或纠结，都可以忽略不计。

4

冯优去宁婕住处接上宁婕，他们驱车直奔郊外。

"要说起来，这个活动的灵感还是你给我带来的，"冯优说，"所以，先要谢谢你！"

"谢我？我不明白。"

"到那儿再跟你说！"冯优朗声笑了笑。

活动名称叫"动感人生高端峰会"，在郊区一个赛马场举行。据冯优说，去的都是名流商贾。其实是以运动名义组织的一次大型商务聚会。宁婕没想到这个活动的组织者是冯优。这么一看，他简直是无所不能、无所不干啊。

以前宋一楠跟冯优谈恋爱那会儿，老爱跟宁婕和程美誉主动说起冯优，在宋一楠对冯优一次次的描述之后，宁婕脑海里最终构织出对冯优这样的印象：没文化、没见地，只会吃喝玩乐的草包大款。

现在看来，宋一楠看人是一看一个不准。她看到的只是冯优的表面，或者说，她看人只停留在表面。也有一种可能，在她与冯优好着的两个月当中，冯优没有让她打入他的真实生活。到底是这两个可能中的哪一种呢？宁婕突然对这个问题分外好奇。

来到赛马场入口，停好车下去，冯优说："那天，在马路上，我跟在你的后面跑。你身姿矫健，旁若无人，那样子健康极了。那种健康感，是对美丽最高级的一种诠释。而路边正在抽芽的大杨树，恰到好处地衬托着你的美。或者说，你与它们互为映衬。你知道那样一幅画面，带给我什么样的感觉吗？"

宁婕对冯优无端的恭维有点不适应，但毕竟是女人，还是蛮受用的，"什么样的感觉？"

"很简单！"冯优"嘿嘿"一笑，"运动真好！"

"就这么简单？"宁婕觉得这句话有点白痴。看冯优说这句的表情，又觉得，其实有时候，太过丰饶的感受，只能由最简单的话去表达的。

他们已经走到赛马场外围，名流商贾们大多站着或坐在赛马场外围正中一片展台边，互相寒暄。还有与贵宾人数相当的侍者，个个都是俊男或靓女。春寒未消，男侍者露出健硕的臂膀，女侍者除了露臂还要适当露些别的。他们穿插在贵宾们之间，适时为他们提供酒水、饮料。

瞧这阵势，这活动的规格果然与"高峰"二字匹配。

冯优显然认识这些来宾中的大多数，跟他们打招呼，用省俭的方式与他们逐一交谈片刻。有鉴于此，接下来有大段的时间，他几乎没空跟宁婕说话。宁婕就在角落区域找了个座位，以窥视者的心态看着眼前发生的这一切。

中间，冯优得了个空，一只手并握了两只高脚杯，另一只手提着瓶未开封的香槟走了过来。他招了招手，立即有一位美丽女侍走过来。冯优将香槟交给她。她快速启开香槟，往冯优手上的两只杯子里各倒了半杯香槟。

冯优自己捏了一杯，另一杯交给宁婕，优雅地与她碰杯。

"敬你！"冯优说，"宁小姐，认识你实属我冯某三生有幸！"

在这样的场合，冯优说话的腔调也不一样了。不过，听起来并不刺耳。

"也敬你！"宁婕说。

"愿我们的合作既顺利，又圆满！"

"但愿如此！我会尽心尽力。"

冯优拉了两张椅子，用眼光指示宁婕坐下。他们两个人同时坐下了。冯优向赛马场方向仰了仰下颌。那里，一个养尊处优的中年胖名流坐在一匹枣红色、毛色油光可鉴的蒙古马之上，在一个高过一米九的健壮驯马师的引领下，正在进行骑练前的调整。冯优回过头来，小声对宁婕说：

"你看！这就是富人们的运动。他们把运动当成了一种表演、一种娱乐，骑个马，要选最好的赛马场，场子上有随叫随到的侍者，由最好的驯马师护佑，还要阳光明媚的大好天气，可是，能满足这所有条件的时机，一个月中能有一两天就不错了。所以，他们并不真正懂得运动之于人生的意义。"

宁婕不说话，看着他。

"当然，我说的是我们国内常规的那种富人。他们大多是些暴发

132

户。"冯优说，"事实上，国内富人中，暴发户的比例实在是太多了。所以，我们的富人通常不懂得运动的真谛。他们也无心去享受运动的真谛。"顿了一下，又说，"只有少数那么几个富人，是真正热爱运动的。换句话说，只有那些高端的富人，才会用心感受运动之妙。"

他说这话时看了宁婕一眼，仿佛在暗示宁婕他正是他所说的"高端富人"之一。

宁婕不置可否地笑了。

"现在说回到我来的时候在车上跟你说的那个话，"冯优说，"你问我，为什么要谢你！很简单，那天你与自然合二为一的画面，带给了我举办这次活动的灵感。我想通过这样一次活动，向人们，特别是那些富人们倡导一种'真诚运动'的生活态度。是的，'真诚运动'。运动如果不具备真诚心，那实在是违背了运动的神圣意义。"

果然，接下来，活动进入了中间环节，一个西装革履的男主持人和一个仪态万方的美艳女主持人上台，向来宾宣讲"真诚运动"，即今天这场活动的主题所要传达的理念。

"不过，话又说回来，"冯优突然说，"一个只有半天时间的活动，最终能传输出去多少正能量，能达到多大的效果，这就难说了。"忽然自嘲地一笑，"所以，这样的活动本身，多少有挂羊头卖狗肉之嫌。"

宁婕极目四顾望去，依然是来宾们满场穿行，换着对象地不断寒暄，大多数的人穿着隆重的正装，看样子到活动结束也不可能让自己骑到马上去。少数几个去骑马的来宾，也许正是冯优所说的真正的爱运动者。或者，他们上去，是因为他们既爱演又爱现。

宁婕忽然说："那么冯总，你带我来参加今天的活动，有什么深意呢？仅仅是为了让我观摩一下富人们的生活吗？不瞒您说，我以前做过好几年民生记者，我的采访对象并不仅仅是寻常百姓，事实上，我跟大量上流社会的人有过深度交谈。"

"我知道你的履历，在决定与你合作之前，我仔细研究过你的情况。"冯优说，"我再说一遍，不要以为我贸贸然地找你合作。我不会做冒失的事。"

宁婕有些吃惊，"哦？那么你今天带我来这里的目的……"

"我想跟你确定一个观点：富人们的生活，和寻常百姓的生活，没有本质的区别，都是由世俗心支撑，都无聊、无趣、庞杂、琐碎、纷乱、纷纷扰扰——你几年的记者生涯或许使你已经得到这样的结论，但你不知道我也是这样的结论，我想告诉你，在这一点的理解上，我们是一致的。"

"哦？"

"所以，做梦不仅仅是寻常百姓的需要，也是富人们的需要，是所有人群里大多数人的需要，是所有人都不会排斥的需要。我想让你知道，造梦是多么多么必要的行为，而不仅仅是你利用这个项目谋生的一种手段。你要从内心里深刻地认同我们这个项目的导向。"

"你真是一个合格的、步步为营的幕后老板。"宁婕由衷地表扬他。

冯优哈哈大笑，"一个项目投入几千万，我们不会拿几千万开玩笑。我知道你现在会竭尽全力，但我还需要你竭尽你全部的真诚、你全部的激情、你全部的体谅、你所能达到的开阔、你的挖掘自我智慧的全部主动——来做这个项目。我说过，你有的是才华，但怎么调动，你并不完全知道。我希望我有能力帮助你调动出你全部的才华，来落实我们的项目。你能做到吗？"

"我会的！"宁婕有史以来第一次用很小的声音对他说。

她忽然觉得她在他面前，是渺小的。这个感受让她难以接受，让她不舒服，继而，她吃惊、恐慌。

"你怎么就断定我有才华？"宁婕发现这一点她一直没有弄明白。

"也很简单，我在网上搜看过你当记者时写的那些文章，我也看过你跟老孙合写的本子。他不懂你。我懂。"冯优说，"不要真的以为，我凭着一点主观印象，就可以对一个人下结论。我再跟你强调一次，我们不会拿几千万的资金开玩笑。"他突然狎昵一笑，"更不会用这种愚蠢的方式追女人。所以，你之前真的误会我了。女人有的是，有才华的女人难得一见。"

冯优这样说，宁婕忽然发现自己有点怅然。

不过，稍后一想，宁婕又觉得他这句话也许是出于泡女人的策略需要。她依然要在这方面对他保持警觉，她告诫自己。

十、于桂兰

　　于桂兰这两天记起了更多的事。她的脑子里面像灌进了清凉油，不再像早前那么混沌和滞重。她的记忆力似乎正开始全面恢复。这个恢复有明晰的动向，确切地说，这恢复的进程是围绕那三个画面展开的：以这三个画面为轴心，延拓、发散，于是，她的记忆里首先出现了三条事件链。

　　穿着高跟鞋的宋一楠飞走在北京的大街上，于桂兰提着她的两只包，奋力地在宋一楠身后追撵她。宋一楠突然回过身来，气势汹汹地拿眼睛瞪着桂兰。于桂兰吓得腿发软，包掉到了地上。

　　——就拿这个画面举例吧。于桂兰忆起了她与宋一楠跑上大街之前的一些事情：

　　1. 宋一楠先自跳下大巴，站在大巴下，瞪着紧跟着她从大巴前门艰难往下走的提着两个行李包的于桂兰。"笨得跟个猪似的！"宋一楠当着已经下了车门往外散开的旅客们叱骂于桂兰。"我告诉你，如果你跟不上我，就别怪我扔下你不管。"宋一楠开始走，边走边这样威吓她。然后，宋一楠快步走了起来。于桂兰慌忙拽起包，吃力地迈着步子跟了上去。她摔了一跤，前面的宋一楠感觉到了，回过

136

头来，站在那里凶巴巴地瞪着她。于桂兰慌爬起来，跟了上去……

2. 倒回到下大巴之前，是她昏昏欲睡地坐在大巴里的画面，宋一楠倒是跟她并排坐在一起，但从来都是把头别向另一个方向，尽可能地不看她。

3. 如同录像带倒带一样，再往前倒，一件事出现在了于桂兰的脑海里。这是在墓地里。墓碑上是宋鹏伟忧郁的脸部特写照片。宋一楠一袭黑色小西装，垂首立在墓碑前啜泣。于桂兰呆呆地站在宋一楠的身后，似乎是困得不行了。一个男人。有个男人，长得与宋鹏伟神似，面容沧桑，年纪比宋鹏伟略小一些——这个男人是谁？——他走到宋一楠身后，对她说："一楠，我们回去吧！下次再来看你爸。"宋一楠转过身来，兀自往背离墓地的前方走。那男人搀扶着于桂兰跟在宋一楠身后，走了过来。

4. 这是在一个房子里，在一个供台前。供台上有四只盘子，盘子里摆着天津麻花、狗不理包子，还有水果等物。供台正中是一个灵牌，上面依然是宋鹏伟的照片。宋一楠呆呆地站在供台前，望着宋鹏伟，她脸上的泪迹已经干了。那个男人搀着于桂兰走过来，对宋一楠说："一楠，叔今天要回石家庄了，以后就是你跟你妈一起生活了。你还是应该好好照顾她。"宋一楠没理会他。

"一楠……以后就是你跟你妈一起生活了。你还是应该好好照顾她。"

——于桂兰的思考暂时在这里停住了。她的脑子里盘旋着这句话。"一楠""你妈"，"一楠""你妈"……再不需要多加思考了，她，对！她自己叫于桂兰，这个叫一楠的姑娘，就是她女儿。她是

137

宋一楠的妈，亲妈。

房门外响起宋一楠的喊声，"我做完了，过来吃吧。"又说，"你先喊一下她，喊她一起出来吃。"

"好的！"这是谈小飞的声音。

脚步声向房门这边传来。席地而坐的于桂兰慌忙将手里的照片等物往包里装，然后装作木讷的样子，眺望窗外。

门开了，谈小飞走了进来。他上来礼貌地拉起她——她在他这儿住了这么多天了，他从来都没表现出对她腻烦，从来都对她很礼貌。于桂兰确定，这是一个有礼貌、有涵养的小伙子。

"我们出来吃饭！"谈小飞柔声对于桂兰说。

他们一起往外走。来到客厅里，于桂兰看到被整理过的工作台上，放着三大碗面鱼。她的眼睛突然放光。

"小时候，我最喜欢吃我爸做的面鱼，"宋一楠说，"我们天津人都喜欢吃这个。我很小就跟我爸学会了这个。不过，我也就会做这个。我不是个擅长做菜的人。"说这话的时候，宋一楠压根儿就没看过于桂兰，因此，她错过了于桂兰面部表情突然变得复杂的那短暂的一个时刻。

"那一定很好吃！"谈小飞对宋一楠一笑。

"凑合着吃吧！"宋一楠说，"我只不过想让你尝尝我的手艺。好不好吃，你都得装作好吃，把它吃完。"

"为什么叫面鱼呢？我还真没吃过。"谈小飞问。

宋一楠用筷子夹起一片面鱼，"傻瓜！这还用解释吗？你看，这多像鱼啊。所以，就叫面鱼。"

"哦!"

于桂兰就近向一碗面鱼扑去，然后，她端起它来，闻着它的香味，眼泪掉了下来。"面鱼，我最喜欢吃面鱼。"她轻声地说。

宋一楠和谈小飞见状，面面相觑。而后，宋一楠没好气地说："喜欢吃就赶紧吃，别啰里啰唆的。"

于桂兰放下碗来，目光期期艾艾地向宋一楠望去。她的目光里尽是哀怨和恼恨。

"一楠，你怎么可以这么对我?"于桂兰恨声恨气地说。

她这么说过之后，宋一楠十分意外地瞪着她，仿佛不能相信于桂兰刚刚说过这句话似的。宋一楠转过头去，问谈小飞："我怎么觉得她不糊涂了，这种情况是从哪天开始的?"

谈小飞也有些蒙。"不清楚啊! 我这几天有点忙，多数时间她一个人在她的屋子里，我没怎么注意她的表现。"

于桂兰冷冷地冲宋一楠看了一眼，用力将碗放下，快步走进她的屋子。"砰"，她关上门，并将锁拧死，进去，又在原处坐下来，一个人在那里生闷气。

约莫十来分钟后，外面传来宋一楠告别的声音，"我走了! 今晚上我要出飞，就还是把她放在你这儿。等我这次回来，我就把她接到我那里去。"

"都可以。你愿意回来接，也好! 我也挺希望你多点时间和她相处。多相处一下，你们的关系会改善的。"

"那我走了!"

"我送你!"

接着是一小阵的安静——宋一楠和谈小飞在搞什么亲密动作？接吻？——然后，是宋一楠轻快的笑声、她推搡着谈小飞打开门的声音，接着，门"砰"地一响，整个屋子里一片寂静。

于桂兰飞快地站起来，从床底下掏出另一个包，又将刚才摆在她面前地板上的那只包一并提起。她快速地往外跑。打开大门，她抬头看了看门楣上的门牌号，又赶紧进去，将工作台上的画纸撕下一小片，又拿走一支圆珠笔。她再度跑出去，抬头对照着那门牌号，将它记到纸上，又将纸揣进兜里。她提起两个包，三步并作两步跑到电梯口，摁下行键，进电梯。电梯快速下行。

电梯门开了。于桂兰冲了出去。走出这楼，她看到前方约五十米远处，宋一楠和谈小飞手拉着手，慢慢地向前走。于桂兰挨着路边，跟踪而去。

出了小区，谈小飞和宋一楠停了下来。然后，谈小飞向宋一楠挥挥手，往回走。于桂兰见状躲进旁边的小树丛。不久，谈小飞走过去了。于桂兰从树丛里闪身出来，眺望着宋一楠的背影，气喘吁吁地加快步伐跟了上去。

宋一楠就住在跟谈小飞住处隔了两条街的另一个小区里。十几分钟后，于桂兰和宋一楠相隔十几米远的距离，先后进了这小区里。

十一、宋一楠

1

"一楠，不好了！你妈不见了！"谈小飞的声音十分急切。

"什么'我妈'？我可没这种妈！"宋一楠说，"不讨论这个话题，快说！到底是怎么回事？"

"先别问那么多了，反正我刚才送完你回到家，发现她不在屋里了。"谈小飞说，"对了！她的包也不见了。"

"妈的！隔天就给我找个麻烦，总跑，跑什么跑？有病！"宋一楠说，"别管她了！她爱跑不跑！"

"你就别说气话了！"谈小飞说，"赶紧想办法去找找她吧。这也就不到二十分钟的时间，她跑得再快，也跑不了太远。你赶紧下来，我也下来，我们一起去找！"

"还是分头找吧！有什么情况随时电话沟通。"宋一楠还是忘不了咒骂于桂兰，"于桂兰，我跟你有仇吗？不给我弄出点不痛快，你不舒服是吧？把我惹火了，我再也不会管你！"

围巾还没来得及取下呢，鞋也没来得及脱，宋一楠摘下挂在门背后搭扣上的钥匙串，就用力地打开了门。宋一楠瞪大了眼睛，盯着门外。

"你什么时候跟过来的？你跟过来干吗？"

于桂兰冷冷地盯着宋一楠，一把推开她，径直向屋里走。

"给我把包提进来！你个不孝的东西。"于桂兰十分严厉的声音从后背上冒出来。

宋一楠不得不提起那两个包，进了屋。关上门，她发现于桂兰已经在客厅的沙发上坐好，一副审问者的姿态。宋一楠吃惊非小地向里走去。

"你想遗弃我？没门！"

于桂兰的声音出奇地大。宋一楠已经很久没有听到她这样的大嗓门了。她都快忘了，于桂兰是个大嗓门的女人。她看上去一点都不糊涂了，怎么回事？这种情况是从什么时候开始的？

"有你这么忤逆的吗？"不等宋一楠回应，于桂兰的另一声责问就出场了。

宋一楠马上又想起来了，于桂兰是个激动起来语速很快的人，别人很难得到插话的机会。甚或，她不听别人的回应。

"你解释一下，为什么要这么干？"于桂兰说。

"'为什么'？'这么干'？"

宋一楠一下子不能完全厘清这里面的头绪，更不能理解于桂兰为什么突然变得这么义正词严。于桂兰有资格在她面前义正词严吗？没有，不是吗？即便她偷偷摸摸、悄悄然地变成一个清醒的老太太了，不属于她的资格照样不属于她，她难道不知道这个道理吗？难道，她的脑子转而出现了另一种问题？

"少给我装糊涂！"于桂兰说，"你就告诉我，跟我说清楚，为什么把我推给这个人、推给那个人的。我受够你把我推来推去了！我有这么讨厌吗？你为什么要这么干？"

是的，于桂兰清醒了，宋一楠想。这么一想过后，她厘清这里面的头绪了。然后，她的愤怒轰轰烈烈地来临了。

"我为什么要这么干？你难道不清楚吗？你是怎么待我的？这么多年了，你是怎么对待我的，你对我做了什么，你自己心里不清楚吗？你现在倒还好意思过来责问我？亏你好意思责问。你简直太不要脸了。"宋一楠越说越气，提起包，冲向于桂兰，一把拽起她，把包往她手里塞。"你给我滚！滚出我这里！别让我再看见你！"

她跑开去，打开门，指着门外，再次冲于桂兰咆哮，"滚出去！滚得越远越好！"

于桂兰飞快地跑向门口，推开宋一楠，站在门外，大喊大叫起来，"左右上下的邻居们，你们都出来给我好好看看哪，这儿有个不孝女，要把她妈赶走，你们都来评评理，有这么恶劣的女儿吗？"

对门两户人家屋里正好都有人，两扇门同时打开，然后，两家人，老老少少加起来有七八个人，一起拥过来看热闹。很明显，他们一下子表现出了会与白发苍苍的于桂兰站在一起的倾向。

宋一楠见势不妙，抓住于桂兰的胳膊，将她拉进屋里。

关上门，现在屋里重新只剩下于桂兰和宋一楠了。宋一楠被她气疯了，就近抓起鞋柜上的一把雨伞往地上砸。正好砸开了雨伞的弹簧，它"嘣"的一声打开了。一直因为于桂兰和宋一楠的争执吓得躲进里面屋子里的宋一楠的爱狗，这时候蹦了出来，冲着打开还在跳蹦的雨伞，"汪汪"大叫起来。

于桂兰跑过来，呵斥狗。狗转而冲于桂兰狂吠起来。于桂兰更生气了，目光四下里搜寻着，要找东西打狗。找到了一个香水瓶，作势向狗掷去，想想还是没有掷。她将香水瓶放到餐台上，向宋一楠走过来，用手指着宋一楠：

"你今天不跟我讲清楚为什么要把你妈往外赶，我跟你没完！"她喊，"你必须给我讲清楚，否则，我……我去公安局告你——告你虐待老人！"

"我虐待你？"宋一楠放声狂笑起来，"你去告啊！请问，你跟我到底是什么关系？你叫公安局过来抓我啊，有本事你就告倒我！还好意思说你是我妈？天哪！真好笑！有你这么恬不知耻的吗？你是我妈？哈！太好笑了！"

"你有种！连自己的妈都不认了！"于桂兰流下泪来，"为什么？为什么你会连自己的妈都不认，我到底做错了什么？"

"你'做错了什么'？"宋一楠觉出这里面有点问题，"等等！你再跟我说一遍，你觉得你是我妈，你是我什么妈？你知道吗？"

"呸！妈还有这妈、那妈的吗？"于桂兰说，"这个世界上，除了亲妈，还有别的什么妈吗？"

宋一楠一下子醒觉过来了：天哪！她脑子没有好，比糊涂更可怕的是，她的脑子发生了错位，她把她当成我的亲妈了。这么一想过后，宋一楠满脸惊恐又充满怀疑地瞪着于桂兰，说："你太有意思了！你真不知道这个世界上还有后妈吗？"

"后妈？"

"你是世界上最恶劣、最可恨的后妈！你只是我的后妈而已！"

宋一楠冷冷地说。

于桂兰一怔，她突然变得更加愤怒。"太可笑了！你想遗弃我倒还算了，还要找出这种拙劣的理由，来为自己的遗弃找托词。你够狠！哼！我还就赖在你这儿不走了！我哪儿也不去了！闺女养老娘，天经地义的事，我看你再敢赶我走！"

于桂兰快步向里面一个屋子走。那是宋一楠的卧室。鞋子也不脱，她直接钻进宋一楠的被窝，蒙住头，假寐了起来。

宋一楠跟过去，使劲去拽她。"起来！这是我的床！别弄脏我的床！"

于桂兰坚决不动弹。宋一楠无计可施，愤恨地跑出来，打电话。

"完了！我要崩溃了！"她是给宁婕打的电话，从来，被困境缠住的第一瞬间，她下意识地会想到宁婕，"宁婕，出大麻烦了！于桂兰现在认为她是我亲妈！"

"啊？"宁婕的声音满是意外，"怎么会这样？"

"也许是她装的，她这个人，从来就不是个好惹的人，江山易改，本性难移，她脑子恢复正常了，马上又回到了她的本性。"想了想，宋一楠又道，"也许，她潜意识当中，知道真实的自己是个抢过别人男人的坏女人，当她脑子恢复之后，她的脑子发生了重组，发生了移情，在不能接受真正自我的心理暗示下，她真的把自己当成了我妈！"一说到她妈，宋一楠心里充满了情愫，"我妈多好啊，温柔、贤惠、单纯，替他人着想，怎么可能是她这样的女人。"

"真有这么邪乎吗？"

"我现在只能这么推测了。"

"那你现在怎么办？"

"我也不知道！"

"你等着，我过去找你！"

"不用了！"宋一楠说，"我不想跟她同处一个屋檐之下，我到你那儿去，你在家等我。"又想起了谈小飞，"算了，谈小飞还在等我电话呢，我马上给他打电话，我们去他那儿集合吧。你帮我叫上美誉。她脑子里面弯曲比咱俩多，兴许能帮我想到好招。你给她打电话哈！我先给谈小飞打电话。"

刚要打，谈小飞的电话打过来了。

"怎么样？找得到她吗？我已经在我们小区里转过一遍了，没找见。"

"不用找了！她在我这里。"

"去你那儿了？怎么回事？"

"你回家等着我，我马上来找你。"

2

"你们给我好好判断一下，她到底是装的，还是真的脑子发生了错位？"宋一楠苦恼地问。

"这个吧，我觉得比较难说，"程美誉说，"要好好试探下她本人才知道。"

"美誉你总是把问题复杂化，一楠你这回也是，"宁婕说，"要我，我就不会想那么复杂，我会倾向于选择后一种可能性。这是很有可能的，你不是说她本人挺坏的吗？她潜意识中肯定知道自己曾经做过很多不妥当的事的，比如，她插足过别人的婚姻，当过小三，她一直对此心存愧疚，于是，等她脑子发生过一段时间的故障再复原了之后，她的脑子启动了对这种愧疚的一种应对之计：她不再能够把自己当成原来的自己，那么她把自己当成谁呢？最接近她自我身份定位的那个身份，当然是你妈了。就这样，她把她当成了你亲妈。"

"那怎么办？"听宁婕这么一分析，宋一楠愈加苦闷了，"她把她当成了我妈，就更加敢于对我指手画脚了，加上她本人又是那么霸道、为所欲为的性格——她把自己的性格附身于一个特别有资格指责我的身份之上，她对我将会比从前恶劣数倍。我该怎么办？"

"还能怎么办啊？"程美誉说，"你只有接受现状。往好里想想，既然是她脑子发生了错位，也就是说，她的脑子依然不正常，那很有可能会重新正常起来。到时候，她又回到了她自己，你就好多了。"

"会吗？"宋一楠毫无信心地问。

谈小飞一直没说话，这时说话了，"要不这样吧，我们把她送医院去。她总把她当成别人，这对她来说，也是不公平的。我们应该让她知道她是谁。"忽然眼神迷蒙起来，"一个人如果不弄清楚自己是谁，他的人生还有什么意义呢？人是必须弄清楚他自己是谁的。"

"你说得对！"宋一楠说，"送她去医院，我们必须让她知道她是谁。让她正视她真正的自己。"

"可是，"宁婕突然制止了宋一楠说下去，"我怎么觉得，让她把她当成一个相对比较美好的人，这对她来说是一桩好事呢。一楠，我记得你跟我说过，于桂兰这个人不但设法插足过你妈和你爸的婚姻并且如愿以偿，而且她本人脾气暴躁、刚愎自用，还特别善于撒泼。让她回到这样一个不美好的人，这样就很好吗？对社会好吗？有可能成为一个好人，也有可能成为一个坏人的情况下，还是让其成为一个好人会比较好吧。"

"对啊！宁婕你到底是写东西的，善于体察人性，善于给人以人性的关怀，还有点社会担当。你这么说，我真的挺赞同的。"程美誉说，"还是让她把自己当成你妈会比较好。"

"不！"宋一楠大叫起来，"我怎么能容忍她把她当成我妈？我妈不是这样的，绝不是她这样的，我妈多好啊，不是她这样的人，我不要这样的妈，坚决不要，绝不要。我必须让她知道她是谁，必须。送她去医院，今天就送。"

谈小飞上前按住激愤的宋一楠，说："楠，这个话题其实挺沉重的。既然于桂兰现在出现了两个不同的做人机会，我们还是慎重考虑去帮助她变成其中的哪一个人吧。你说呢？"

"不！绝不可能！她必须变成她自己。她必须知道她犯过什么样的错。她必须知道她这么多年来是怎么对我的，必须知道她对我妈做过了什么，必须必须必须！这个事无须商议。"

"那要不这样吧！"宁婕说，"有个中间策略可以采用。"

"什么？"程美誉和宋一楠异口同声地问。

"就是用缓兵之策。一切先都缓一缓再说。"宁婕说，"也就是，先把于桂兰重新接到谈小飞这儿来。我和美誉可以比以前更多地来看看她，大家一起照应着她。具体怎么弄，咱们先观察她一阵，再行计议。一楠，这个主意你能接受吗？"

"这个主意，倒还真挺好的。"程美誉说。

"是一个挺好的主意。"谈小飞说，"我没问题，我跟她处得挺融洽的，我之前就跟一楠说了，就算她一直住在我这里，我都是愿意的。"

宋一楠冷静了下来，想了想，说："也许，只能这样了。"

"对啊！"宁婕说，"再说了，刚才我们说了这么多，也许是把事态想严重了呢？也许于桂兰的脑子并没有发生错位呢？要那样的话，我们不是太捕风捉影了吗？"

"但愿她不是那样。"程美誉说。

8

于桂兰拒不同意离开宋一楠的住处。

她这样的态度，把回来接她的四人弄傻了。

"这是我自己女儿家，我为什么要住别人家里去？"于桂兰说，"我受够了在别人家寄人篱下的生活了。"

谈小飞、宁婕、程美誉看了看彼此。"寄人篱下"这个词多少让他们三人受到了伤害，但他们对此也就不能计较了。有一点可以肯定，在他们三人来到宋一楠这里与于桂兰有过交流之后，他们都觉得，于桂兰装作不知道自己的可能性几乎是不存在的。她的脑子确实发生了变异，这种变异或许应该叫移情，一种自救式的移情。

将于桂兰一个人留在屋里，宁婕将其他三人拉出门外。"那就只能想办法说服她去医院了，你觉得呢？"

宋一楠站在门外呼喝，"不！绝不！"

见宋一楠反应如此过激，大家便不再做说服她的努力了。再说了，想办法让于桂兰去医院，那也应该比较难吧。怎么办呢？

149

还是宋一楠自己改主意了。"我突然想明白了一件事，一切突然来到咱们面前的问题，咱都必须正面地去面对。我以前总想着去逃避问题，这是不对的。"

"那你想怎么办？"

"还能怎么办？我就接受挑战，跟她同吃同住。"宋一楠突然恢复了她一贯有点霸气和莽撞的气质，"我就不信，她能奈何得了我。我就不信，我对付不了她。我宋一楠什么时候怕过事了？对！该怎样就怎样吧，我倒要看看，我就跟她住在一起，能发生什么大不了的事。行！就这么定了，你们都回去吧！"

"那也行！"宁婕说，"反正，有什么你解决不了的事，就招呼我们，我们都是你的后盾，随时等着你召唤。"

"也别把问题想得太严重，"程美誉说，"没事的！别太担心！"

"那我先在这儿陪一陪一楠吧！"谈小飞对宁婕和程美誉说，"你们先回吧！"

程美誉和宁婕便先走了。

现在，宋一楠打开门，进了屋。谈小飞跟了进来。于桂兰从宋一楠的卧室里走了出来。

"你俩给我过来，坐着！"于桂兰看了宋一楠一眼，"你对我做的那些事，咱先放下不表，咱今天先说说你俩的事。"——她突然抓起谈小飞的手，将它与宋一楠的手搁在一起，宋一楠想抽，没抽开。于桂兰看了看谈小飞，又把目光转向宋一楠，说："这小伙不错，我在他那儿这些天，他对我可有耐心了。到哪儿还能遇到这么好的小伙。你俩什么时候把事办了？"

"'我俩'，'办事'？"宋一楠大吃一惊，于桂兰这一次的转换照

150

样出乎她的意料。

"阿姨，我们还……"谈小飞忙要解释。

"'还'什么呀？看不上我女儿吗？"于桂兰说，"你看我女儿哪样配不上你，要模样有模样，要个头有个头，也就是脾气坏点，谁没有点脾气？你还有什么好犹豫的？"

宋一楠甩脱了于桂兰的手，拉起谈小飞，就把他往外推。

"你先回去吧！"宋一楠说，"你这两天先别来了，这边的事，我自己顶着。实在有什么我处理不了的事需要你帮忙，我再给你打电话。"

谈小飞就这样走了。再度关上门，宋一楠走向于桂兰。"你到底想怎样？啊？我问你，你到底想怎样？"

于桂兰变出了一副笑容可掬的模样。她先一屁股在沙发上坐下，又拍拍边上的空位，对宋一楠说："坐过来！咱娘儿俩好好说会儿话！"

宋一楠的眼神里突然放出惊恐来。她想，她就是这样的，对！这就是她认识了二十多年的她所讨厌的于桂兰，一个厉害的、有手段的人。

十二、程美誉

1

大白天的，窗帘紧闭。只开着两盏壁灯。光线是轻柔迷幻的微金色。程美誉的身体姣美动人，惹得谢玮童身体的每一个毛孔都呈嗷嗷待哺状。

"打靶喽！"谢玮童解开浴巾跳上床，去捕捉程美誉。兴奋过了头，他还唱了起来，"日落西山红霞飞，战士打靶把人掐……"

"唱错啦！"程美誉娇唤。

"哪儿唱错了？就是这么唱的。"谢玮童扮起魔兽来，张开两手，真就对程美誉做掐捏之状。

"救命啊！"程美誉佯作恐惧状，欲拒还迎。

"准备好了吗？"谢玮童停止假动作，微笑着问。

"准备好啦！"

"那咱开战？"

就要大战，忽然程美誉脸色微变，用力推开谢玮童，"不行！我

152

们还应该再开一次会。"

"开什么会呀？"

"打靶工作会议呀，你就别装糊涂了！"

"还要开啊？这几天咱开了没一百次，也有一百零一次了。"

"你这话什么逻辑嘛！"

"我给你弄疯了呗！精神不正常了。"

谢玮童已经急得不成样子了，就要霸王硬上弓。程美誉再次推开了他，正式道：

"老公，这事太大了，我们不能当儿戏！看你这样子，一准是个神枪手，万一你一打就是十环，我们以后怎么办啊？"

"百发百中不是咱最想要的效果吗？哎！程美誉，这事咱之前可是说得好好的。"

又要单方面重新投入战斗，程美誉又一次推开了他。这一次，为了防止被谢玮童火烧火燎般的情绪感染，她索性从床上跳了下来，拉开床头柜去拿什么东西。

"不许拿！"谢玮童装作生气的样子，说，"大好的天气，穿着雨衣做剧烈运动，要多憋屈有多憋屈，这个我已经腻歪透了。必须把雨衣脱掉，咱得好好感受一下与阳光雨露亲密接触的滋味。"

见他态度一直不变，程美誉索性穿起衣服来。"不行！这儿太危险了，我得去客厅里待着去。"

谢玮童有点真生气了。能不生气吗？多好的情致，被程美誉这么一犹豫、一纠结、一顾虑重重，马上都跑到九霄云外去了。现在，谢玮童兴致全无。

"真没劲！"谢玮童也从床上跳起来，比程美誉速度还快地穿衣服，跑到阳台上抽烟去了。

过了一会儿，程美誉穿着浴袍，也从屋里走出来，一脸歉疚地站到谢玮童身后。"老公，别这样嘛！"

谢玮童掐灭了烟，把烟蒂扔到地上，用力将它踩到棉拖鞋底下。使劲地踩了两下，烟灭了。"你到底想怎样啊？不是说好了吗？咱们要一个孩子，赶紧要一个孩子。"

"我以前也总想赶紧要个孩子，但其实吧，虽然我有这样的冲动，要说真正认真、透彻地思考过这个问题，我还真没有。"程美誉的脸哭丧起来，"临到动真格的了，我才好好想这个问题。这一想吧，我心里面就慌得不行。"

"你慌什么呀？到底慌什么呀？"谢玮童很不耐烦，"结了婚、要孩子，这就是人生的必经流程啊。你排斥什么呀？你要排斥生孩子，当初干吗想结婚？"

"我也不知道，就是慌！"程美誉变得愁容满面。

"你慌也没用啊，孩子该要总得要。那么，晚要不如早要。"谢玮童嘟囔起来，"再说了，咱俩结婚本来就不算早，人不都说了吗？三十以后女人再生孩子，就是高龄产妇，那时候生孩子风险概率成倍成倍地变大，难道你不怕吗？既然这样，你还不赶紧在你成为高龄产妇之前把这个问题迅速解决掉？"

"道理我是知道的，可我就是慌啊！"程美誉说，"我也说不清为什么，可能跟我这个人的性格有关系。你看吧！我结婚之前，就有比常人多的结婚恐惧症，拖拖拖，拖到二十九了，觉得再拖下去就不合适了，就不敢再恐惧了，才结了婚。要不是我这拖延症，像我这么如花似玉、优雅迷人，要女人味有女人味，要工作能力有工作能力，要家境有家境的十全十美女子，能轮得着你?"

"你就吹吧!"

"现在我的拖延症又犯了，到生孩子的时机了，喏，怀孕恐惧症来了。这个症吧，我同样比一般的女人来得严重。你理解我一下行不行?"

"那你说现在怎么办?"谢玮童说，"你要实在不想生孩子，我们不生也行。不是有很多夫妻做丁克的吗? 咱也可以丁克。可是，你肯定不想这样的吧? 你别忘了，生孩子这个事，之前你比我更主动。"

"我就是慌!"程美誉说，"你别给我讲道理了，道理我都懂，可我就是慌。一想到十月怀胎，挺着个大肚子，什么都变得不再方便，还有无穷无尽的妊娠反应，那种难受劲。一想到孩子生出来之后，我又要喂奶，又要给他把屎把尿，洗尿布，家里头给弄得臭烘烘的，晚上我想好好睡个觉，孩子突然半夜又哭又闹的，我不得不起来哄。难得遇到假期，我想跟你出去旅个游什么的，一寻思，要带孩子，只好不出去……"

谢玮童打断了她，"你快别说了，让你这么一说，我也没勇气要孩子了。"

"别! 老公!"程美誉却说，"我话是这么说，但我仍然能够感受到做母亲的冲动。做母亲挺好的，很伟大，一定很伟大，伟大极了，母亲是多么光芒万丈的一个词啊，说实话，我挺向往的，做母亲真好……"她眼神迷蒙起来，陷入了想象之中。

"我说，你更年期提前了? 没那么离谱吧? 一提就提早了二十多年，搞得像是一出生就进入了更年期似的。"谢玮童说，"瞧你! 反复无常的。你到底想怎样啊?"

"我不知道!我反正就是慌,就是慌!"程美誉耍起赖来。

"那中!咱就不要了。"谢玮童走进屋去。

程美誉立即表现出另一种慌,跟了进来。"老公,你别生气嘛!我们这不是在商量吗?"

"商量什么?"谢玮童说,"我还不想要了呢。说实在的,真要那么仔细一想,我还觉得我没有玩够呢。突然家里来了个拖油瓶,我这个当爹的还不是同样遭罪?同样生活质量受损?"

"那怎么办啊?"

"怎么办?很简单啊!"谢玮童说,"反正我突然就觉得,要不要孩子是一件无所谓的事了。就看你了,你要真的想要,你再给我打申请。看我心情,我心情好,自然会表示同意,那咱就要。心情不好,免谈。"

"别这样嘛!"程美誉惶恐起来,"这样吧,老公,你再给我几天时间。我最后再十分十分慎重、仔细、周全地考虑一下,然后我再告诉你要还是不要。两天,就给我两天时间考虑,行不行?我保证,这一次我做了决定之后,绝不反悔。"

谢玮童郑重其事地看着程美誉,"这可是你说的噢!你要再出尔反尔,我就没耐心再跟你讨论这个问题了。"

"我保证!"

"那咱拉钩?"

他们像孩子一样,伸出各自的小拇指,拉钩,上吊,一百年不变。

然后,谢玮童举起那小拇指,戳了戳程美誉的脑门。"小样儿!

男人不拉下脸来，你就忘掉三从四德。"

"你还挺奸诈的嘛！"程美誉娇声道，"什么时候学的这套御妻大法啊？你刚才把脸那么一拉，我还真挺怵的。不许你以后这样对我。"

"看你表现喽！"

"哼！"

"说真的！"谢玮童十分正式地说，"刚才咱立的约，不能不算数。"

"好嘛！"

"来！亲一个！"

啵！啵啵啵！

"别亲了！再亲又要出大事了。"

2

想来想去，还是觉得应该想点办法来治一治拖延症。

第二天，程美誉给她一个女同事打电话。这位女同事刚生下孩子不久。

"有个事情，想请你帮个忙，"程美誉说，"我们家玮童不是搞音乐的嘛，最近他接到一活儿，就是给一私立幼儿园写园歌，可是吧，玮童和我不是没孩子嘛，当然更没有带孩子的经验啦，这方面的感触特别少。所以吧，想借你们家的宝贝跟他玩一天，让他获得一点带孩子的感性认识。"

对方显然不怎么愿意，谁放心把自己一岁大的孩子交给外人看管呢？但碍于同事的面子，又不好直接拒绝程美誉，就支支吾吾地找借口。程美誉只好给对方下保证：

"你跟你老公都放心，我们保证对你们家宝贝特别特别的好。绝对比你们带他还要上心。就帮帮忙呗！改天我请你们一家吃饭。"

"那，好吧！"对方最终还是同意了，"那你们过来接，还是我们送过去？"

"当然我们去接啦！"程美誉高兴地说，"你们都帮忙了，怎么还好意思耽误你们时间送过来。"

程美誉放下电话，谢玮童在冲她撇嘴，"又说谎了哈！"谢玮童说，"你还别说，有的时候吧，不说点谎还真就办不成事。"

"所以说，"程美誉嘟起嘴，扮委屈，"你之前那次，对我实在是太过分了。"

"算我错啦，行不？"

程美誉脸色有点凝重了，"老公，我怎么觉得我们的生活突然变得这么刻意了呢？你看哈！为了使我们少吵架，我们决定要一个孩子。然后是，为了使我快一点摆脱怀孕恐惧症，现在又要把别人家的孩子请到家里来。老这么刻意下去，我们的生活会不会变得特别无聊啊？"

"无聊吗？我觉得很好玩、很有趣啊，刻意也得分三六九等，有的刻意会给生活加分的。我就觉得现在这一刻意吧，我们的生活反而变得更加多姿多彩了。我们最近一次架都没吵吧？多棒的刻意！我们应该接着刻意！多刻意！刻意至死！"

"别贫了！不过，你说的倒也是噢！"程美誉转忧为喜，想起接孩子的事，"我们赶紧走吧！人家还在等我们呢，别去晚了，人家改主意了，到最后我们搞个刻意未遂，那就悲催了。"

"亲一个再走，也不迟！"

"真讨厌！"

他们开着车来到同事家，接走了孩子。同事千叮咛、万嘱咐，将程、谢二人及孩子直送到车里，再依依不舍地回去。搞得像是冒着孩子被贩卖的风险帮程美誉这个忙似的，看来是给程美誉卖大面子了。

同事的担忧是有道理的。在车上，这男婴就往程美誉身上撒了一泡尿，弄得一贯注重形象的程美誉直叫唤：

"老公！完了，我新买的衣服啊，三千多块呢，这可怎么办？赶紧就近找个干洗店洗一下，时间长了留下点儿斑渍，这衣服可就得报废了。"

谢玮童拒斥道："报废就报废了吧，舍不得衣服套不着我们自己的孩子。"

"行！那就让这套衣服为国捐躯吧！"

回到家，孩子开始哭闹。程美誉和谢玮童忙按同事教过的那样，将带回来的奶粉往水里兑，可是，忘了按同事的要求测水温了，刚把冲好的人工奶水倒进奶瓶，待要往孩子嘴里塞，发觉瓶身特别烫。谢玮童就自己试了一口，一下子烫得他龇牙咧嘴大叫。于是，程美誉和谢玮童一边重新拿温度适宜的水兑奶粉，一边心有余悸地互相埋怨。

"你看！差点出大事吧？"程美誉说，"孩子的嘴多嫩啊，就差那么一点点，就给烫伤了。"

"你就不该用奶瓶喂人家！"谢玮童说，"你身上不是现成的俩

159

奶瓶吗？那温度再合适不过，三十七度，你干吗不给人家宝贝用？自私！"

程美誉被他逗笑了，"我怎么觉得自从我们决定要孩子之后，你变得这么流氓了呢？"

谢玮童趾高气扬地说，"跟老婆在一起喜欢耍流氓，这是对老婆的变相赞美，对婚姻的变相认同好不好？遇到不爱跟你耍流氓的老公，你就等着哭鼻子吧。"

令他们十分烦躁的事情终究还是发生了：

吃完午饭，程美誉在厨房洗碗，谢玮童在卫生间洗澡，趁着那十几分钟的空当，这孩子突然开始搞破坏，他先爬进书房，将路由器上的网线扯掉，又将路由器奋力摔下，接着，他爬到卧室，使劲够着梳妆台上的眉笔，对着床单乱涂乱画一番，再接着，他爬到客厅里，拿了茶几上的谢玮童的人工剃须刀，开始专注地用它在地板上刻画他想象中的某个动物的肖像。

等程美誉洗完碗出来，发现床单也花了，进口实木的地板上有一大块留下了划痕，而那路由器已经光荣牺牲。稍后谢玮童也洗完澡出来了，两个人懊恼地走进去看看床单，走出来看看地板，不知道该说什么好。

正此际，孩子的妈，程美誉的同事，打电话过来，询问孩子的情况，程美誉当然不想让她担心，就只是报喜不报忧。接完电话，程美誉看到谢玮童脸色不好。

"我怎么觉得我们有毛病似的呢？"谢玮童不高兴地说，"我们把别人的孩子领回来干吗啊？"

"还不是你啊！"程美誉也不高兴了。她对刚装修过的这个房子可在意了，平时谢玮童忘了脱鞋就往屋里走，她都会大声叫唤。"还不是你非得要孩子？"

"又来了！是我一个人想要的吗？"

程美誉忽然一个激灵，"老公，我怎么觉得更加不对劲了，你看啊，我们最初的初衷，是想找些方法让我们少吵一点架，但我怎么觉得，如果真有了孩子，我们会更容易吵架呢？"

"是吗？"谢玮童也一激灵，"会吗？"

"我不知道！"程美誉说，"你看！今天我们险些又要吵起来了，其实已经是半吵不吵啦！"

"那怎么办？"

"我突然觉得，要花更长的时间、更加仔细地来推敲要孩子这件事。"

谢玮童不说话了。这大半天的，因了这个孩子的到来，他们累得不行。最终，他们决定先去午休，养出点体力来，再讨论这桩人生大事。当然，这次，他们不敢把孩子放单了。

卧室门关上，孩子跟他们一起躺到床上。为了防止他们睡着时孩子掉下床，他们把孩子放在他们中间，并将两人的手脚结合成环状，将孩子牢牢环住。

他们睡着了，各自做起了梦。有那么几个瞬间，他们彼此的梦似乎还交错在了一起。在那交错的梦里，他们坐在铺满阳光的草地上，蝴蝶擦着他们的脸颊飞来飞去，一个金色巨婴在他们面前爬动，光裸、锃亮的小屁股对着他们，突然，这巨婴的屁股变成了一个炮口，而后，不知道是固态还是液态的物什向他们喷射而来。他们瞪着眼看着要射到他们口鼻的想象中的脏物，惊恐地躲闪着，向彼此抱去——他们同时醒了过来，然后，他们看到了会令他们终生难忘的情景：

阳光越过半开的窗帘射进来，落满了他们阔大的床。那孩子仰躺着，四肢向上，小脸蛋子上挂着香甜、纯美的笑。阳光紧裹着他柔嫩的小身子。他与梦中的金色巨婴看起来何其相似，但与梦中巨婴不同的是，眼前这个沉睡中的孩子毫不设防，没有任何的攻击性，一副等待别人宠爱的娇美模样。

程美誉侧过脸来，向谢玮童看去。恰好谢玮童也向她看了过来。他们不约而同地向孩子努努嘴，然后，看着他们彼此的眼睛，无声、温情地笑了。谢玮童把手指向程美誉扣过去。他们十指相扣。紧紧地扣住。在那个瞬间，程美誉发觉自己特别的感动。她竟然面带微笑，流下了泪。

这是一个多么美好的时刻啊！程美誉转过头去，眺望窗外。世界一片宁寂，生活中各种各样的纷争、烦扰，都不复存在，只剩下她与谢玮童，还有一个孩子，只剩下她对家的无限的依恋、眷爱。程美誉小声对谢玮童说：

"老公，我觉得，我没有必要再考虑下去了！"

"是吗？"

"我准备好了！你呢？"

"我没有问题！"

"那——"

"那——什么呀？"

他们脸上同时泛起潮红地笑了。

谢玮童悄然起身拉起程美誉，回望着床上酣睡的美丽婴儿，而后，两个人蹑手蹑脚地去了客房。

"打靶喽！"

同事打电话说要来接孩子的时候，谢玮童和程美誉都有点依依不舍。

第二天，他们两个人变得有点神经。一早，谢玮童和程美誉破天荒地赶在上班前去公园散步去了，他们竟然在公园里拦住一个陌生的婴儿，旁若无人地逗耍他。直到孩子的母亲冲过来抢走孩子，并对他们报以怒视，他们才意识到，可能被人家误认为人贩子了。

十三、宋一楠

1

在中关村步行街，宋一楠推开旋转门，从一个商场里快步走了出来，奔向马路边她的车。

旋转门又被推开了，于桂兰拎着三四只购物袋，奔也似的追了过来。

宋一楠已经钻进车里，开始发动车子。

"等等！"于桂兰快步向车这边跑来，然后气喘吁吁地瞪着驾驶室里的宋一楠，大吼，"你混账！又想丢下我吗？"

显然，她想起了她记忆深处最明晰的那个场景——她被宋一楠刚从天津带到北京的那天，她拖着两只旅行包，艰难地追奔在马路上，而她前方的宋一楠故意走得飞快。

宋一楠在车里戴上墨镜，然后摇下车窗，将车往后倒，直到驾驶室的车窗与路边的于桂兰在同一水平线上。

"快上！我数到三，你没上来的话，我就开了！"宋一楠还真的大声数了起来，"一，二——"

"你数啊！"于桂兰一动不动地站在车窗外，手扒着车窗边沿，说，"以为给我买几套衣服就能把我打发了吗？没那么容易。你遗弃我的罪过，有这么容易补偿吗？还早着呢。"

宋一楠失声狂笑，"你真以为你逼着我给你买衣服，我就买吗？帮帮忙好不好？我是看你穿得土不拉叽的，我看着碍眼，才出来给你买衣服的，懂不懂？上，还是不上？"

"我偏就不上了！"于桂兰说，"我看你真敢把我再遗弃在马路上，我看你再敢不孝！"

"爱上不上！"

宋一楠飞快地启动，挂挡，车子箭一样往前蹿出去十几米远，然后，它平缓了车速，开始前行。

于桂兰这下傻眼了。她懊恼地站在原地，大喊起来："大家都给我来好好瞅一瞅啊！这边有个不孝女，她要遗弃她亲妈啊！"

宋一楠开她的车，不为所动。这一带的路上来往路人不多，加上都是年轻人，任于桂兰怎么喊，也没有人停下来询问她。宋一楠透过后视镜看着在马路边狂呼乱喊的于桂兰，出声地冷笑。

但是，忽地，宋一楠被自己心里某个柔软的部分打败了——于桂兰挥起手臂喊叫的样子越来越无助，离她越来越远。宋一楠看到，她头上的白发迎风飞舞。

车子开始掉头，然后，径直开到了于桂兰的身边。宋一楠打开驾驶室的门，从车上跳下来，拽过于桂兰手上的购物袋，打开客座室的门，将袋子扔了进去，然后，拽过于桂兰，一把将她推了进去，又"砰"地关上了车门。

在飞驰的车里，于桂兰看到了路边有家必胜客。她抓住驾驶座的座椅，冲宋一楠喊："我要去那里。"

宋一楠顺着她的目光看过去，嘲讽地笑了，"品位还挺俗啊，不愧是当过小三的。"

"停下！给我停下！"于桂兰把手伸向前去，用力地推搡前面的宋一楠。

宋一楠只得把车再次停下，然后拽着于桂兰快步走进必胜客。

在必胜客，于桂兰要了一杯果汁、一只九寸的比萨，吃得不亦乐乎，还不住咂嘴，说："好吃！下次我还要来！"

"省省吧！过了这村，再也没这店了。下次？下次带你去吃屎！"

于桂兰忽然笑了，"我就想看到你生气的样子。你一生气我就高兴，就说明你感受到偿还愧歉的痛苦了。"

"吃完了没？"宋一楠快速叫来服务员买单，边买边说，"吃完赶紧走！"

"没有啊！"于桂兰说，"我还要吃点鸡翅。"

这次宋一楠坚决不满足她，站起身来就走。于桂兰只好跟着走出来了。

在往回走的车上，宋一楠突然哭了。于桂兰看见了，声音不再那么霸道了，"哭什么哭呀？我就穿点你买的衣服，让你请我吃一顿我没吃过的洋餐——就让你尽这么一点点孝心，你就委屈成这样了？"

"放屁！我哭了吗？"宋一楠抹掉眼泪，大声说，"我怎么会在你面前哭？你也太高看自己了。"

"别嘴硬了！我都看见了。"于桂兰说，"谁叫你之前那么对待我的。我要不报复你一下，我心里面的委屈散不去。放心！我不会老对你这样的。等过几天，我觉得委屈消了，咱娘儿俩会变得很亲的。不过，要看你表现喽，如果你表现不好，就不知道什么时候我才能够没有委屈了。"

"你还真把你当成我妈了！"宋一楠恨恨地说，"世上没有比你更无耻的人了。"

于桂兰也不说话了，也流起泪来。"不许你这么说我。不许你用这种话伤你妈的心。我本来都快原谅你了。你这么一刺激我，我又想起你对我做过的那些忤逆事，又对你怀恨在心了。"

宋一楠不再有兴致跟她说下去，一口气开到小区，停好车，上楼。

进了屋，于桂兰马上说："我走累了，脚走酸了，你给我打洗脚水，帮我洗脚！"

宋一楠说："洗个屁！"

"那，不要你帮我洗，你就帮我打盆洗脚水出来，行不行？"

宋一楠摇摇头，去卫生间接了一盆热水，端出来放到沙发前，"不许把水溅到地板上，听见没有？"

"听见啦！"于桂兰嬉笑起来，"那小伙今天没给你打电话啊？我还挺喜欢他的，你俩什么时候办事？别让我等太久了。你多大了？看样子有三十了吧？年纪太大了。"

"你才三十！"宋一楠无端被她说大了三岁，气得七窍生烟。

"我三十？"于桂兰嘎嘎直乐，"我看上去真有那么年轻吗？可是，我记得我至少有五十五岁了。"

宋一楠猛地走了过来，大声说："你六十三岁！五十五岁的是我

167

妈！记住了吗？你永远不可能有五十五岁了。"忽然伤心起来，"你害死了我妈！是你，害死了我妈！"

"你就编吧！"于桂兰不屑地看了宋一楠一眼，专注地开始洗她的脚。

趁着于桂兰没办法来折腾她的这个时候，宋一楠走进卧室，关了门，开始用力地摁手机键，她要给她叔叔宋林伟打电话。也得怪他，要不是他扒心扒肺、苦口婆心地劝慰宋一楠忘掉于桂兰的不好，她当时真有可能放任于桂兰一个人在天津不管。也正因此，带于桂兰来北京这么些天了，宋一楠出于对他的生气，也没跟他打过一次电话。今天是不打不行了。她得告诉他于桂兰脑子能使了，有可能的话，请他帮忙来北京把她接回到天津他们家的老房子里去。

"叔，反正情况就是这样！"详细说完这边的情况，宋一楠最后跟宋林伟说，"麻烦你来北京把她接走吧！"

"那不好吧？"宋林伟说，"我住在乡下，家里头的麻烦还顾不过来呢，也不可能把她接过来跟我们住——她是嫂子，搁在我家里，说起来怪不好听的。你要是叫我帮你把她接回天津，把她一个人丢在老房子里吧，万一她脑子再犯病，谁来给她管吃管喝？所以说吧，你要我帮你把她接回去是不现实的。"

"那好！先不谈接不接回去。这事再另议。你先来北京一趟行不行？有些话，我一个人说，她怎么都不会信。我想让你帮我跟她说道说道。"

"她能认得到我吗？"

"认得到认不到，你都得过来帮我。"

"如果认不到，去了有用吗？"

"认不到也有用啊，有人帮腔总比没人帮腔好。求你了，叔！来回的路费、住宿费，我报销，我让你住五星级的酒店行不行？"

"五星级？酒店？我这辈子都没住过，再说了，我这老农民的，住这干吗？行吧！你随便给我定个旅馆，我明天或者后天就过去。"

挂了电话，打开卧室的门，宋一楠看到已经洗完脚的于桂兰正支着耳朵在外面偷听。

"跟谁打电话呢？说了那么老长时间！"

"关你屁事！"

宋一楠一把捞起于桂兰的胳膊，便将她往另外一个屋子里拽。来到里面，宋一楠将那个珍藏着她各种重要物器的包从衣橱里掏出来，倒拎这包，将里面的东西一应倒在地板上。她拣起那张她爸和她妈的结婚照，指着它让于桂兰看。

"我再给你说一遍，这才是我妈！"宋一楠说，"我妈有你这么土气吗？你仔细看一看。"

于桂兰还真的很认真地看了看，"我好像能想起来，你爸跟别的女人胡搞过。就是这个女人吗？还真别说，是挺洋气。比我年轻，是比我要好看那么一点点。对！小老婆都比大老婆要年轻，比大老婆要漂亮。你的意思是，你是你爸跟他的小老婆生的？"

宋一楠被她弄得哭笑不得，无话可说。抢过于桂兰手里的相片，将她推了出去。

在外面，于桂兰不依不饶起来。"我明白你为什么这么不待见我了。也可能你说的是对的，你不是我的亲生女儿，你是你爸那老不死的东西跟他小老婆生的。那么，我更不能放过你了。你妈破坏了我跟你爸的婚姻，我找不到你妈清算这笔账，那我就只好找你来清

169

算了。哼！你就好好给我还债吧！"

"你该不会得精神病了吧？"宋一楠惊奇地望着于桂兰。

"得精神病也是你妈那狐狸精给逼出来的。要是你不打算替你妈还债，那你告诉我，她在哪里，我去找她本人算账。"

"她死了！"

"那不就得了吗？她死了，只好由你来还债了！"

宋一楠哭了，"我妈死了！是你害死她的。在我七岁的时候，她就死了，自杀，就因为你！"宋一楠大叫起来，"你害死了我妈，现在又想来害死我！你这个巫婆！"

于桂兰变换出一副异样的目光，愣怔地望着宋一楠，"一楠，你到底在说什么啊？你到底是我生的，还是你爸跟狐狸精生的？"

"我再次向你申明，"宋一楠说，"第一，我不是你生的。第二，狐狸精不是我妈，而是你。是你，你明白吗？你自己脑子出过问题，我们脑子都没出过问题，你觉得你该信你自己现在的脑子，还是信我？"

于桂兰不说话了，过了一会儿，她抱起脑袋叫唤起来，"痛！"

"痛去吧你！"宋一楠开始往外走，她再也不要跟于桂兰同居一室了，"你好好痛一痛，痛完了你的记忆就颠覆了。你必须痛，必须痛回来，哪怕痛回那个傻了吧唧的于桂兰也好，反正，你不要再像现在这样来折腾我了。"

于桂兰似乎没那么痛了，用复杂的眼神最后看了宋一楠一眼，蹒跚着向卧室里走去。

宋一楠拿了钥匙串，摔门而去。

2

在后海这家人声鼎沸的酒吧，宋一楠已经喝得烂醉了。谈小飞不停去抢她手里的酒瓶和杯子。

"别喝了！我们回去吧！"谈小飞冲着宋一楠的耳朵喊。

"回去？去哪儿？"宋一楠喊道，"我现在是有家不能回。可是，我又不想去你那儿！因为，因为你根本就是个太监。"

"你喝太多了！不能再喝了！"谈小飞说，"如果借酒浇愁有用的话，那这个世界上还有那么多烦人的事吗？"

"别跟我讲道理，我最不爱听别人给我讲道理了。我一直都想跟你好好理一理咱俩的事。你这个太监。我都怀疑你对女人不感兴趣。我宋一楠如此风华绝代、风姿绰约、美艳动人，你他妈竟然老跟我扮柳下惠，你有病啊？"宋一楠突然放声大喊起来，"哎！哥们姐们，都给我听好了，我给大家讲一件特别有意思的事情。"

她的声音太大了，加之她借酒卖疯的样子十分引人注目，整个酒吧里的人一下子都停止了疯闹和说笑。突如其来的寂静让谈小飞很不适应，很尴尬。他忙把宋一楠往座上按。

"一楠！别闹了！行吗？"

宋一楠乜斜着眼睛看了看谈小飞，哈哈大笑，笑毕，大喊："他说他是个基督徒。可我觉得他是个太监。什么基督徒？呸！不过是个借口罢了！"

一声脆响，同时脸上一热，紧接着，那儿火辣辣地疼。酒吧里传出一阵惊呼。

宋一楠瞪大眼睛，望着同样吃惊地收回巴掌望着她的谈小飞。

"你打我？"

"对不起！我……"谈小飞说，"我们还是回去吧！"

"你打我？还让我跟你回去？我跟你回去能干什么呀？"宋一楠哭喊了起来，"你们男人没一个好东西，你给我滚！从我身边滚开！滚得越远越好！我永远不要再见到你！我谁也不要看见！你让我一个人在这儿待着。"

谈小飞急躁地左顾右盼，心里面快速地想着应对之策。

他的目光定住了。顺着他的目光方向看去，有一个女孩正盯着他看——看样子，她已经看了他好一会儿了。

见谈小飞看到了她，那女孩缓步向他和宋一楠这里走过来。

"小飞！"走到谈小飞身边，女孩用幽怯的声音问，"你还好吗？"

谈小飞一下子忘了宋一楠的存在，他呆愣地望着女孩，"你到底还是出现了。"

"对不起！"女孩说，"我可以跟你解释，你愿意听我解释吗？事情一定不是你想象的那个样子。"

"我当然想听你解释。我一直想知道为什么。"谈小飞说，"那么，到底是为什么？为什么你说消失就消失了？"

成为路人的宋一楠愣怔地望着谈小飞和这女孩，这时她突然就爆发了。

"谈小飞！你他妈不给我介绍一下，这婊子是谁啊？"

"别说粗口！"谈小飞目光转向宋一楠，"她就是我前女友。"

宋一楠还没接话，那女孩就抢着说："小飞，别在前面加个

'前'字好不好？我们几时说过要分手啦？"

"我们形式上已经分手了！"谈小飞冷冷地对这女孩说。

"可我不这样觉得。"女孩说。

宋一楠暴怒。"谈小飞，你他妈不是人！弄了半天，你也是脚踩两只船。我最恨脚踩两只船的男人了。"

谈小飞要向宋一楠解释。宋一楠一把推开他，抓起坤包，甩到肩后，如波涛中的一只小帆，摇晃而狂乱地奔向酒吧门口。谈小飞追了过去。

拉开酒吧门，宋一楠冲向熙熙攘攘的夜色中的人流。谈小飞拨拉着人群去追，却被同样追过来的女孩拽住了。

走出后海，来到外面的长街上，宋一楠打了个车直奔宁婕的住处。在车上，宋一楠拿起手机，欲给谈小飞打电话。刚把他的电话号码摁完，她就怒斥着自己扔开了电话。

"宋一楠，我不许你这么下贱！不许！"她喊，"让全世界的男人都见鬼去吧！"

出租车司机当然也是个男人了，典型的那种北京司机。他乐了。

"小姐，男人如果都见鬼去了，那谁开车把你送回去啊？"

宋一楠没好气地说："甭废话！你要不想开，就坐后面来。老娘我来开！我车技好着呢。"

来到宁婕的楼下，宋一楠跌跌撞撞往电梯间走。摁罢上行键，等了一会儿，电梯门开了，然后，宋一楠被更加意外的事情震惊了：

门缓缓向两边扩开后，她霍然看到冯优和宁婕并排站在光线昏暗的电梯间里。

冯优和宁婕显然也没有想过会在这里遇到宋一楠。他们同样十

173

分吃惊地愣在那里。突然意识到电梯要重新启动了，冯优和宁婕忙一个大步跨了出去。

宋一楠的醉态是一目了然的。跨出电梯的那一瞬间，冯优和宁婕同时想到了应对之策：宁婕大力往外把冯优一推，冯优箭一样跑了出去。

宋一楠看着挡住她、脸上挂着不自然微笑的宁婕，突然意识到要去追冯优，想着她推开宁婕向外追去。推开单元间的门，宋一楠看到外面一辆车正呼啸着开走。外面很黑，她没看清这辆车是不是冯优的车。

被宁婕重新拉回到电梯口，宋一楠猛推了宁婕一把。

"怎么回事？"宋一楠感觉今晚实在是重口味了，简直是进入了好莱坞的肥皂剧程序，一个接一个的打击接踵而至。她的酒突然之间醒了大半，"怎么回事？冯优怎么在你这里？你怎么跟他搅到一起去了？"

宁婕急中生智，"什么冯优？你说什么呀？我没听明白。"

"别给我装糊涂！我都看见了，还装什么傻？快说！冯优怎么会在你这儿？你跟他是什么关系？"

"冯优？"宁婕的面部表情已经镇定自若了，"一楠，你说什么呀？看你喝成什么样子了，都有幻觉了。"

"幻觉？怎么可能？你别把我当傻子！你们都把我当傻子？快说，是怎么回事？"

"你喝得太多啦！"宁婕笑了起来，"我真是服了你了。你看你，喝得连幻觉都出来了。快别胡闹了，跟我上去。我给你煮点醒酒的茶去。你跟谁去喝的酒啊？怎么又喝上了？我知道你这人，如果不

174

是遇上什么想不开的事，不会喝成这样的。我们先上去吧，你好好跟我说一说……"

宋一楠打断了她，"别转移话题！说！快给我说清楚！"

"哎呀！我都跟你说得很清楚了，还要我怎么说？"宁婕恼怒起来，"你喝得太多了，然后你出现了幻觉，就是这么回事。当然，你出现了看见你前男友的幻觉，而不是出现了别的幻觉，那里面一定有潜在逻辑的，上去跟我好好说道说道，也让我明白到这逻辑到底是什么。"

经宁婕这么一说，宋一楠有点不自信了。"真的是幻觉吗？"

"那当然啊！你这个人真是的。"

沉默了一会儿，宋一楠咧开嘴哭了起来，"谈小飞今晚变成我前男友了，"又呜噜呜噜地说，"然后，我出现了看到前前男友的幻觉，我为什么脑子里全是以前的男朋友啊？我为什么会这么没用啊？"

进了宁婕的屋里，喝了点水，宋一楠又号开了。

"为什么男人都不专一？他们跟我们女人不是一个物种吗？"

宁婕煮了一碗醒酒茶，灌宋一楠喝下，然后抚着宋一楠的肩，跟她在沙发上坐好。

"现在可以说了，到底发生什么事了？"

"我跟谈小飞分手了！"

"怎么又是分手？"宁婕惊讶起来，"你们俩不是挺合拍的吗？怎么说分手就分手啊？哎！一楠，不是我说你，你能不能有一次恋爱时长超过两个月啊？你想想，你谈过多少次恋爱了，为什么每一次都很快就散？你得找找自身原因——"

"别教育我！"宋一楠生气地说，"我有什么原因？我什么原因都没有。原因都在男人那儿。这个世界上男人都喜欢劈腿，喜欢脚踩两只船，我受不了不专一的男人，所以，我每次分手都快——就是这个原因。你受得了劈腿男，你没分手，不能说你比我厉害，只能证明你没骨气，懂吗？"

宋一楠这么说过之后，宁婕脸色凝重起来，"你说得对，劈腿是不能容忍的，"忽然目光变得呆滞，"一楠，我这阵子忙，都没跟你说，檀枪枪很有可能早就背着我在劈腿了，只是我一直蒙在鼓里而已。"

"真的？"宋一楠瞪大眼睛，"这么大的事情，你怎么到现在才跟我说？"忽然紧紧搂住宁婕，哭了起来，"现在好了，我们两个女人，同病相怜，就让我们相依为命吧。实在不行，咱俩以后搭伙过一辈子完了。"

宁婕被宋一楠的奇思妙想逗蒙了，想笑却笑不出来，"说什么呢？说说，你跟谈小飞到底出了什么问题？"

"我今天倒霉事一个接一个的，心情不好，就拉谈小飞去后海酒吧，然后，他在那里遇到了他前女友。你还记不记得，我们第一次在酒吧遇到谈小飞，他就是在那里等他前女友哇，呜！他不是个喜欢去酒吧的人，他去酒吧，就是为了守株待兔，等候他的前女友出现。最可恶的是，今天那女孩终于出现了，我才知道，他们并没有分手。"宋一楠冷笑起来，"其实，是我甩了他。我先决定跟他分手了。从酒吧出来后，我在前面走，我希望他追上来，但他没有，于是，我就决定跟他分手了。"

"他没追上来吗？那他在干吗？"

"还能干吗？留在酒吧跟他女朋友叙旧情啊。我真傻！我跟他认识那么些天了，无论我怎么诱惑他，他都不跟我上床，我还以为真像他所说的那样，他是要婚前守贞。现在我明白了，他根本就没看上我。他这阵子跟我在一起，是因为他需要人陪，需要有女人陪他度过等待他的正牌女友出现的孤独时光而已。"她突然邪气地笑了，"我猜，他俩现在已经在床上了。久别重逢，肯定不到精尽人亡不罢休。"

"要真像你说的那样，这个谈小飞也真过分。"宁婕说，"不过，一楠，我对你也是挺了解的对吧？你这人呢，做事太冲动，经常不管三七二十一就把结论下了，我建议你还是先别忙着下结论。等过两天找谈小飞好好谈一次，万一不是那样的呢。有时候，表面不代表一切。"

"你总想着找机会侮辱我的智商，"宋一楠说，"事情明摆着，就是那样。还能是什么别的结论？你总觉得你比我聪明是吧？非得跟我抬杠，非得证明我错了，我现在怎么看你这朋友越来越可疑了？"

"好吧！算我没说！"宋一楠在气头上的时候，宁婕不想跟她争辩。

"我警告你，不许再在我面前表现你比我聪明。你有那么聪明？我有那么笨吗？"

手机响了，宋一楠拿起来一看，扔到一边。宁婕拿起这"叮当"乱响的手机，一看，是谈小飞打来的。

"接吧！"宁婕说，"我绝不是为了跟你比谁聪明，我是真的觉得，谈小飞也许有他的原因。我看他这人不坏，真的不坏。就算是太多男人爱劈腿，但谈小飞肯定不。"

"得了吧！"宋一楠说，"要接你接！我保证，你接完电话的结果，是发现你的自作聪明是多么的愚蠢。"

"他要真像你说的那样，没喜欢过你，不爱你，他这个时候不会给你打电话。"

"你跟我谈男人？我经历过的男人比你在路上见过的男人都要多，"宋一楠说，"行！我就跟你掰扯掰扯他为什么这个时候还愿意给我打一个电话吧。这里面的逻辑再简单不过了：男人终于吃到锅里的了，但还是不想让碗里的泼掉、馊掉、霉掉，仅此而已。"

"你思考问题方式也太极端了吧，你简直就是个极端主义者！"

"什么极端主义？"宋一楠冷笑道，"我还再跟你说了，男人抓着锅胡吃海吃的时候，为了保住碗里那点少得可怜的食，连多动一分脑子也不愿意。他们过来争取保留碗里这点食的解释会变得十分的弱智和可笑。你接一下他的电话试试，我都猜得到他会说什么。他甚至会说：哎呀！我女朋友前阵子被拐卖啦，手机被没收，人在深山老林，没办法跟我联系——这是她失踪的理由。所以，她很可怜的哦。"

"你真是被男人给折磨疯了。"宁婕都给宋一楠逗笑了，她摇着头，接通了电话。

"一楠，你先别挂电话。等我说完再挂也不迟！"谈小飞急切地说。

"我不挂！你想说多久就说多久。"宁婕说，"不过，你要是说出来的理由特别牵强的话，你说多久我也没办法帮你说服一楠回心转意了。好好说！我帮一楠听着呢。"

摁了免提。让宋一楠也听得到。

"她被人骗了。有个人骗她说贵州那边有个生意她可以做，于是她跟着那人去了。但谁承想那人是个人贩子……"

宁婕愕住了。宋一楠指着宁婕，哈哈大笑。

不再让谈小飞说下去，宋一楠拿起电话。

"谈小飞！妈的！她这么拙劣的谎，你也信啊？"

"没有依据使我不相信她啊。"谈小飞说。

"那你就去信吧！还给我打电话干什么呀？"

"我就是想把她跟我说的情况跟你说一说，更具体的情况是这样的——"

"我不想听你帮她传播那些弱智故事，"宋一楠厉声说，"既然你觉得相信她比什么都重要的话，那你就去相信好了。你爱相信什么，跟我已经没关系了。我们已经分手了。"

宋一楠挂断电话。谈小飞再怎么来电，宋一楠都不接了，也不允许宁婕接。电话狂响着的时候，宋一楠不断鄙夷地看一眼宁婕，言下之意：这下你该知道了吧？你老跟我比聪明，你找错对象了。

电话再也不响了。夜已经很深。宋一楠在宁婕这里住下。

在黑漆漆的卧室里，两个女人临睡前又谈了一会儿于桂兰在刚刚过去的白天的那些表现。当然，宁婕除了好言安抚宋一楠，别无他法。

她们都没睡好。宋一楠要烦的事情太多。而宁婕一直对电梯里突如其来的那一幕心有余悸。

从火车站接到宋林伟，在她的车里，宋一楠一声不吭。

"先送你去住的地方吧！"车子都开离火车站很远了，宋一楠才说话。

"我家里面事多，最多只能在北京待两天。"宋林伟把头支在车窗玻璃上，仰脸向窗外的天上看，"我看现在还早着，要不你就先带我见你妈去吧！"

"叔！求你了！别再说她是我妈了行吗？"

"好好好！不说。"宋林伟说，"你不是叫我过来帮你跟她说道说道的吗？那咱别浪费时间了，你现在就带我去见她。"

"先住下再说吧！"宋一楠说，"说道说道的事，回头再说。"

搞得宋林伟有点摸不着头脑。她这么一说，倒仿佛在说宋林伟不该来似的。

"我改主意了！"过了一会儿，宋一楠幽幽地说，"我本来想请你过来帮我告诉她她是我后妈的。但现在，我不那么想了。让她知道她到底是谁，就很好吗？"

"咦！你这个孩子，把我都给说乱了。那你到底叫我过来干吗啊？"

宋一楠没听他说话，只顾着自言自语，"凡事都要调查个水落石出，都要弄个一清二白，到头来，也许不但没好处，还把事情搞砸了。还是不要弄清楚的好。"

她显然还沉浸在谈小飞给她带来的重创中呢。谈小飞一直想弄清楚他前女友或现女友为什么失踪，他一直在等待得到这答案，他是个凡事必弄得清楚明白才罢休的人，宋一楠一直没意识到他的这种意识会给他俩的关系带来这样的结局，她太恨这样的结局了。所以，凡事寻根究底，的确不见得是个好习惯。

让于桂兰知道她真正的自己，难道就一定比现在好吗？尽管，她现在的表现够让宋一楠崩溃的。没准，于桂兰知道了她真正的自己，结局是她变得使宋一楠更崩溃呢。

将宋林伟送到宾馆。宋一楠跟他在那里面坐了一会儿，就带他出去吃自助餐。

搞得她请宋林伟这次来，是专门让他过来游山玩水、消遣享受似的。弄得宋林伟特别的不自在。

在那个海鲜自助餐厅，宋林伟忍不住发话了，"一楠，你知道叔也不在乎吃啥。你带我吃这么好的东西，何必呢？要不这样吧，你要是真的突然觉着不需要我帮你那个忙了，我今天就回去，宾馆直接退了，也省得花这个冤枉钱了。要是你觉着不需要我帮你那个忙但又觉得我难得来一趟想带我好好在北京逛一逛的话，那咱也到此为止，我晚上就回天津。"

宋一楠不说话，脸色阴郁。她从来不是个沉默寡言的人，关于这一点，熟悉她的人都知道。她这副样子，让宋林伟对她更加摸不透了。

"你到底怎么啦，闺女？"

"没什么，我好着呢。"

"那就行了呗！我就说了嘛，别太计较。我一再跟你说，她毕竟把你养了小二十年。把你养得这么漂亮，这么有出息，她还过

181

得去。"

"我漂亮那得感谢我妈好不好？要我妈在，我能更漂亮。"

"那可不一定。"宋林伟欲言又止，"有句话，我一直没敢跟你说。其实你妈跟你爸是包办婚姻，打一开始感情就不怎么好。于桂兰跟你爸是有真感情的，而且他俩志趣相投，都好文艺：于桂兰爱唱歌，你爸在单位是搞宣传工作的。于桂兰除了脾气坏一点，也没哪点特别不好的。你自己脾气不是也不好吗？她对你其实还不错，你还记不记得，小时候你练体操，老这儿摔一下那儿磕一下的，她每次看到了比你爸都急，又是给你抹云南白药，又是找纱包给你包扎的。"

"叔，你到底站在哪一头？怎么老帮着她说话？"

"我站在哪一头？我难办啊，你是我亲侄女，于桂兰是我嫂子，我当然只能站在中间了。是什么我就说什么。"

"我怎么觉得请你来，请错了。"

"闺女，今天我舍了老命跟你敞开了说吧。于桂兰为啥脑子会出问题？这跟她这么些年来总对你妈有愧疚有关系。这愧疚吧，一直窝在她心里，出不去，加上那一摔，脑子就出大问题了。其实，她那次摔得也不重，是不是？"

"叔，你千说万说，说什么都没有用。"宋一楠说，"我就是恨她挤走了我妈的位置，气死了我妈，要不是她，我到现在还是一个有亲妈的人。我就是恨她这个。永远都恨。这种恨太顽固了，是她多少好都没办法抵消的。"

"那我不说了。你都这么大了，见的世面比叔多。"宋林伟说，"还是你自己去琢磨吧。不过，叔相信你，早晚有一天会原谅她的。"

宋一楠不再说话了，陷入了深重的思绪中。

吃完，将宋林伟送回宾馆，宋一楠自行开车回去。回到家，发现于桂兰呆呆地坐在沙发上，嘴里轻声哼着一首听不清词的老歌。宋一楠进了厨房，发现她放在冰箱里的水果、馒头、包子、水饺等一应储备食物全部原封不动。这将近一天一夜，她什么东西也没吃。

"我真的不是你妈？"

于桂兰手里握着一沓照片。是宋一楠珍藏的那些照片。看来这小一天一夜的时间，于桂兰一直在通过它们校正自己的思路。

"你当然不是。"

"你妈真的不是小老婆？"

"当然不是！"宋一楠去抢她手里的照片。她不愿于桂兰碰她的爱物。

于桂兰扬起手来，将照片撒到宋一楠脸上，然后，她呈崩溃状，"你说得不对！你肯定骗我了！你肯定觉得我脑子不好使了，就拿错的话来骗我。"

宋一楠瞪着于桂兰激动的脸，她对于桂兰一如既往的讨厌，此际轰轰烈烈地涌回到她的脑中。必须让她知道她是谁，必须让她知道自己曾经做过多少恶劣的事，宋一楠心里面这样呐喊着，跳开了去，拿起手机往宾馆打电话。

"叔，你过来吧！马上就过来！你来告诉她，她到底是谁。"

宾馆当然就在附近。十几分钟后，宋林伟赶过来了。

"你还认识我吗？嫂子！"一进来，宋林伟就先向于桂兰验证这件事。

"你是——"于桂兰的眼睛里满是吃惊，她就这么盯住宋林伟看

183

了一瞬，突然去抓宋林伟的手，紧紧抓住，像溺水的人抓住了一把救命稻草，"鹏伟！你不是已经——怎么你还活着？"

宋林伟跟宋鹏伟毕竟是兄弟，脸相和身段都有相似之处。于桂兰把宋林伟认成她丈夫了。

"我不是，我不是我哥，我不是，"宋林伟避让于桂兰，"嫂子，我是林伟，鹏伟是我哥，我是你小叔子！"

"小叔子？"于桂兰怔怔地最后看了宋林伟一眼，有些不好意思地走开去，在沙发上坐下了。

"那我是谁？"于桂兰呆呆地看着墙壁，自言自语，又把头转向宋林伟，目光里满是期盼。她开始盼望小叔子给她一个正确的答案，更希望这个答案如她所愿。

"你是——"宋林伟看了看宋一楠，他知道他此行的根本目的是什么，于是就直切话题的核心，说，"嫂子！你是一楠的后妈！"

"是啊！我今天想了半天，也觉得这是最可能的答案。我是她后妈没错，但我想知道，一楠的妈和我，谁跟鹏伟先结的婚？"

"当然是一楠的妈在前面。"

"那我是小老婆？"

"不能这么说，新社会男人娶不了两个老婆。实际情况是这样的：一楠的妈跟哥离婚，然后哥跟你结了婚。"

宋林伟这么说过之后，于桂兰猛地站了起来。还没等宋林伟和宋一楠反应过来，她捂着脑袋向地上倒去。

"痛！"于桂兰喊。

她扑倒在地上，挣扎，翻滚。等她平息下来，又变成了一个目光呆滞、完全沉默的老太太。

宁婕和程美誉她们在接到宋一楠的电话后过来，宁婕责怪宋一楠，也表示自责。她说：

"我们一直没意识到，她一直在使劲动脑子。而像她这种受过伤、没治疗过的脑子，是不能这么使劲用的。"

"那现在怎么办？"程美誉忧心忡忡。

"上一次那医生也许不太负责。只要是病，哪有不用看的，何况是脑子里的病。"宁婕说，"我建议找最好的医院，好好给她看一看。脑子有问题老放着不治，万一以后出大问题怎么办？万一她来个脑瘫，卧床不起——"宁婕看宋一楠，"到时候你的麻烦可不止现在这么大了。"

"看！去看！"宋一楠做决定，"美誉，你关系多，先帮我找找北京几家好医院的关系，咱最近这几天就把她关到医院去。"

"没问题！"程美誉说，"我回去再问问玮童，他学生里面有好多家长挺厉害的，看看里面有没有在医院干的。"

"那太好了！"宋一楠说，"麻烦你帮我抓紧点。"

果然，玮童有个学生的家长在阜外医院。第三天，他们就把于桂兰送过去了。

4

谈小飞的电话打过来的时候，宋一楠正站在病房的窗口发呆。于桂兰睡着了。

这一周，宋一楠请了假，一次班都没去上。她有好多事情要好好想一想，要想清楚，要得到结论，形成未来的行动方针。再不这

185

样做不行了。

本来不想接谈小飞的电话，但响了几次之后，她想想还是接了。

"你在哪儿？我想见你，现在就想见你。"谈小飞说。

"我死了。"宋一楠挂掉了电话。

谈小飞要么是给宁婕，要么是给程美誉打去了电话，然后知道了宋一楠在医院里。稍后，他直奔医院而来。在医院，见到了宋一楠。病房里说话不方便，去哪里呢？找来找去，他们来到了住院部的楼顶。

"我找到依据了，"谈小飞说，"她说谎的依据。"

"什么意思？"宋一楠不解。

"这几天，我去了她所说的贵州，找到了她所说的那个地方。"

"然后呢？"宋一楠饶有兴味。

"我动用了我在贵州的所有关系，查到贵州所有的地名，准确到乡以下的村子。"谈小飞的声音激动而愤恨，"根本没有她所说的那个村子。也就是说，她所说的她被拐卖到的那个乡，那个村子根本就是不存在的。根本就没有那地方。她瞎编的。很显然，见我实在要拷问下去，她随口给我编了个乡和村子的名字。"

"哈！你真的太不可思议了！"宋一楠鄙夷地笑了，"明显是她在编瞎话，全部是瞎话，你竟然还打算相信她。"

"我没打算相信她，我只是想给自己一个交代。"谈小飞一脸的真诚，"我跟她一起在美国长大，我们从小学时候就认识，高中确定恋爱关系，后来我们一起来北京工作，加起来二十多年了。我们分分合合很多次。每一次，她都突然消失，然后又突然出现，出现的时候随便给我一个理由。我之前一直爱她，不论她说什么，我确实

186

都愿意相信，不敢去深究，不敢面对她可能对我说谎的后果。但这一次，我觉得我跟她之间必须有一个了断。所以，我一定要去弄个水落石出，要得到她说谎的依据。那些证据，现在，我终于得到它们了。这二十多年的感情，一切一切的，我彻底放下了。她这个人，可以完全从我脑子里抹去了。我现在不恨她，更不爱她，对她任何的情感都不再有。现在，我把自己清理得干干净净，回到你身边。我发誓，我以后永远爱你，永远属于你一个人。"

宋一楠在他疾风骤雨般的长篇表述之后，心里既震惊，又感动。"那我还有一件事不明白，她为什么要三番五次地骗你？为什么要一个招呼都不打地离开你之后，又三番五次地回到你身边来？"

"这些已经跟我没关系了。"谈小飞说，"如果你实在要问我，我也有答案，那就是：我是她感情生活中最好的备胎、最好的港湾，她出去疯，出去任性，出去胡闹，很可悲最后都感情受挫了，也或许，她最后还是觉得我好，于是，回到了我身边。但是，我可以一次又一次地做她的备胎，但我不容许自己做她一生的备胎。"

宋一楠觉得谈小飞跟她是同命人，而且，谈小飞遭受的是跟她同类别的人生耻辱，但他那耻辱的量级却是她的很多倍。

"我相信你了！"宋一楠望着谈小飞，认真地说，"我不生你的气了。"

"谢谢你信任我！"谈小飞一把将宋一楠拥进怀里，"知道吗？我第一眼看到你，就知道你跟你表现出来的不一样。表面上，你满身带刺，说话办事极端，有时候显得决绝而无情，但事实上，你是一个特别善良的女孩。"

"不许你夸我！"宋一楠泪光盈盈地说，"为什么到今天才有一个懂我的男人出现?"

"我直到现在也无法想象你跟你妈的感情有多深,但我想,那一定很深很深,比常规的母女还要深很多。然后,你爸有了外遇,使你妈跟他离了婚,你妈最后走向了自杀。这件事,对你的打击太大。它在你心里形成的阴影,太强烈、太深刻了,强烈到、深刻到我们外人无法想象的地步。我甚至觉得,你在男人面前已经形成了一种强迫症。使你经常会在突然之间变得偏激,动不动就像个刺猬。每当一个男人出现在你面前,你就警觉地观察他会不会有外遇、是不是有外遇,这样一种心态使你在男人面前变得不那么健康,以至于可能错失一些不见得有外遇劣迹的男人。当然,确实有不少男人有外遇,而一旦这样的男人被你遇到,你就毫不留情地把他打入十八层地狱。"

宋一楠用赞许的目光看着谈小飞。"也许吧!也许正如你说的那样。我童年的那件事的确对我打击太大了。它改变了我看待男人的眼光,甚至改变了我对世事的态度、我为人处事的方式。现在,我该怎么办?"

"有时候,弄清楚一切,并不见得完全是坏事。只要你敢于把全部的症结弄清楚,事情就好解决了。"谈小飞说,"现在,你知道了你的最大症结,余下的事,就是给自己做些调整。比如,你要变得平和一点,坦然而不刻意地面对你必须面对的一切。"

"你的意思?"

"我的意思是,既然过去的都早就过去了,既然,你继母现在如此需要你,你就坦然接受她吧。"

"我能吗?"

宋一楠眼神迷蒙起来，她想起了那个日复一日困扰她的梦。它代表着她妈妈的死带给她的痛、对于桂兰的怨恨，甚至她在生活中容易轻易质疑、埋怨他人的习惯，这些，都是不可能轻易改变的。

"其实你应该看出来了，"宋一楠说，"我从一开始就是想接受她的，最主要的问题在于，我努力了，但一直无法真正做到。真的，我努力了，我很努力，但我实在没有办法真正做到。"

"只要你努力，就一定会做到的。"谈小飞把宋一楠的脸捧起来，说，"我相信你。"

"好吧！好吧！"

谈小飞俯下脸来，炽烈地吻住宋一楠。

宋一楠在谈小飞的热吻下变得放松，忽然，她大叫着推开他。"难道你想解禁了吗?"

谈小飞重又捉住她，冲她眨了眨眼睛。"当然没有。"

"讨厌！"

谈小飞的手机响了。谈小飞拿起来看了看，举起手机示意宋一楠看。

宋一楠看到屏幕上正在闪动的是"夏姗岚来电"这几个字。

"'下三烂'? 她的名字?"宋一楠问。

"我最后接一次她的电话。"

"如果你不方便跟她说'分手'这两个字的话，我可以帮你说。"宋一楠笑着说，"这种台词，我最擅长。"

"如果我连她的电话都不敢接，连直接跟她说'分手'都畏惧，那说明我跟她的关系还有余地。"谈小飞说，"我有必要向你证明，这的确是我跟她的最后一次对话。"

谈小飞接通电话，大声说："再见！"

宋一楠抢过电话，冲着里面那个用示弱的腔调说话的女声，更加大声地说："再见再见再见！哈哈哈！"

谈小飞拉起宋一楠，"走！带你去看一样东西。"

他们驱车来到一个人流密集的商圈，谈小飞领宋一楠来到其间一个广场上。

广场中间有一大片区域用巨幅篷布围着，显然那片区域正在进行一轮巨大的改造。

谈小飞拉着宋一楠从篷布的一处豁口钻进去。

乱糟糟的建筑材料之间，矗立着一方高过十米的设计墙。

谈小飞指着设计墙上那充满玄秘色彩的图案，大声说："我带你来这里，是想告诉你我的一个计划。"

"说来听听！"

"等它们变成了实景，"谈小飞大声说，"我要在这里举办我的盛大婚礼。"他抓住宋一楠的手，含情脉脉地望着她，"——和我的新娘。"

宋一楠开心地指了指设计墙底部"失踪的记忆"那几个大字，突然故作藐视地说："你刚才的话，不会从你以后的记忆里失踪吧？"

谈小飞说："除非海枯石烂！"

宋一楠扑哧笑了，"真够酸的！"

谈小飞说："该酸的时候，还是得酸一下啊。"

宋一楠说："得！别说那么远的事了。"环视了一下，又说，"我琢磨着，这没个一年半载，是竣不了工的。正好今天咱来了，你就先求个婚吧！"

"可是，"谈小飞正经起来，"我没带戒指啊！"

"又死心眼儿了不是？"宋一楠说，"你先求嘛！戒指以后再补！"

"嘿！说的也是！"

十四、宁 婕

1

宁婕头发在脑袋上盘成一圈，素颜的皮肤光洁、红润。穿的是一套藕白色的睡衣。整个人看起来像一束刚从水里捞起来的夏天的马蹄莲。

她正抱着笔记本电脑窝在沙发上笔耕不辍。随着创作的深入，她的状态越来越好，经常陷入浑然忘我的状态。

门铃响了，宁婕推开电脑跑过去打开门，却见冯优笑容可掬地站在门外，手里提了一兜食物。由打包袋和里面的食品盒看，食物应该很讲究。

"健康美！"

冯优看着宁婕，来了这么一句。

春末，已经略有点热了。冯优穿着白色莫代尔的紧身无袖T恤、灰色薄绒卫裤，修长、健美的身材一览无余。每每看到冯优，宁婕总下意识地在心里想，他到底是怎么保养的？四十出头的人看上去永远没达到三十五岁。

宁婕感觉到心里面不合时宜的轻微颤动，忙将目光移开。

"冯总，我上次已经跟你说了，我不习惯总有人给我送这送那。"宁婕镇定神色，用眼神示意冯优手里的那兜东西。

"南京小吃！"冯优说，"糯米藕！你不可能不喜欢吃。我刚从南京带回来的，特地在南京最正宗的小吃店买的。还有点热乎呢。不信你马上尝尝看。"

说着，他要向里走。宁婕突然意识到自己穿着睡衣，赶紧抓住门要关。冯优笑着用手撑住了门。

"将自己的老板拒之门外，可能不太好。"他说，"何况，是一个特别关心员工的老板。"

宁婕就顾不得自己不体面的穿着了，张开右臂，将它撑在门框上，阻挡冯优可能的强行进入。

"这个姿势不错！"冯优耸耸肩，故作夸张地用研究的目光打量以臂作挡的宁婕，"可以考虑用你做我们这部戏的女主角。"

他突然捉住宁婕的右臂，掰落，又将它拿下来，支撑到她的腰上。"这个姿势更好！更适合你。"他后退两步，依然故作夸张，发出啧啧赞叹。

不容宁婕再度拒绝，冯优错身往里走。与宁婕正对的那一刹那，他突然停了一下，将嘴巴向宁婕的耳朵凑过去，对她耳语：

"我听到一种对你来说很不祥的声音。"

宁婕感受到他的气息。她的耳垂痒兮兮的。

"什么声音？"她无措地问。

"你的心跳声。"

他哈哈大笑，快步走了进去。

宁婕懊恼地关上门，跟了进来。不知何故，她心里生出一阵暖意。这暖意催使她想跟他扯一下皮。

"我想知道，这是老板给员工送吃的？还是，男人给女人送吃的？"

"能告诉我这两者之间的潜在区别吗？"冯优马上领会到宁婕对他的态度发生了转变。

"我不知道！"宁婕忽然感到她主动挑起的这个话题非常危险，她想转换话题，但已经容不得她转换了。

"首先，我是个地道的、如假包换的男人！"冯优说，"其次，我是不是你的老板，现在特别不重要。"

"好吧！"宁婕说，"不跟你玩绕口令了。我想跟你说，敬爱的冯总，请你以后不要到我这儿来了。万一再让宋一楠撞见，就不好了。你要知道，她经常不通知我，就到我这儿来。"

"见鬼了！上次我是第一次来，就被她撞见了。"

"这是一个不好的兆头，说明冥冥之中她还在替你的私生活把关。"

"问题是，她怎么样、她干什么，我现在已经不关心了。我所关心并且感到讶异的是，上次我们配合得非常默契。"冯优又补充，"我们一直配合得非常默契，你觉得呢？"

他这话说得倒不夸大其词。这些天，宁婕每每给冯优看她写完的部分，冯优总会大加赞叹，声称他没找错人。在工作上，他们确实越来越默契了。

不再斗嘴皮子了。冯优打开餐盒，请宁婕吃糯米藕。而他自己走过去，将宁婕的电脑搁到书桌上，看宁婕新写的剧本去了。

宁婕心里面有些许怪异感，但分明这些怪异感主要由快乐构成。她抱起餐盒，用餐袋里的一次性小勺舀了一勺糯米藕，送到嘴里，慢慢地吃。果然还有点热乎——不知道冯优是怎么做到的。她甚至有点怀疑冯优是从附近一个美食城的南京小吃店打包回来的这盒糯米藕。

"好吃吗？"冯优远远抬起头，笑问她。

"你怎么知道我喜欢吃糯米藕？"

"网上有一篇你写的随笔，应该是你很久以前写的。你在里面专门提到过这事。"

宁婕心里异样的感觉更盛了，她忽然觉得自己要尽可能远离冯优。她向窗边走去。

窗外，依然是这个巨型城市绵延的居民楼，它们，依然挡住了一直挡住的一切，但也许是天气过于温暖的缘故，宁婕感觉到此刻心里涌起一股热腾腾的气。跟她来北京最初的那整个一年完全不同的是，她发现自己现在越来越喜欢北京了。

"写得很好！"冯优如同一个运动健将，从座上弹起来，说，"为了犒劳一位用心、用情刻苦工作的员工，本老板决定再请你到我的私人珍藏餐馆，去吃另一种风格的小吃。"

"不了！我得赶紧写。万一感觉跑掉了，又得花时间往回找。耽误工夫。"宁婕赶紧拒绝。

"跟你讲一个故事，"冯优说，"小时候，我奶奶经常给我做一种叫作螺蛳粉的小吃。那味道怪怪的，但特别好吃。我奶奶是柳州人。螺蛳粉是柳州小吃。"他声音忽然变得低沉，"我奶奶在我上大学的时候就去世了。"沉默了一下，他又说，"护国寺那儿有一家螺螺粉店，我想我奶奶了，就去那儿吃一碗螺蛳粉。你想你姥姥吗？"

宁婕心里面狂跳起来。那里面已经不仅仅是怪异的感觉了，简直是芳心大乱。

这个男人懂她。或者，他想方设法地去研究她，让他自己懂她。这太可怕了。像他这样的男人，身边美女如云。与他唾手可得的那些美女比，她算不上太过夺目的美女，那么，他到底想干什么呢？无论他想干什么，都不是宁婕理智上希望他做的。

可是，他讲的那个故事，无论是他编的，还是真的，它都已经由表及里地打动了宁婕。她不能拒绝这个下午跟他去吃一碗螺蛳粉的要求。

"好吧！"宁婕听到自己的声音很虚弱。

"非常好吃。我保证你吃了一次就会上瘾。"

味道果然怪怪的，不过确实非常独特。冯优吃了两大碗，吃得满头大汗。他还把宁婕碗里没吃完的粉捞到他碗里，吃掉了。

吃完，冯优又建议宁婕沿着店门口的这条步行街往前逛一逛。宁婕早就领教到他的绝佳口才，心想既已跟他出来了，就舍命陪君子，一陪到底吧。他们沿着这街逛了起来。

途经一家书店门口，见前面围了不少人。宁婕和冯优停下脚步来，像惯常那种无聊的路人那样，过去围观。

一个女孩正在签售她的书。她身侧的黑板上印着这样一些关键词：

> 最年轻的九〇后北漂女作家
> 她亲历的"房事"

最上面正中，用红黄两种水粉笔勾出三个变体美术字：林溪吟。

林溪吟显然就是这个女孩了。她低着头，对每一个过来要她签名的读者都报以热忱的笑。有那么一瞬间，她抬起头，与人群中的宁婕四目相接。她与宁婕同时叫了起来。

"宁姐姐！"女孩喊。

"小琳？"

2

"宁姐姐，说起来你还是我的领路人呢。"小琳说。

宁婕忙摆手，"快别这么说，我何德何能，怎么能领你的路呢？"

"真的！"小琳说，"那个时候我看宁姐姐的作家生活好优哉，我心里好羡慕。有一次呢，我给一个业主阿姨代理她的房子出售，人家是做书的。我就跟她聊天，她说到现在如果有谁写一本关于售房、租房内幕的书，一定火。我一听，那不最适合我来写吗？我就偷偷开始写了。因为在这方面我经历的事太多了，简直是如数家珍啊，所以我一写就收不住了，写得特别快。前后都没到一个月，我就写完了。然后，就拿给那位业主阿姨看。她特别喜欢，觉得我写得太生动、真实了，就出了这本书。"

"你可真厉害啊！"宁婕由衷地佩服这个小姑娘，当时怎么就没看出来她有这才华呢。

"其实吧！我是玩票的。"小琳说，"我现在仍然在上班，不过不在房屋中介公司了，我在一家饲料公司当销售，那才是我的主业。

我的下一部书，会是写宠物的，也许是写金鱼，也许是写猫，还有可能是蛇，宠物蛇……"

宁婕倒吸一口冷气，玩票能玩成畅销，并且照她的语气，还会一本接一本写——这小姑娘真是不简单。宁婕不由瞪大眼睛仔细打量她。小琳正用汤匙搅动杯里的咖啡，杯身上的卡通画映照她青春时尚的脸。宁婕现在已经完全从她身上看不出几个月前那个房产中介公司客户代表的影子，心里啧啧称奇：北京真是个改造人的大都会，这小姑娘的变化也太神速了。

"你可真厉害啊，小琳！"宁婕更加由衷地发出赞叹。

"再厉害也没有宁姐姐厉害啊，"小琳大胆地看了冯优一眼，快速把目光转向宁婕，说，"网上都说了，现在女人之间攀比，比的不是谁背的包牌子大、谁身上的配饰漂亮，女人真要比，就比配在她身边的男人。男人是彰显女人档次的最好配饰。"

她无疑是在赞美冯优一目了然的出类拔萃。冯优先前一直没说话，拿着小琳的书在翻。听到这里，他哈哈大笑。笑罢，对宁婕说："你这小妹妹嘴巴跟你一样刻薄啊。男人是女人的配饰？真看不出来，还是个小'女权'？"

"姐夫，您这话就不对了！"小琳说，"不是男权太根深蒂固，哪来的女权啊？女权女权，你看看这俩字儿是怎么写的——'奴'字中间长出根木疙瘩。什么意思？还不是因为男人把女人逼成了奴隶，女人必须找根木疙瘩来还击？"

"呦嗬！这个解释我还第一次听人说。"冯优眼睛突然变得很亮，看着小琳，然后，转过头来，对宁婕说，"宁婕，你妹妹似乎想要赶超你的才华哈。"

"可不敢！"小琳说，"宁姐姐才有才呢，我早领教过了。姐夫，您不知道，那回，我帮她去租一个房子，她是怎么吐槽人家房东的。"

她正要跟冯优回顾那回的事，宁婕打断了她，"小琳，别姐夫姐夫的，听得我瘆得慌。给你介绍一下，这位是我老板，跟我没什么关系。"

"没什么关系那怎么又是你老板呢？"冯优立即指出宁婕的口误。

"我说的'关系'和你说的'关系'，不是同一个'关系'。"

"那你想否定掉的'关系'是什么'关系'？"冯优说到这个"关系"时，眼神暧昧地看着宁婕。

宁婕一下子知道他在暗指什么，脸红了，无话回应。

小琳看在眼里，"扑哧"笑了，"我从来没见过老板跟员工像你们这么打情骂俏的。姐，你用词不对哈，什么'瘆得慌'？姐夫多好啊！那么帅，一看就是叱咤江湖的大佬，你要不懂得对他甜言蜜语，小心别人抢走他。"

宁婕看出来了，这小琳嘴巴可是蜜罐子里泡出来的。这一点，刚认识她的时候，宁婕就感觉出来了，只不过，没有今天感受那么深。也或许，经历了这么几个月的北京生活，这小姑娘的口活儿已经变得炉火纯青了。

"江湖险恶着呢！"宁婕给小琳来了这么句莫名其妙的话，也不知道想向小琳表达什么。

出于女人本能的警觉，宁婕没来由就觉得，面前这个姑娘已经不是原来那个替她呵斥那伪娘的纯朴姑娘了。现在她叫林溪吟。

这样想过后，宁婕有心离开了。却见冯优难得好兴致，跟小琳谈起正事来了。

"小琳作家，我突然觉得你这本书可以做成影视啊。"

小琳高兴起来，"我也觉得是啊！"

"也许我们有机会合作！"冯优说。

小琳瞪大眼睛望着冯优。她没能立即明白这里面的逻辑。

"冯总现在的一个身份，是影视公司的执行董事。"宁婕语带嘲讽地帮冯优解释。

"啊？太好了！"小琳忽然露出羞怯的神色，"冯总，刚才的话，多有得罪啦。"

冯优从兜里掏出名片盒，递给小琳一张。"也许我们真的能合作。"

"太期待了！"小琳望着冯优。

"我们走吧！"宁婕以一种过于注重礼节的姿态站了起来，冲小琳一笑，"小琳，我还有点事，下次再单约你。"

"好的！宁姐姐！"又对冯优说，"冯总再见！"

走出咖啡馆，宁婕没来由有点生冯优的气。这让她感到惊惧，她知道这意味着什么。

冯优是多么敏锐的人，在车里，他语带双关，"很高兴你吃醋了。"

"你误会了！"宁婕说，"我突然想到了一个好情节，要马上回去写。"

"是关于一个美貌与智慧并存的女人，吃一个小女孩的醋的情节吗？"冯优继续语带双关。

宁婕一愣，沉默。忽然，她生气了，"如果我说'是的'，你觉得很可笑？"

她这么说，让她觉得自己豁出去了。

冯优意外地转头看了宁婕一眼，无声地笑了。

他开始转方向盘，直到将车停靠在路边。

宁婕感受到心房剧烈的跳动，她梗着脖子，目不斜视地看着前方闪着光斑的白色马路。这情景如同梦中场景再现。

冯优也沉默地坐在那里。他掏出一根烟，悠然抽着。他摇开窗玻璃，将燃着的烟蒂扔出窗外。

"我嘴里有烟味，希望你不要介意。"他向宁婕侧过来，嘴唇来到宁婕的脸颊旁，停住了，等待她的回应。

宁婕猛地转过脸来，狠狠地瞪了他一眼。她用力去开车门，要逃离这是非之地。车门却被冯优锁住了。宁婕无助而用力地拧动把手。

"打开！让我出去！"

冯优微笑地看着苦恼的宁婕，像看着一只在笼子里挣扎的美丽母兽。

"我可以给你把车门打开！"冯优说，"但是我无法把你已经向我打开的心房合拢。"

哪怕他仅仅是出于调情说出这样的话，也不能令宁婕接受。她感受到这句话带给她的侮辱，即便，冯优并无侮辱她的企图。

"再不打开！我就找东西把它砸开！"宁婕怒了。

冯优飞快地转过身来，张开充满力量的双手，拉近并固定住宁婕的两肩。他用力地吻住了她。

一、二、三……时间在一秒一秒地过去，宁婕逐渐无力地瘫软在了他的掌握里。

冯优松开宁婕，微笑地看着她。

宁婕的脑袋里面轰隆隆地发出巨大的回响。她感觉自己此刻特别的短路。她不敢看冯优，又下意识地去开门。

冯优这次摁开了开门键。车门"砰"地被宁婕打开。她冲出车外，快步在马路上走。

来自四面八方的风，吹拂着她。她感觉清醒多了。

现在，她心情极其复杂。构成这复杂的，最明晰的，是一种插足于他人感情的愧疚。虽然，冯优早就跟宋一楠分手了，并且，她正式跟冯优打交道之前，他俩已经分手了。

宁婕甚至想起了宋一楠的母亲和于桂兰——她们这对上个世纪八十年代的闺密之间的恩怨，想起了宋一楠对于桂兰无法消散的恨，想起了于桂兰黄昏年华里的不堪。当然，她还想到了宋一楠一度给她描绘过的冯优的花花公子的形象，尽管，在她认识冯优之后，他并未太过鲜明地给她留下这样的直接印象……

她想得实在是太多了，太多太多了。她为什么要想这些？为什么必须想这些？

冯优调慢车速，跟在宁婕身后。

宁婕终于决定停下来。她转身，向车走去。

打开车门，她笃定地跳了进去。

3

宁婕买了一大束花，好几种水果加起来两大兜，气喘吁吁地提到于桂兰的病房里。

"买这么多水果干吗?"宋一楠大为惊诧,"还买花? 她又不是刚住进来,都住了快半个月了,你这是发的什么神经?"

"我也许比你还了解她,"宁婕不怎么敢看宋一楠的眼睛,"她喜欢吃水果。"

宁婕把水果搁到于桂兰病床边的柜子上,从里面掏出一只梨,又拿出水果刀,削了起来,削罢坐到床边,喂于桂兰。

于桂兰的目光呆滞、无神,定定地望着前方不知名的所在,她现在与最初来北京时的痴傻感也不同。宁婕把梨放到她嘴边,她麻木但颇显乖巧地啃了起来。

"看见没有? 她最喜欢吃梨了。"宁婕看着于桂兰,对宋一楠说。她觉得自己的表情颇不自然。

"你今天不是要上飞机吗? 怎么还不走?"宁婕问。

认识宋一楠快十年了,她第一次有点畏惧跟宋一楠在一起。

"我这不是等你来替我的班吗?"宋一楠说,"你不来,我怎么走啊? 行! 我得走了! 就把她交给你了哈!"

宋一楠、宁婕、程美誉三个人说好,轮流来医院陪于桂兰。宋一楠在的时候,就都由她来。宋一楠不在的时候,宁婕和程美誉一人一天轮换。

"这两天我没来,她的恢复有进展吗?"宁婕问。

"倒是很平和,不像没进来之前那么折腾人了。"宋一楠说,"但进展不进展,都藏在她脑子里,咱的肉眼也看不出来。谁知道呢。"看了眼木头木脑的于桂兰,"可是,我到现在还有点担心,她真的不这么呆头呆脑了的话,会变成什么样子。"

"这回用了那么多药，一定会往好里变的。"

"往好里变？变成她自己？"宋一楠又忧心忡忡起来，"我担心她完全变正常之后，我没办法面对她，到现在我还很担心这个。"

"行了吧！"宁婕说，"别那么狭隘好不好？于桂兰挺不容易的，你就别再小家子气了。"

"谁知道呢！"

宋一楠形神诡秘地将宁婕拉到窗口，举起左手，让宁婕看。

中指上一枚钻戒，迎着窗外射进来的光线，闪动着美好的光芒，像一个人在调皮地冲宁婕眨眼。

"谈小飞向你求婚了？"

"前天晚上刚跟我求的婚，好看吧？"宋一楠得意地在宁婕的脸上亲了一下，"我已经把自己订出去了，接下来轮到你了。跟那个姓檀的小子分了也有些日子了吧？还不抓紧再找一个！"向宁婕调皮地笑了笑，"我可不想变成乌鸦嘴。"

宋一楠无疑想起了那次她俩关于谁会先结婚的争论，但宁婕脑中闪现昨天车里、街上的一幕幕，脸上发烧，不敢看宋一楠。好在，她的这一系列变化没被宋一楠察觉。宋一楠风风火火地走了。

宋一楠前脚走，管床医生后脚进来。宁婕向他打听于桂兰的病况。

医生说，于桂兰属于比较轻微的脑挫裂伤，按说这样的伤情不至于导致她如此众多的反常。而且，这次住院半个月来，一直在对症护理，在给予神经营养药物——医院该给她做的都做了，她未见突破性的恢复，只能怀疑她伴有精神或心理上的问题。

医生又问宁婕于桂兰之前是否受过什么精神打击。宁婕觉得不便跟医生泄露太多于桂兰与宋家的感情方面的纠葛，便终止了话题。

"如果是精神或心理上的问题，就比较难解释，也比较难推测恢复的进程。"医生这样说罢，走了。

看看已到午餐时间，宁婕便去医院食堂给于桂兰打饭，刚到饭堂，手机响了。是一个陌生号码。

"宁姐姐！我是小琳。"

"小琳？噢！你好！"

"宁姐姐，昨天在街上碰到你好开心，跟你聊得意犹未尽的，"小琳说，"我这会儿正好在你住处附近办事，就想问问你有没有空出来，想请你和冯总吃个饭。"

宁婕敏感地意识到小琳是醉翁之意不在酒。想见她只是附带，见冯优才是终极目的。

"我今天要在医院照顾病人，不方便出去。"宁婕说，"谢谢你请我吃饭，心意我先领了。"

"那冯总不知道有没有空？"

"他有没有空，我还真不知道。"宁婕觉得这小姑娘太爱耍小聪明了，明明想找冯优，还故意给她打个电话，好像这样就避了什么嫌疑似的。宁婕没好气地说："你要请冯总吃饭，就直接给他打电话吧，好吗？我这儿还有点事，先挂了。"

"我不请他，我是想见宁姐姐。"见自己的小聪明被拆穿，小琳急忙辩解。

挂了电话，打完饭，回到于桂兰的病房，宁婕开始给于桂兰喂饭，却发觉自己明显心不在焉，有一下，还把饭喂到了于桂兰的鼻孔上。

一个念头，不停来到宁婕的脑中，她要给冯优打个电话，以验证一下她心里的某种推测。这个念头十分顽固，令宁婕对自己感到失望。

给于桂兰喂完饭，宁婕到底还是没有控制住，接通了冯优的电话。

"你在哪儿?"宁婕说，"我有一些剧本上面的想法，跟你讨论，你现在有空吗?"

"哦!"冯优说，"那我明天去找你吧。我今天连着有几个活动。"

宁婕忽然就觉得，她的推测几乎是事实了。她控制不住要去彻底验证这个推测的冲动。结束与冯优的电话，宁婕马上又打通了小琳的电话。

"小琳，我找到个人替我，我又有空了，我们去哪儿吃饭?"

小琳明显感到意外，但她的反应非常之快。"噢! 对不起! 宁姐姐，刚才你说你没空，我就约了别的事情了，今天一天可能都没空了。"

小琳果然打电话约冯优了，而冯优欣然答应赴小琳的约——这就是宁婕的那个推测。

宁婕坚信了她的推测，这让她生气，在这基础上，她现在又多了一个生气的理由，那就是，小琳竟然跟冯优统一了口径，之前说好想请她一起的，现在却要杜绝她跟他们一起了。

为什么她今天会变得如此敏感，变得如此在意冯优跟小琳在一起呢? 就算冯优和小琳约见，也不见得他们立即会干什么，不是吗?

如此看来，最值得宁婕重视的一个问题是：她现在为什么会如此在意冯优的动向。

宁婕急需找个人排解心里的烦闷，给宋一楠打电话不合适，再说她此刻正在飞机上呢。只有给程美誉打电话了。

"美誉，我似乎爱上一个男人了！"宁婕不采用任何过渡句。

"那是好事啊，"程美誉说，"不是早就跟你们说了吗？把自己从上一场恋爱解救出来的最好办法，是把自己全身心地交付于下一场恋爱。这样正好啊，你可以把那个姓檀的小子带给你的后遗症彻底治好。"

"没那么简单，"宁婕说，"要那么简单的话，我就不找你诉苦了！"

"到底怎么了？"

"我不可以爱上那个男人。"

"到底是什么样的男人啊？"程美誉的好奇心完全给调动出来了，"具体说说！"

宁婕当然不能跟程美誉说得太具体。"反正，我不可以爱上他。"

"爱就爱，不可以爱就不爱，就那么简单的事，你到底烦个什么呀？"程美誉糊涂了，"宁婕，我一直觉得你是个大女人，怎么突然变得这么小女人习气了？"

"我也讨厌自己突然变得神经兮兮。那不是我，我不想这样。"

"完了！"程美誉说，"你现在的表现，只能说明一点：你被爱情综合征缠上了。什么样的男人啊？让你这么神魂颠倒。"

宁婕突然担心自己一激动告诉程美誉，这个男人正是冯优，忙挂了电话。

她确实爱上了冯优，所以无法不关注他的行动。就拿此刻来说，虽然他未必会跟小琳做什么，但换句话说，他跟显然对他有所图的小琳正在发生点什么，那概率也是非常之大的不是吗？他确实是个花花公子，难道不是吗？

她不应该爱上一个花花公子。檀枪枪这样的小江小河，她宁婕都差点溺亡于此间，更何况是冯优这样的大江大海？

更可怕的是，冯优从来没有正面表达过他喜欢她。他对她的感觉，其实是扑朔迷离的，虽然，他从一开始就表现出一副勾引她的样子。

谁知道他是出于真的喜欢她，还是出于别的更为深层的目的，总在她面前展现这种勾引行动。像他这样的男人，内心不可能不复杂不是吗？

她应该立即中止这种爱。现在悬崖勒马，还不算晚。

十五、程美誉

1

下班回到家，程美誉急慌慌地给谢玮童打电话。

"老公，你怎么还没回来呀？我有重要的事情要跟你商量。"

谢玮童在地铁上，下班途中。"什么事啊？这么急，我还有两站就到家了。"

"哎呀！这事太大了！"

回到家，没等谢玮童放下东西，程美誉就将他拉到沙发上坐下。

"今天我参加了一个女同事孩子的满月宴，把我给吓坏了！"

"到底是什么事啊？你能把拐弯抹角的毛病彻底改一改吗？真是的。"

"好吧！"程美誉捂着心房，眼睛里满是惊恐，"我那女同事生的孩子是白化病。可已经生下来了，也只好这样了。"

"你女同事生出个白化病的孩子，跟咱有啥关系？"

"有关系啊！关系大了。"程美誉说，"你知道吗？今天我女同事的父亲也来了，他就是个白化病患者啊。"

谢玮童也瞪大了眼睛，"我懂了！你的意思是，隔代遗传？"

"是啊！有的基因病，是隔代遗传的，你不知道吗？"程美誉说，"虽然我们两个健健康康的，但这并不能保证我们的孩子就一定会像我们一样健康。"

"你的意思是，万一咱父母辈上有什么基因方面的病，会遗传给咱未来的孩子？"

"对啊！我就是这个意思啊。"

谢玮童沉默了一下，笑了，"老婆，闹了半天还是你多虑。你看哈！反正，我爸妈是没什么病可以遗传的。你爸妈，我见过好多次了，我看他们也很精神啊，没什么毛病啊。"

"我爸妈是健康。你爸妈看着也健康。"程美誉嘀咕起来，"但谁知道你爸妈是不是什么遗传病的携带者，只不过现在没发作而已。"

"你怎么说话呢？有你这么损我爸妈的吗？"谢玮童不乐意了，"你怎么不说你爸妈是什么遗传病的携带者，现在没发作呢？"

"是啊！我就是这个意思！明白吗？"程美誉说，"不管是你爸妈，还是我爸妈有可能是什么遗传病的携带者，那都有隔代遗传给我们未来孩子的可能。"

"反正我敢保证我爸妈不可能携带什么遗传病。我觉得你爸妈也不可能是。所以，你就别在这儿瞎胡猜了。"

"我不是瞎胡猜。我是看到我女同事家出现了这样的局面，心里害怕。"

"你这害怕是多余的。"

"就算最后表明是多余的，"程美誉冷静了下来，"——我这不是想，既然我们要生孩子了，就把什么可能的问题都想在前头，确保我们万无一失地生一个健康、聪明的宝贝。"

谢玮童沉吟了一下，说："你这么说，我一想，倒也是。那你说现在该咋办吧？毕竟，你说的这些，什么遗不遗传、隔不隔代的，都是捕风捉影的事。"

"刚才你回来之前，我已经想过了，"程美誉说，"我们还是好好去医院做个体检吧，做个基因检测啊什么的。"

谢玮童听到这里大声笑了，"老婆，你可真有意思，从来都只听说过婚检的，没听说过准备生孩子之前，还要去做体检的。"

"你没听说那是你不与时俱进，"程美誉说，"我所掌握的信息是：现在讲究一点的夫妻，生孩子之前都会去做相应的体检。"

谢玮童又乐了。这次，他没个正经了。"行！就听你的，打靶之前，先要验枪，验弹，验靶，万一子弹上面有毒汁、有锈，万一靶纸没糊好、上面有洞，那的确是个隐患。不过，我怎么记得，我们打靶这事一直就在进行之中的呢？现在去验枪、验靶是不是晚了点？哈哈！"

说着，就去胳肢程美誉，还就势要将她放倒。程美誉抽身逃开了。

"那还不是怪我们以前想得不周全。"她说，"不过，从现在开始，我们先停止射击、打靶这类娱乐活动，等体检完，拿到体检报告，确证一切无恙，没有任何风险，活动再重新启动。"

"那要不要在禁娱令之前来一次最后的狂欢？"

"当然——不可以！"程美誉说，"如果你希望禁娱令早点解除，

211

就快点跟我去医院体检。明天早上就去，成不？"

"遵命！"

他们马上给各自单位请假，当晚颇早上床就寝。第二天一早，他们就空腹去了医院。考虑到可以顺带看望于桂兰，他们就开车去了阜外医院。

做了血常规、基因检测等各种检查，反正能想到该查的，都查了。被告知有些结果要明天才能取到，他们就决定明天一并过来取。

忙乎完了他们自己的这些事，他们去了于桂兰的病房。今天宋一楠没去上班，她和谈小飞都在病房里。管床的医生也在里面，在跟宋一楠说着什么。

于桂兰坐在床上，目光依然直直的，瞪着前方不知名的所在。

"如果你们愿意让病人继续留院察看，也可以，但照目前她的状态看，她在不在医院，并不影响她的恢复进程。住院，还是把她接回去，你们自己决定吧。"医生如是跟宋一楠和谈小飞说。

一回身，看到进来的程美誉和谢玮童，宋一楠忙问："正好，你们给我拿个主意，要不要接她回去？"

管床医生出去了。程美誉说："我都听见了。我前天来，医生也是这么说。我正想跟你说呢，要不然接回去算了。"

"接回去吗？"宋一楠又表现出她一贯的惶惑——对她与于桂兰同处一室的惶惑。

"接回去吧！"谈小飞说。

于桂兰动了动，眼睛眨了两下，转向宋一楠。

"一楠，接我回去吧！"她说。

宋一楠闻声四下张望，最终才把目光落向于桂兰。刚才是于桂兰在跟她说话吗？太难以置信了。宋一楠惊讶地望着于桂兰，而后回头看看身边的三人。

这三人，也同样吃惊地看看彼此，最后把目光投向于桂兰。

"接我回去吧！一楠！"于桂兰重复。

这次，她口齿比前一次更清晰。如此清晰地说话，是这些天来的唯一一次。她怎么突然就变成这样一副与常人无异的模样了？

"你说什么？再说一遍！"宋一楠望着于桂兰，问。

"接我回去吧！"于桂兰把目光从那不知名的前方掉转过来，直视着宋一楠，说，"我想回去！"

宋一楠目光里的惊讶仍然挥之不去，她下意识地说："好吧！那我去办出院手续。"

"这样吧！"于桂兰说，"先帮我从你那儿把包拿出来，我想直接回天津。"

似乎，她已经清醒得不留余地了。宋一楠还是难以置信。为了弄清楚于桂兰到底清楚到什么程度，她问于桂兰：

"你全好了吗？"

"我没事！"于桂兰说。

"你真的没事了？"宋一楠说，"那你告诉我，你是谁？我是谁？我和你的准确关系是什么？"

"你是一楠，我是于桂兰。"于桂兰说，"我是你后妈！"

天哪！她就这样说正常就正常了。完全正常了。大家被这多少是预想外的阵势弄得一时无措。还是程美誉反应快：

"太好了！终于全好了！万事大吉了！那我们赶紧出院吧。"

"请送我回天津！"于桂兰端坐在床上，面无表情地说。

大家继续愕然。谈小飞说：“于阿姨，回不回天津，都先回一楠那里去，好不好？就算你要回天津，也要先回一楠那里拿你的东西不是吗？”

想了想，于桂兰说：“好！但请尽快送我回天津。”

“好的！好的！”谈小飞冲宋一楠使眼色。

宋一楠醒觉过来，出去办出院手续去了。

大家陪同宋一楠将于桂兰送回她那里。路上，坐在宋一楠车里的于桂兰心事重重，不说话。她现在真的是一个正常的人。

2

“你们俩的检查结果都很理想，”医生对程美誉和谢玮童说，“所以，你们不要担心有什么遗传病。想生孩子，大可以生。”

“我就是说吧，”谢玮童揶揄程美誉，“你看你没事自己吓唬自己的，多没必要啊。”

“我觉得挺有必要的，”程美誉说，“至少，我现在一点精神压力都没有了。”

医生看着这对斗嘴的小夫妻，笑了，“其实也没有什么坏处。就算不为了生孩子，养成定期检查的习惯，肯定是好的。”

“谢谢你了！医生！”

程美誉说罢，捡拾桌上的化验单据，却见医生突然扶了扶眼镜，将头向其中那张基因检测报告支过来。

“等等！”医生示意程美誉放下那张报告，“我再看看！”

程美誉放下那张报告。医生举到自己眼前，好生看了一会儿。

"我可能忽略了一个问题,"医生说,"不过,一般情况下,我们都不会往那儿想,因为概率实在是太小了。主要是我昨天晚上在网上看到了个特殊的病案,刚刚发生在英国的一件事。所以,我想针对这个,再看一眼你们的报告。"

程美誉和谢玮童因医生认真的语气看了看彼此,不以为然地笑。

医生看了一会儿,脸上露出讶异的表情。"幸亏我多看了一道,"他说,"我觉得你们俩的基因,与英国那个病案有相似性。"

"什么病案?"程美誉有点惶恐不安了。

"这么说吧!这种情况,概率非常小。但我看你们俩的基因报告,感觉你们俩有可能是这微小概率中的中标者之一。"

"什么意思?"谢玮童问。

"单个看你们的基因报告,都没有问题。把你们俩的基因报告结合在一起,就有问题了。"医生说,"简单说的话,就是丈夫的精子碰到妻子的卵子,会很难存活。也就是说,妻子很容易滑胎。你们的基因有冲突。"

程美誉和谢玮童面面相觑,程美誉紧张地问:"医生,你说的这个好神奇,真的会那样吗?"

"不过,我也就是凭经验做的判断,"医生又说,"具体会不会这样,那也是不能完全料定的。就像有人从十楼跳下来,如果下面有个气垫,就没事。"

"问题是,能针对这个问题,给我们配一个'气垫'吗?"程美誉急切地问。

"对!有什么防范措施吗?"谢玮童补充。

"那可没有。"医生安慰他俩,"只能看运气了。也许你们运气好，不加'气垫'，也不会出现我所说的那种情况。"

回去的车上，程美誉郁郁寡欢。谢玮童开导她，"一准是这医生神经过敏。他说得也太神了。这种事，不可能发生在我们家。"

"但愿吧！"程美誉说。

十六、于桂兰

1

将该收拾的东西都装进自己那两只旅行包，于桂兰直起身来，四下里打量还有什么没收拾的。这才看到宋一楠抱臂靠在房门口，一直在盯着她看。于桂兰表现出一些不自然，她转过身，走到窗台边，抓起上面的抹布，仔细地抹起窗台来。

抹完了窗台，她又抹地板。抹完了这间屋子的地板，她又从里面走出来，经由宋一楠身边，来到客厅。客厅凌乱无序，于桂兰开始一边整理客厅，一边拿着抹布这儿擦一下那儿抹一下。

宋一楠转过身来，继续靠在那房门口，观察着于桂兰。

那条狗蹲在于桂兰和宋一楠之间，看一下宋一楠，又看一下于桂兰。

"一楠，以后我不在北京了，你一个人要知道照顾自己。"于桂兰一边做着那些事情，一边说。

宋一楠不回应。

于桂兰仿佛以为宋一楠突然不在这屋子里了一样，忽地回过身来，站在那里看宋一楠。

"你不用收拾了，"宋一楠说，"我喜欢房间里面乱乱的感觉。你收拾得那么井井有条，倒让我觉得不自在，像进了别人家一样。"

"哦！是吗？"于桂兰停了下来，"那，好吧！"她变得拘谨、局促，站在那里，不知道该干什么了。很快，她说："反正，你自己多注意吧。我这就走！这就走！"

她佝偻着背，尽可能加快步子走向里面那房间，提出那两个包，向外走。经过宋一楠身边时，看了她一眼，冲她笑了笑。与其说那是笑，不如说是哭。

"我走了！你自己小心点。"

宋一楠目送着于桂兰走到大门口，看着她不熟练地开门，吃力地拎着包跨出门去。宋一楠喊住了她：

"必须走吗？"

"嗯！"于桂兰说。

沉默了一下，宋一楠说："那，我送你吧！"

"送我？"于桂兰有些惊喜，"你今天没事吗？"

"我开车送你回天津！"宋一楠说。

"送我回天津？"于桂兰的惊喜更甚，但是，她很快说，"一楠，不用了，如果你有空，送我到长途车站就可以。"

"我送你回天津！"宋一楠大声说。

"那，那好吧！"于桂兰眼里盈起了泪，"谢谢！谢谢你！一楠。"

宋一楠生气了。"你能不说'谢谢'吗？"

"哦！对……对不起！"于桂兰说，"我不是有意的。"

锁门前，那条狗上来咬住于桂兰的裤摆，不让于桂兰走。

于桂兰弯下腰来，将裤摆从它嘴里撕开，眼睛里面溢满了泪，坚决地先自出去了。

锁上门，宋一楠抢过于桂兰手上的两个包，快步走向电梯。于桂兰感激地望着在宋一楠身后晃动的包，亦步亦趋地跟上去。

进了电梯，两个人的距离变得特别的近，彼此都能感觉到对方的呼吸，都有点不自在。好在，电梯很快，"当"的一声，终于在地下车库停下了。

上了车，开出车库，离开小区，开往熙熙攘攘的长街。这是一个晴朗得让人浮想联翩的好天气，天空比往日都显得高，马路两边的楼群更比往日肃静、安详。驾驶室里的宋一楠和于桂兰一直不说话。

车子开出三环，开过分钟寺桥，开上京津塘高速公路。宋一楠打开音响，放起音乐来。是一首老歌：在我童年的时候，妈妈留给我一首歌，没有忧伤，没有哀愁……每当我唱起它，心中充满欢乐……

在这悠长、惆怅的歌声里，宋一楠的眼里渐泛泪光。她的肩膀耸动着，无声地抽泣。后面的于桂兰感受到了宋一楠的哭泣，一下子变得无措极了。

"一楠，可以把这音乐关掉吗？"于桂兰后来说，"你难受，我心里也难受。"

宋一楠不关，任由那音乐开着。

于桂兰只好听任那音乐折磨她苍老的内心。

219

宋一楠还是把它关了。车内一片沉默。

　　还是于桂兰打破了这沉默。"一楠，从你很小的时候，我们就在一起生活，但我们从来没好好谈过一次。你心里面苦，这个我知道。可我心里也苦，真的，每当看到我无论做什么，都没有办法偿还我给你带来的遗憾，我心里就难过。"于桂兰啜泣起来，过了一会儿，她说，"这阵子，给你添麻烦了。都怪我自己不争气……现在好了，我没事了。你放心，我一定不会再给你添麻烦的。你在北京也要好好照顾你自己。对不起……"

　　"你不要这么说。你能不说'对不起'吗?"宋一楠大声道，"我们就什么都别说了。说那些有意思吗? 没有意思，不是吗? 所以，我们就什么都别说了。"

　　下午三四点钟，回到了天津的老家。好几个月没住了，打开门，一股霉味扑面而来。地板上的尘土也已经积得灰白一片。放下包，宋一楠和于桂兰不约而同地找了抹布、拖把，开始打扫屋子。然后，差不多将屋子收拾干净了，于桂兰走到宋一楠身边，说:

　　"一楠，你难得回天津，要不，今晚就住一晚再走吧?"

　　"不了!"宋一楠说，"明天还要上班，我就不住了。"

　　"请个假，不行吗?"于桂兰哀求，"难得回来一趟。"

　　宋一楠说:"你确定，你一个人在这儿行吗?"似乎鼓足了巨大的勇气，又说，"如果你改主意了，想跟我回北京住，是可以的。"

　　"不不不!"于桂兰以一种非常坚决的语气说，"不! 我能行。我不要给你添麻烦。我不去了! 你放心，我已经全好了，一个人在天津不会有事。真的，你放心在北京工作好了。"

　　沉默了好一会儿，宋一楠说:"你这是何苦呢? 这段时间，我想得很多。其实，我已经能接受你跟我在一起生活了……"

"不!"于桂兰坚决地说。

2

于桂兰搬了个凳子，坐在阳台上，眺望正快步向院子里的停车区域走去的宋一楠，直到宋一楠钻进她的车。日近黄昏，这旧院之上的天空显得阴郁而低沉。于桂兰又在阳台上坐了一会儿，蹒跚地进了屋。

她来到卧室，打开五斗柜，掏摸了半天，拿出一只显然来自上世纪八十年代的红灯牌收音机来。又在柜子里掏了半天，这回掏出了两节电池。她颤着手，费了半天劲，才将电池在收音机里装好。然后，她试着调节那上面的开关和调音键。

没有声音。再调。还是没有声音。她失望地在床上坐下来，瞪着收音机发呆。

她还是不甘心地重又站起身，走过去，在那收音机身上拍打了两下。有年轻男女欢快的声音从里面弹了出来，把于桂兰吓得浑身抖了一下，有一抹笑意在她的脸上淌开了。

接着下来，于桂兰趴在五斗柜上，专注地调换频道。几乎都是让她不能适应的节目，快节奏的音乐、年轻男女无厘头的调侃、房产讯息、城市即时车行指南……她找到了一个她喜欢的节目——小城故事多，充满喜和乐，若是你到小城来，收获特别多……于桂兰在邓丽君的轻吟浅唱里打起了瞌睡。她索性将手平放在五斗柜上，枕着自己的手背，睡了过去。

黄昏在这怀旧的歌声里慢慢过去了，屋子里漆黑一片。后来，于桂兰醒了过来，摸着墙壁走过去，打开了灯。肚子唱起了空城计，这才想起早就错过晚饭时间了。于桂兰去把带回来的包打开，从里面掏出钱夹，抽出些零碎的纸币，出门去了。

走到院子里，两个跟她同龄的老人在昏黄的灯光下聊天，远远看见了于桂兰，以分外惊讶的语气跟她打招呼。在于桂兰重现于这个院子之前，她们记忆里的于桂兰是一个丧夫不久、脑子出了问题的人，而现在，于桂兰的样子令她们措手不及。她们向于桂兰打探着她消失这几个月来她身上发生的事情，于桂兰有心跟她们多聊一会儿，但实在太饿，便告辞了。

在院子外残破、嘈杂的街巷里吃了碗饺子，然后去旁边一家还没关门的乡下年轻夫妇的菜铺买了几只青椒、一棵白菜，又去超市买了个干面包，于桂兰回家去了。

回到家，看看墙上的钟，才七点四十五分，离她惯常的上床时间还差四五十分钟，于桂兰忽觉无事可做，便搬了个凳子坐到了宋鹏伟的供台前。

墙上，花白头发的宋鹏伟忧郁的脸上勉强淌出几许笑意。他与于桂兰四目相接。

"老宋，你在那儿还好吗？"于桂兰说，"一楠说，你走之前，我脑子里面出了点问题，所以，你走的时候，我都没有意识到，对不起你了。"她啜泣起来，"一楠是个好孩子，她最后要我了。我总觉得愧对她。我不配她对我好，也不想麻烦她。再说了，你一个人在这里，我也不放心。我也想回来陪着你。我就回来了。你在那里还好吗？我知道你会惦记我和一楠，担心我跟一楠处不好。现在，你不用担心这一点了，不用了，不用了。一楠是个好孩子……"

这将是她以后乏善可陈的日子了：一个人在这老房子里待着，没有人陪她说话，她一个人起床，一个人坐在阳台上看外面的光景，一个人蹒跚着下楼买菜，再吃力地爬上楼，回到毫无生机的家，春夏秋冬，都将是她一个人……终于挨到睡觉时间了，于桂兰从衣橱里抱出散发着霉味的被子，孤独地在床上蜷起。

她翻来覆去，一整夜都没睡好。

十七、宁　婕

宁婕换租了一个房子。由于项目进展顺利，她现在手头宽裕，这次，租的是两室一厅。只要一点都不考虑租价，房子就非常好租。所以，几乎是头一天决定换房，第二天就搬入了新居。

夏天了，南京太热，北京还稍好一点。并且，再过几天，宁爸生日。

宁婕这阵子紧锣密鼓地写，如果到时回南京，唯恐会丢掉写作感觉。宁婕便给爸妈打电话，问要不要来北京住个十天半月，宁爸宁妈很高兴地答应了。

这正好是宁婕搬入新居当天的事。

第二天，宁婕去火车站将爸妈接回新居。紧接着的一天，她给自己放假，租了辆小车，带爸妈来了个北京一日游。

在恭王府，正带她爸妈把手放到那个著名的"福"字碑上祈福的时候，冯优的电话打过来了。

"你不在家？"

"是啊！我不在。"宁婕的声音再自然不过了，仿佛她心里对他完全没有芥蒂，"有事啊？我爸妈过来了，我带他们出来逛逛。"

"你爸妈过来了?"冯优说,"不打算把我引见给他们?"

"他们吧,普通人民群众,没见过你这么大的老板,还是别吓着他们了。"宁婕笑着说。她对自己能用如此调侃的腔调说话很满意。

又过了一天,早上,宁婕正带父母在楼下的早点铺吃大饼油条,冯优的电话又来了。

"你们一家这么早就出门了?"

"是啊!"宁婕说,"我们出来吃早点。"

"别蒙我了!"冯优说,"你猜我上楼的时候看见什么了?"

"什么?"

"租房广告!就是你租的房子,刚贴出来的。"冯优笑了,"搬地方了,也不向老板报告一声。还说什么在外面吃早点。"

"真的是在外面吃早点,"宁婕说,"不信我把电话给我爸或者我妈,让他们证实一下?"

宁爸和宁妈听见了,问:"谁啊?"

"噢!送快递的,"宁婕说,"一个特别爱岗敬业的快递员。都没到上班时间,就去敲我的门。"

冯优笑了,"我怎么成快递员了?有见过牛津大学毕业的快递员吗?"又说,"算了!看来,你是故意躲着我了。不过,我有办法找到你新家,信不信?"

宁婕一怔。她相信。

这年头,像冯优这样的人,要想找到她,有的是办法。

"好吧!还是跟你敞开了说吧!"宁婕走出早点店,站到马路边,正式道,"冯优,虽说暧昧是爱情的最高形式,但恕我不奉陪了。"

"你关于爱情的这种表述,不错!"冯优哈哈大笑,"写到剧本

225

里去！记住，一定要写进去！"

"我要跟你说的，就这么一句。"宁婕说，"我先去吃早点了。"

"吃完早点，约个地方，我去找你。"冯优说，"我有话跟你说。"

思考片刻，宁婕说："行！那你等我电话。"

二十分钟后，宁婕告诉冯优附近一个公园，然后，先去那里，坐在花坛边等他。

冯优很快就过来了。

宁婕直视他从远处向她走过来。很奇怪，这次，她发现自己心里没有涟漪。看来，她终究是一个可以用理性控制情感的女人。突然洞悉自身这一特质，她颇感欢喜。

"跟你说一说那天在街上碰到的你那个小妹妹？"在宁婕身边坐下，冯优说。

如此直入主题，令宁婕微微震动。他确实懂她，知道她现在最想从他那儿知道什么。

"你可以说！也可以不说！"宁婕说，"尽管，我确实有这种好奇心。"

"说和不说，意义可不一样。"

"说，代表什么意义？"

"代表你是我目前最尊重的女人。"冯优笑了。

"好吧！那就开始说一说你不尊重的这个女人，"又改口，"——女孩！"

"她约我出去，我出去了。"冯优说，"我们谈了一会儿她的小说，然后，她暗示我跟她之间存在某种交换的可能性。再然后，我

226

带她去了一个地方。”

“玩得开心吗?”

“我带她去了三联书店，买了一大摞书，送给她。回去的路上，我告诉她，要想成为真正的作家，或者编剧，就多看书，别写那种地摊书了。尽管，这种极尽吐槽、抱怨的偏狭文字，很能迎合一部分读者的阴暗心理。”

“没想到，你还赋予了自己如此伟大的传道授业解惑的职能。”

“你猜，她的反应是什么。”

“把书砸到了你脸上?”

冯优向宁婕用手做了个“回答正确”的手势。“再猜! 下一个动作?”

“向你吐口水?”

“比这严重多了!”冯优佯装苦恼，“这两天，她一直在给我发短信。”

“一直在发? 有那么多表白吗?”

“嘲笑、讽刺、谩骂、抨击、恐吓、要挟——无所不包，无所不说，无所不用其极。要看吗? 有几条短信我还没来得及删。”

“谢谢了! 我的眼睛吧，虽然挺大，但还是不适合做粪坑。”

“哈!”冯优说，“其实，因为我们这公司，新公司嘛，你也知道，确实一直在寻找一些好的选题。这就是我答应去见她的原因。本着培养后备编剧的目的，对吧? 但这姑娘啊，也太出人意料了。”

“你见她，就没掺杂点别的目的?”

“我给你说句掏心掏肺的话，”冯优把嘴凑向宁婕的耳朵，仿佛以下的话必须采用窃窃私语的方式似的，“不加选择地好色，那叫淫荡。"他说，"可是，我觉得吧，我离淫棍还是有点距离。"

宁婕没有笑，她发现在她的警觉下，她的笑点变得特别的高。"这个我就不清楚了。"

"你不知道？你那么懂我的，怎么现在不知道了？"冯优模仿早上电话里宁婕的口吻，"暧昧是爱情的最高境界！"顿了一下，又说，"——你都说了，我冯优擅长的是这个，我可高级了。"

宁婕不说话了。她想让自己走神。一这么想，就真的开始走神了。

"哎呀！"冯优又一次装出苦恼状，"现在这些女孩吧，一个比一个幼稚、夸张，动不动就是发火、要性子，一点小事就要人哄，还个个都兼职当私家侦探。好在还有个你，知道成熟是种美德。"

"我要回去了！"

"哦！"冯优脸上流露出些许失望。它们马上不见了。

宁婕站起来就要走，手机响了。是小琳。

"宁姐姐，我必须跟你说个事。"

"说。"宁婕回身看看冯优，走开去几步。

"你们老板挺不是个东西，你防着他点。"

"怎么了？"宁婕淡淡地问。

"他竟然想跟我搞潜规则，"小琳声音变得高亢，"他看错人了！我才不是那种人。"

"是吗？"

"我用手机拍他照片了，"小琳说，"我要把它发到微博上去，让大家来声讨他。"

宁婕一惊，下意识地问："裸照？"

就见冯优不解地走近了来，宁婕忙又多走开了几步。

"那倒没有。"小琳说，"反正，我拍了他。我就是要揭发一下他的丑恶嘴脸。"

"那照你这么说的话，你随便在街上拍一个人，都可以诬陷他要潜规则你——你觉得现在的网友，有那么容易被你教唆吗？"

"那你说怎么办？"小琳说，"宁姐姐，你教教我！"

宁婕简直觉得小琳是在恶搞她了。这小姑娘怎么变成这样了？还是一开始就是这样的，只不过当初宁婕没看出来？

"我有点事，先挂了。"宁婕厌恶地挂了电话。

转身，看到冯优在看着她。

"我回去了！"宁婕说。

"哦！"冯优狐疑地看着她。

十八、宋一楠

1

谈小飞给于桂兰买了个按摩枕，到宋一楠家才发现于桂兰走了。

"她什么时候走的？"谈小飞还挺意外的，"你真让她走了？"

"你又不是没听见，在医院里，她自己说要走的。"宋一楠说。

"是！她是自己要走！但是，你为什么不拦住她啊？"

宋一楠何曾是个能受别人指责的人，她不耐烦了，"你过来就是为了跟我吵架吗？"

谈小飞意识到跟宋一楠说话，得注意说话方式，就缓和了语气。"一楠，我就是觉得，你不该让她走。"

"我再跟你说一遍，是她自己要走的，"宋一楠下起了逐客令，"你要没别的事，请回吧。"

"一楠，你能不能好好说话啊？"谈小飞耐住性子，"我跟你讨论一下于桂兰的事吧。我觉得，她内心里面是不想走的，她嘴上说要走，是因为她知道你至少并不喜欢她跟你一起生活——她也是个要强的人，所以她要走。"

"就你聪明是吧？"宋一楠是怎么都不能不生气了，"我还告诉你了，是我送她回去的。我用车直接把她送到了天津。"

"你送的她？"谈小飞再也不能容忍宋一楠了，"为什么？你真的有那么希望她走吗？"

"是啊！我就希望她走，怎么了？"宋一楠态度愈加强硬，"这是我的家事，你有资格管吗？"

"现在，你知道是你的家事了？"谈小飞冷冷地说，"一开始你也知道是你的家事，为什么要劳烦你周围的人——宁婕、程美誉，还有我——帮你照看她？"

"我错了行了吧？就你们对！你们都好！都是大好人！就我不是个东西。你不就是想说这些吗？好了！你说完了，我也受教了，你可以走了。拜拜！"

"宋一楠！我今天还偏不顺着你了，"谈小飞说，"你什么时候能改改你跟人说话的习惯？我受够你这种动不动就生气的态度了。"

"好！"宋一楠说，"你受够了！那你可以跟我分手啊！"忽然大声说，"我们分手算了！"

"你简直不可理喻！"谈小飞也炸了，"你能不能别动不动就喊分手？"

宋一楠也意识到这确实是一个不能随便说出口的词，不说话了。她气呼呼地坐下来，抓起遥控器，将电视声音开到最大。

谈小飞过来一把抢过遥控器，把电视关了。

宋一楠哭喊起来："你欺负人！你以为我心里好受吗？是她自己要走的！我已经接受她跟我一起生活了，我可以让她跟我一起生活的，可是，她非要走！我恨我！我无法让自己说出留她的话。"

宋一楠突然抓住谈小飞，双手如同苍蝇拍，噼里啪啦对着谈小飞的身体，一顿猛拍。谈小飞避让着，宋一楠还是拍打个不停。一不留神，有一巴掌拍到谈小飞的脸上。她愕住了。

"够了！"谈小飞一把将她推倒在沙发上，"让我来告诉你，你为什么会放她走吧！你之前慢慢地终于接受她，是因为你还善良，你需要做一个善良的人。不是你想让她留下，是你需要做个善良的人的人生态度使你不能容忍自己丢下她不管。但你内心里，还是排斥她的。现在，她主动要走，是她自己主动要走的，于是，你得到了一个自圆其说的理由，你终于可以既不跟她一起生活，又可以不内疚了。"

"你血口喷人！"

宋一楠站起来，进了卧室。谈小飞一步不落地跟了进来。

"宋一楠，你以为全天下就你心里面有苦衷吗？今天我索性把一件本来还没打算跟你说的事告诉你吧。"谈小飞说，"你见过我的父母吗？没有是吧？我告诉你，我是个孤儿！我甚至不知道我是从哪里来的，我从小在美国华人区的福利院里长大，我一直想知道我的父母是谁，在哪里，可我没办法知道。我大学毕业后就来到中国做事，是因为我以为这里全部是和我一样黄皮肤黑眼睛的人，也许有可能找到我爸妈，但几年过去了，我想尽一切办法，还是无法多获得一丁点儿我的出生信息，我知道，我永远无法知道我到底是谁创造出来的了，永远无法知道……"

宋一楠如听天书，瞪大了眼睛。她就这样一直愣怔地瞪着谈小飞。

谈小飞缓和了语气：

"一楠，你知道我为什么会爱上你吗？从你告诉我你的爸妈都不在人世的那一刻，我就爱上你了，我知道我能理解你的一切，我们是可以心灵相通的。我想告诉你，你其实还是挺幸福的。于桂兰这么多年来都在内疚，都在尽她所能向你弥补，在她的心里，你一直是她的亲生女儿。不管你承不承认，她都是你的妈。有一个妈，总比没有妈好。你说对吗？"

"你是孤儿！"宋一楠长望着谈小飞，"你为什么到现在才告诉我？"

"一楠，我想提醒你，你对于桂兰的恨，还存在着。它就像一颗钉子，钉在你的身体里，现在，它钉得越来越深了，连根都没入了你的身体，你看不见它了，误以为它不在了，其实它一直在那里。"谈小飞抓住宋一楠，"其实，它在那里，对你自己也不好，受其毒害、最能被它伤害的，不是别人，甚至不是于桂兰，而是你自己。你自己把它找出来，从你身体里启开。这样你就永远不会以敌对的方式跟别人说话，你就不会稍有不如意就对我喊分手，你就不会像一朵刺玫瑰，随时准备着刺伤别人，而自己却也不能因此获利，你觉得我说得对吗？"

宋一楠跌坐下来，说："也许吧！也许你是对的！但是，如果像你说的那样，那根钉子，已经整根地没入了我的身体里，我能把它挖出来、清理出去吗？"

"能！"谈小飞鼓励地看着她，"只要你想，就一定能。"

"我该怎么做？"

"非常简单，直面它。"谈小飞说，"而直面它的方式，就是和于桂兰在一起生活。于桂兰就像一根探钉器。你多看到她一次，就能多感受到你对她其实还是恨着的，就能多感受到那根钉子的存在，就多一次机会攥紧这根钉子，让它跑不了，驱赶它的速度就变快一点。"

宋一楠不再吭声了。这在她，是少有的样子。

谈小飞走后，宋一楠下意识地出了门，下意识地进了地下车库开出车，下意识地开着车，一直开向后海。长夜刚刚启动，后海里的各种酒吧一应苏醒了，有些已经打了鸡血般的兴奋……这地方，是一个欲望出口，是甘于沉沦前的最后挣扎，是用力扯下自己身上的鳞片，换取一点看似的安宁。

来到一个酒吧门口，宋一楠心里生出一种异样的不安。

脚才跨进去一步，她反身往回走去，步子越来越快，逃也似的。

这是她第一次意识到：酒不能从根本上解决每个人内部的任何问题，那些暧昧光线下的体液和喧嚣，只能让灵魂中毒更深。

2

睡得不踏实，还被电话吵醒了。宋林伟打来的。

"一楠！不好了！"宋林伟的声音里充满恐慌，"你妈她——"

"她怎么了？"宋一楠猛地从床上坐了起来。

"我不是有你家钥匙吗？我过来给你妈送点新起田的粮食，可钥匙放进去，怎么都打不开啊。"宋林伟说，"你妈把门从里面反锁啦！"

"那你敲门啊！"宋一楠说，"你怎么知道她回去了？"

"你告诉我的啊！"

"我告诉你的？"

234

"是啊！——先不说这个！"宋林伟焦躁地说，"门我敲了啊！敲了半天了，但是她不开！"

"有没有可能她出门去了？"

"不可能，我去楼下问过一圈了，没邻居看到她出门。"宋林伟说，"再说了，门反锁了，她要是没出门，那谁在里面把门反锁了？"

一种不好的感觉排山倒海压向宋一楠，她也紧张了。"这样！你先报警，报完警赶紧砸门！"

宋一楠跳下床，胡乱穿了件衣服，拿出车钥匙就出门。

开车，直奔天津。

路上，不断和宋林伟通电话。宋林伟竟然说，门怎么都砸不开，派出所的人，也迟迟不来。后来宋林伟想到了一个新办法：他从楼顶沿着下水管道爬到了她家的窗口，打碎玻璃进去了。可是，很奇怪，于桂兰不在。

她去哪儿了？宋一楠觉得不可思议。路上，尘烟从前方奔扑而来，在车的挡风玻璃上撞开成一朵朵黛青色的巨花，再仔细看去，它们却是一张张怪兽的脸。不知何故，往来车辆稀少，宋一楠感到特别孤独。

车终于进入天津。到了，到院子门口了。竟然看到宋林伟在大门对过的那家小酒馆跟两个陌生男人喝酒，桌子上摆着一碟花生米、一盘冷菜。宋一楠怒声呼叫他。他立即看见了她，忙跟着她往楼里跑。

到了家门口，使劲地敲门，当然无人应答。躁乱中宋一楠抬起脚，奋力向门的正中心踢去。门被她踢出了一个大洞。

一股浓烟从洞里奔涌而出，如同从瓶子里释放出来的魔鬼的魂灵。宋一楠撩起衣服，捂住口鼻，大声咳着，爬进屋去。

235

就见，于桂兰的身体悬挂在客厅正中。往上看去，是一根绷得直直的绳子。她上吊自杀了。

宋一楠惊愕地走上前去，抱住于桂兰，试图将她解下来。可她不知怎么，变得特别的沉。这时，她听到身后的宋林伟在喊：

"一楠！你看！"

宋一楠回过头，看到茶几上摆着一张大纸。纸上是歪斜、巨大的字迹：

　　一楠！我当初不该跟你爸好！我对不起你！对不起你妈！我罪有应得！这么多年来，我一直愧疚！现在好了！我终于可以解脱了！

宋一楠突然开始撕于桂兰的遗书，一边撕一边哭喊："你浑蛋！你干吗要这样？干吗要这样？你没必要这样！没必要这样……"

在自己的哭喊声中，宋一楠满身是汗地醒了过来。

屋子里漆黑一团。宋一楠惊恐地回想梦中的那些场景。这梦太清晰了。于桂兰会像她梦到的那样做傻事吗？就算不做傻事，她会不会出事？她脑子刚刚好，万一又坏了怎么办？这些问题汹涌地扑进宋一楠的脑海，令她头痛欲裂。

宋一楠再也不能安之若素。第二天一早，她就驱车去了天津。

她去对了。换句话说，她的梦是种预感。接下来发生的事，甚至令她觉得她与于桂兰之间有种感应：这么些年过去了，她已经习惯了于桂兰在她生活里的存在，下意识地，她的心里有于桂兰。

宋一楠进去的时候，听到屋子发出水声。冲进去，她看到家里的水龙头总阀坏了。水扑喇喇地往外喷溅。而于桂兰呆呆地站在那里，望着损坏的水龙头，忘了要马上去找人来修理。或者，她根本就是无计可施。

宋一楠冲到楼下，去关这旧院里的水龙头总阀。物管办那瘦了吧唧的值班员还不让宋一楠关，声称现在是大家正在做早饭的时候。宋一楠冲他咆哮，把他吓住了。她冲进物管办，找出大铁钳，亲自过去关掉了总阀。她打电话叫来修理工，修好了家里的水阀。

自始至终，于桂兰都木然地站在一边，只知道看。

修完，宋一楠吆喝着让于桂兰跟上她。她们出去吃早点。经过物管办，那值班员叽叽咕咕地说着什么。宋一楠偏激地想，这么个破院子，真不是人住的地方。似乎这么着终于找到了一个必须把于桂兰接往北京的理由，吃完饭，无须于桂兰说去或不去，宋一楠决绝地将于桂兰带走了。

临走前，她将墙上她爸的那张照片装进了于桂兰的旅行包里。是的，她要把爸一起带往北京，以防他一个人在天津孤独。之前，她没有带走他，是因为自从妈死后，她一直连带着将爸一起怀恨在心。现在，她显然已经不恨他了。

车开上高速路，宋一楠给宋林伟打电话：

"叔，我把我妈接北京去了。以后，你有事没事过来看一眼我家的老房子，拜托你了。"

"等等！"宋林伟欣喜地说，"我没听错吧？你叫她妈了？"

"我叫了吗？不可能。"宋一楠不承认。她的确没意识到自己这么叫了。

"你叫了！"

于桂兰的声音从宋一楠身后传来。

宋一楠回了一下头，看到于桂兰在冲她笑，眼睛里闪着泪花。

回到北京，宋一楠分别给谈小飞、程美誉和宁婕打了一个电话，告知他们这次真真正正把于桂兰接到北京来的消息。

"我们应该庆祝一下！"电话里，谈小飞对宋一楠说，"今天对你来说，是特别与众不同的一天，是有着划时代意义的一天，对于桂兰也一样。不庆祝说不过去。"

"有什么不同吗？"宋一楠嘀咕。

"有没有什么不同——你自己知道啊！"谈小飞说，"这事就这么定了，人我来召集，反正也就那么几个人，你就带于桂兰盛装出席吧。"

订了一个大包间。当晚，济济一堂。宁婕、程美誉当然也来了，除此之外，还有谢玮童以及宁婕的父母。宁爸宁妈对于桂兰一见如故。他们拉于桂兰跟他们坐在一起。

"我有个建议，"席间，谈小飞说，"我们的父母都不在北京生活，以后，我们都把于桂兰女士当成妈吧。"

"对啊！"程美誉说，"我们家玮童可喜欢于阿姨了。于阿姨，没事你多来我们家玩啊，我们家玮童还惦记着跟您男女声二重唱呢。"

大家给于桂兰敬酒，真个妈啊妈地叫了一遍。于桂兰感动万分。

"刚才说到唱歌，我这边就给大家唱个歌吧！"她端起酒杯来，小声而快慰地说。

238

她就唱了，竟然是一首不那么老的歌：我知道，半夜的星星会唱歌，想家的夜晚它就这样和我一唱一和，我知道，午后的清风会唱歌……

这无疑是宋一楠他们小时候听着长大的一首歌了。谢玮童先跟着于桂兰小声哼唱，其他的人也跟着唱了起来。于桂兰一边唱，一边不时地偷看宋一楠，她把自己唱得热泪盈眶。

众人后来轮流唱歌。都是清唱。唱得不亦乐乎。这个夜晚充满了抒情的格调。

夜深时，宋一楠和于桂兰一起回家。

"真像别人说的那样，我爸和我妈是包办婚姻吗？"宋一楠问于桂兰，"你认识我爸的时候，我妈和他的感情，真的已经破裂了？"

于桂兰深深地点了点头，"谢谢你一楠，谢谢你愿意相信我。你这么问，说明在这个问题上，你是打算相信我的。"

宋一楠说："也许吧！你和我爸、我妈三个人之间的事情，并不像表面看起来的那么简单的——我应该从一开始就这么想。这些年来，我对你的态度过激了一些，我希望你不要介怀。"

"我当然不会介怀！"于桂兰说，"你能这么说，我真的很感动。"

沉默良久，宋一楠说："好吧！以后，我们都不要再提以前的事了。就让一切都重新开始吧。"

"嗯！一定！一定的！"于桂兰眼里闪着泪花，一迭声地说。

这个夜晚，宋一楠难得睡得很香甜。没有梦，当然更没有梦里那些诡异的风、转动的绳索、绳索下她长年无法忘却的那张脸。

多年来，像这夜睡得如此安稳的情况，在她，几乎是绝无仅有的。

十九、宁 婕

1

宁爸在厨房里耐心地洗鸭胗。鸭胗是他和宁妈早上在附近的一个大早市里买回来的。那早市离宁婕现在住的地方有一公里远，而且在一个庞大的居民区深处，却竟然给宁妈宁爸发现了，看来，他们的生活能力真的太强了。

"这鸭胗新鲜着呢，刚从鸭肚子里掏出来的。你有口福啊，我跟你妈要晚到一步，就给别人买走了。"宁爸说，"好久没吃你爸做的干烧鸭胗了吧？馋不？"

宁婕用力地"嗯"了一声，脑子里出现了她还小的时候每天跟爸妈在一起吃饭的情形，她还想起了姥姥，姥姥平均半个月来家里一次。宁婕的眼眶立即湿润了。

"怎么啦？小婕！"宁妈的声音从宁婕身后传来。

宁婕回过头，一眼看到不知何时也跟到厨房来的妈妈，忙自我解嘲："一想到爸做的干烧鸭胗，香香的、辣辣的，还没吃呢，眼泪

240

水就给辣出来了。"又笑说，"妈你也真是的，也不想着点爸。今天是爸的生日，你干吗老让爸惦记着我，尽买我喜欢吃的。"

"总惦记着你，倒还叫你不高兴了呀?"宁妈用手指戳了戳宁婕的脑门，笑。

"生日嘛! 年年过，都过腻了，"宁爸说，"倒是跟女儿一起吃饭的机会，是越来越少了，所以，当然要好好讨女儿的欢心啦!"

宁爸的话让宁婕不自在。一种根深蒂固的愧疚在心里探头探脑，然后大摇大摆地在她身体里游开了。宁婕低下头去，忽然将爸妈拉到一处，用一种诡秘的语气说:

"爸! 妈! 我有一个计划，马上可以实现了。"

"计划?"宁爸问。

"搞得神神秘秘的，什么计划呀?"宁妈问。

"这个计划在我心里已经好几年了，现在，我觉得可以跟你们说了，"宁婕说，"我打算在南京给你们买套新房子——钱，快够了。"

"买什么新房子啊?"宁妈马上说，"我们那房子，虽说老了点，旧了点，但住得很舒服啊。心意领了，买就别买了。你有那个钱，先留着，以后作为我们外孙的教育基金，多好?"

"对啊!"宁爸说，"你还是先对你自己的婚姻大事上点心吧。那个小檀现在跟你怎么样了啊? 你们谈了有好几年了吧? 对了! 以前，他还会到我们那儿去，怎么最近好些天没他消息了?"

"我们分手了!"宁婕咬着嘴唇说，"上次我回南京的时候，就分了。"

这个消息令宁爸宁妈十分意外，宁爸待要追问一下的，宁妈忙对他使眼色，叫他注意宁婕突然晴转多云的表情。而宁婕突然觉得很不自在，快步离开厨房，去客厅了。

宁妈跟了出来。"分了好啊!"她说，"这小子我跟你爸一直都没看上，只不过考虑到干涉你的感情不好，就没跟你说。现在好了，太好了! 回南京后妈马上找人给你张罗，保准给找个特别好的。"又鼓足勇气，试探地说，"小婕，我怎么觉得你对这婚姻大事的态度有点问题啊，一点都感觉不到你急，我们可是挺急的! 别怪妈多嘴，你得抓紧点——"

"哎呀! 妈!"宁婕不想纠缠这个话题，"这个事情你能不能别管啊?"

"不管也行! 但是，你得让我们先吃了定心丸，再叫我们不管才行啊!"宁妈嘟囔。

宁婕正要和她妈就此展开相对深入点的讨论，门铃响了。

打开门，宁婕吓了一大跳：一大簇花堵在门口。大朵的白色百合之间，穿插着几枝玫瑰和康乃馨，一下子使这门口显得特别热闹起来。

从姹紫嫣红的花后面艰难亮出快递员的脑袋，"请问，是宁小姐家吗?"

"是啊!"宁妈高兴地抢到宁婕的前头，"这花谁送的? 真漂亮!"

"我看一下!"快递员腾出手来，摸出里面的签单，"是一位姓冯的先生送的，他还叫宁小姐收到花给他打个电话。请先签收一下!"

宁婕签收完，关了门，将花抱进来，摆在桌子上。宁妈兴奋地喊厨房里的宁爸出来看。宁爸出来了。两个人围着这大大的花束使

242

劲地端详，宁爸眼睛一亮。他盯着花束里面的一张卡片，手伸进去，掏了出来。

卡片上面写着两排字：生日快乐！福如东海！

"是送给我的？"宁爸激动起来，"小婕，这是你哪个朋友啊？真体贴，真懂事！"

"是啊！快叫你这朋友一块儿过来吃饭吧！我们不能白收人家的花。正好，多些人一起给你爸过生日，热闹。"

从这花甫一出现在门口的那一刻，宁婕就有点恍惚。她想起最近这几天冯优总想办法约她出去，但都被她巧妙地拒绝了。现在，她才想起快递员嘱咐要给冯优回个电话，下意识地拿出手机，却立即将手机又放下了。她刚放下，冯优的电话打过来了。

"宁婕，麻烦你把手机给你爸或你妈，"冯优用特别随意的口吻说，"我找他们有点事。"

"你找他们？"明明知道这是冯优的一个策略，宁婕还下意识地问，"你跟他们能有什么事？"

"特别重要的事，"冯优说，"你先把手机给他们。"

宁婕一下子醒觉过来了：她不能配合冯优的策略。如若这样，她这几天来所做的一切努力就全成空气了。

这几天来，她像个强迫症患者一样，强迫自己不见冯优，用跟爸妈朝夕相处的方式让自己心里几乎没有冯优的影子，而在她的努力下，冯优快要完全影响不到她了。她不能眼看着自己前功尽弃。

"不好意思！"宁婕说，"我爸妈不方便接电话！"

却感到手里一空。一回头，看到手机已经被宁妈抢了过去。

"喂！我是宁婕的妈妈！"宁妈笑容可掬地问，"您是哪位啊？"

"我是小婕的男朋友！"冯优大声说，"我就在楼下，方便我过来跟你们一起吃生日饭吗？"

"当然！方便！太方便了！"宁妈脸上出现了喜不自胜的表情。

几分钟后，冯优现身于门口。一身亚麻白色休闲衣装，头发严谨打理过，连笑容都选择中老年人最钟爱的那种，如此有备而来，看上去当然不仅是三十五岁都不到，简直才三十岁的样子。

宁妈的眼睛像被一道电光晃了一下，她望着面前这个不速之客——自称为宁婕男朋友的人。然后，她醒过神来了。

"快进来！快进来！"她用夸张的动作高兴地将冯优往里迎。

只一分钟后，冯优已经和宁婕一家三口坐在餐桌上欢乐地聊起来了。

"你跟小婕认识多久啦？"

"对！你们是怎么认识的？"

宁爸宁妈当然不能放过他们最感兴趣的话题。

"我跟小婕认识已经很久了，"冯优说，"有好几个月了。小婕这人吧，你们也知道，嘴严，她一定没有跟你们说起过我，就像她一定没有跟你们说起，她一直在筹划着给你们买一套新房子。"

"说起过了！"宁爸骄傲地说，"刚才，就你来之前那么一小会儿，她跟我们说了。"

冯优待要继续，宁婕用颇为冷肃的眼神制止了他。

"爸！妈！我给你们介绍一下，"宁婕说，"这位是我们老板，冯总。我没跟你们说，是因为，我不想让你们掺和我工作上的事。"

宁爸和宁妈一下子糊涂了，看看彼此，又看看宁婕和冯优。

"先是老板，后是男朋友。"冯优微笑地对宁爸和宁妈说，"现在都这样，在工作中擦出火花。"

宁爸宁妈立即眉开眼笑起来。

"这火花擦得好！"宁妈说。

"多擦！"宁爸强调，"要多擦！"

宁婕不能任由事态发展下去了，她对冯优说："冯优，麻烦你跟我过来一下。"

她先行站了起来，往里屋走，冯优却故意视而不见。

宁妈忙对宁婕说："你干什么呀？有什么事不能当着爸妈的面说的？还得到里面去说。要说就在这里说，要不，就吃完饭再说。"

"就是。"宁爸往冯优碗里夹了一块鸭胗。

没办法，宁婕只好重新坐回来。她是跟冯优并排坐的，坐回来的时候，她故意把椅子拉开一点，尽可能远离他。这场面令她感到失控，她又不是个愿意当着爸妈的面发火的人，只好低下头，使劲地扒饭吃。

"小婕这个人吧，倔！拧巴！"只听冯优说，"什么事都在她自己肚子里掖着、藏着，非得把它们掖馊了、藏没了，才罢休。可是，真要是馊了、没了吧，她心里又一定就怅惜得不行。所以，何必掖着，何必藏着呢？有什么想法，就敞开了说，不是很好吗？"

宁婕算是听出来了，冯优这是趁机来挖苦她的了。他什么都明白！对她的内心了如指掌，她的一切想法别想逃过他的鹰眼，而单独跟她在一起他不好直接指出来，现在，他终于找到合适的机会了。好吧！她倒要看看，他能把她怎么样。

这么一想，宁婕反而淡定了。她把椅子拉回到原先的位置，给爸妈夹菜。

"爸！妈！"她说，"要不，你们吃快一点吧，我着急要给爸看我给他买的生日礼物呢。"

"生日快乐！"冯优快速打岔。

他举起杯子，送向宁爸，宁爸高兴地举起杯跟他一碰。冯优一饮而尽，将空杯子放下，伸手从怀里掏出一个东西。

"还是先看我给你爸的生日礼物吧！"冯优将那东西搁到台上，是一个薄而小的本子，他转脸看宁婕，"宁婕，我前几天去了趟南京，给你爸妈选了套房子，"又把脸转向宁爸宁妈，"希望你们二老能喜欢！"

宁妈将信将疑地伸出手来，拿过房本，看了看，然后，她展开房本指给宁爸看。她脸上那表情，说不清是惊喜还是愕然。

房本显示，那是南京很有名的一个小区。

宁爸把眼睛凑过去，然后，他连连推拒。"这个这个，这个太没必要了。我们我们，我们不能要，不能要！"

冯优说："坦率地说，我就是想替宁婕赶紧了一了她最大的心愿。希望你们不要介意我的唐突。请你们不要拒绝。"

"心意我们领了！"宁爸坚决地说，"但房子，我们绝对不能要！"

宁妈也忙补充，"还有，我们不需要新房子。这个，先前我们已经和小婕说了。小婕没跟你说吗？"

冯优还要再说什么，宁婕猛地一拍桌子，站了起来。

"冯优，把你的房本先收起来！你先跟我出来一趟，我必须好好跟你谈一谈。"

"谈一谈可以啊！"冯优笑说，"但可不可以先让你爸妈把房本收起来?"

"不可以!"宁婕向冯优做了个"请出门"的手势。

"那么这样,"冯优说,"先让你爸妈保管一下,行不?"又故作轻松地笑了,"带个房本出门,万一遇到歹徒,给抢走了,那多不好?"

"也行也行!"宁妈忙解围,"我先保管着,你们先出去谈。"

2

"如果我说,你刚才的行为是在侮辱我,是在侮辱我爸妈,你一定会觉得我很虚伪,"宁婕压抑着愤慨说,"但是,我想告诉你,我现在唯一能感受到的,就是你对我的侮辱。"

冯优没有立即回应她。他看着她,琢磨着怎么把心里的逻辑表述清楚。

"你可以认为这是一种侮辱,"冯优终于说了,"但如果我说,我是出于浪漫的动机才这样做,你信吗?"

"我信!"宁婕说,"普通老百姓谁不喜欢房子?你用一套房子,来挑战我、挑战我爸妈的欲望,然后你看着我们惊慌失措的反应,以此满足你内心深处的某种我不能想象出来的离奇趣味,你对自己确实足够浪漫。"

"事实上,"冯优严肃起来,"你、你父母,是什么样的反应,是否因此惊慌失措,对我来说是小节问题。我不想关注这些小情节,只想关注大情节,只想关注我今天想设置的唯一的大情节是什么。恕我直言,你们女人确实更容易盯住小情节,而忽略大情节的走向。"

"是吗?"宁婕冷笑道,"那我倒要听听,你今天想让我知道、看到的所谓大情节,到底是什么。"

"大情节就是,"冯优说,"我想向你表达我对你的爱意。我需要一种方式来完成这种表达。我选择了这种方式,那就是:帮你完成你最想完成的一个心愿。我觉得,用立即帮助你完成你最想完成的心愿的方式,来表达我对你的爱意,远比直接说'我爱你'要有分量,要更有诚意,要可信。如果你跳开中间的曲折回环,只看开头和结尾,看到就是这条逻辑线:我爱你,我用舍血本的方式来表达我对你的爱——你觉得我在强词夺理吗?"

也许,他的"大情节"之说,确实发自肺腑,宁婕震愕地想。但是,她依然不曾感觉到这种方式与泛泛地、直抒胸臆地来一句"我爱你"有什么不同,也许,这正是男人和女人的区别:男人觉得用巨大的付出来表达爱,才是最牛的表达,而一句"我爱你"因为张口即来,就显得太轻浅、太浮飘;可女人不同,女人真正关注的,正是"我爱你"这样的语句——不管怎样,他说出了"我爱你",他终于说出了宁婕默默等待的这三个字,他表达了他对她的爱,这足以令她激动了。

"你确定,你爱我?"因为是他第一次在她面前表达这个意思,宁婕还是有点不确信。

她需要他重复,毕竟,在爱情面前,他是传闻中最劣迹斑斑的那种男人,也许,多重复几次,她心里就踏实了。

"我爱你!"冯优说,"最近的这几天来,我一直在思考我对你的感情。"

"然后呢？"宁婕感觉到自己心里那些迟来的愉悦感开始突破她坚硬的理智，将那坚硬化合成温暖的汁液，溶烫她的内心。

"我最终确信，你是我要找的那种女人，你理智、成熟，最重要的是，"冯优说，"你有担当、有责任感，现在，像你这样一个真正有担当、有责任感的女人，太难找了。我找到了，就不容许我放过你。"又说，"你应该能够想象到，我是结过婚的。是的，我结过一次婚，又离了。但你肯定不能准确想象到，我跟前妻离婚的原因是什么。就不跟你细说这里面的原因了。我只想跟你说，自从我那次婚姻之后，我一直在寻找和我前妻相反的女人，那就是，成熟、理性、有担当、有责任感，我找了很久，终于找到了你，找到你之后，我也一直在论证，你是不是我要找的那种女人，最终我确信你就是……"

宁婕必须相信他是真诚的了。是的，他要找随便玩玩的女人，太容易找了，但要找一个真正能与他心灵交汇、有潜力与他共度一生的女人，这比一般的男人要难。她自信自己是独特的，她的成熟、理性是多于常规女性的，她的确有这个自信。所以，他一定是真诚的。

宁婕忽然很感动。这感动非常庞大，令她无法控制去拥抱他的冲动。她用力抱住了他。

冯优还以他更大的力度。他的双手在她后背交错，结合成稳固的锁链状。

过了一会儿，冯优小声在她耳后说："有一个特别特别大的事情，我一直不敢告诉你，并且我还觉得之前任何时候告诉你，都不是好时机，现在，我想告诉你。"

"什么?"宁婕因他变得过于凝重的语气惶惑。

"我想先提醒你,正如刚才我跟你说过的那样,请你听完我接下来的话后,直接跳过中间的曲折回环,只看开头和结尾连成的逻辑线条。"

"好吧!"

"你跟我们的合作,被我们董事会否定了,"冯优说,"后来,你按时、按合同收到的款,都不是公司在给你打款。"

"你以公司的名义把你自己的钱打给我?"

"是的!"

"这是什么时候开始的?"

"有两个月了。"

宁婕算了算,两个月——也就是说,合作进行到约半程的时候,就已经停止了。

这对宁婕不能不说是个打击。这个打击太大了。但冯优说得对,不是吗?这是考验她是否是个真正理智和成熟的女人的最可怕时候。她必须看到,冯优这样做,是为了助她完成她最想完成的那个心愿。她需要钱,冯优用他的方式来让她"赚到钱"。

"但这其实不见得是你的问题,"冯优说,"你写得很好,这是我的观点。可我必须执行董事会讨论的结果啊。我一直坚信,你有才华,现在依然坚信。我这么做,就算是向你那些暂时还没找到合适平台的才华表达我的敬意吧。"

确实太出人意料了。像一记重拳,将宁婕击打得全然蒙掉。她需要好好消化这个消息,需要接下来的几天,拿出时间专门消化和深思。

现在，她还是先放下消化和深思它的任务吧。不管怎样，今天，她收获了这些时日来最想收获的一个结论：他爱她，他真诚地向她表达了他对她的爱，这足以令她觉得今天这一天没有白过了。

"我们先回去吧！我爸妈还在屋里等着我们呢。"宁婕主动说。

"好吧！"冯优说，"我们上去吧！"

走到电梯口，宁婕想起多日前她和冯优在这里与宋一楠短兵相接的画面。在电梯里，她不由问冯优：

"我们以后怎么跟宋一楠说？"

冯优沉思片刻，笑了起来，"这对你来说，应该是小事一桩吧？"

"不见得！"宁婕严肃地说。

回到屋中，千说万说，宁爸宁妈也不要房本。冯优便先将它收起再说。

二十、程美誉

1

程美誉坐在马桶上，举起验孕棒，举高了，仔细地打量它。然后，她失望地冲着门外喊了起来：

"老公，又是没怀上！"又说，"不会我们两个的基因配对真的有问题吧？"

"有没有问题，今天就能知道了。"谢玮童在外面说，"你赶紧出来吧，我们快去医院拿报告。跟那个医生约好了时间的。现在的专家医生，时间那么宝贵，去晚了，他就接待别人了。到时候，拿到报告也没用，咱也看不懂，回头还得再往医院跑一趟。"

因为经过一次在排卵期的努力而没有怀孕，半个月前，他们在医生的建议下，再次专门去做了一次基因检测。那一次，不是单个检测，而是有针对性地对他们俩的基因做配型检测。

程美誉将验孕棒放到一边，犹豫起来。"我怎么突然心里就那么慌呢！"

"慌什么呀？"谢玮童说，"你没事总慌来慌去的干啥呀？"

"我不怎么敢去拿报告了呀！"程美誉说，"万一我们那配对检测一出来，真的是我们的基因有冲突，那怎么办啊？"

"这不还没拿到报告吗？先把自己吓得一愣一愣的，何必嘛！"谢玮童说，"快点！别磨蹭了。"

程美誉很快出了卫生间。他们出门，去往医院。

途中，谢玮童嘻嘻哈哈，直言那样的巧合太难碰到，一定没有那种事。程美誉一下子被他的乐观感染了。他们像去超市随便买样东西一样，心态平和地来到医院。

来到医院，往三楼他们要去的那个科室走。快到那科室门口，迎面走来一对同他们年纪相仿的夫妇。二人都哭丧着脸。

"那么小的概率，怎么让我们给碰上了呢？"男的说，"真够倒霉的。"

"那我们以后怎么办啊？"女的问。

"还能怎么办？"男的说，"如果必须要孩子的话，只能我做牺牲了。"

"真的要跟医院申请用精子库里的一个陌生男人的精子，来实现我们的孩子梦啊？"

"那只能这样了！"那男的脸上的表情越来越郁闷。

程美誉和谢玮童二人不约而同地、下意识地跟在那一对身后，听完了他们的这段对话，直跟着他们来到楼梯口。那二人发现了程美誉和谢玮童的跟踪，狐疑地望着他们。

"兄弟！"谢玮童问，"你们俩是啥问题啊？"

"我们的基因有冲突，"女的说，"生不了孩子。"

253

"真有这种事啊？"程美誉问，"有那么巧吗？两个基因各项指标都很理想的人，碰到一起，就像电极的同极一样，马上起排斥？"

"医院是什么地方？"男的嘟囔说，"医院这种地方，不就是坏的巧合发生率最大的地方吗？平常不可能的事，到了医院，马上变得特别可能了。怎么？你们也……"

谢玮童怔住了，程美誉也同样怔在那里。那二人已经走下楼梯，谢玮童和程美誉听到他们互相安慰着。

"你看！倒霉的不止我们家，所以，就接受吧！"女的说。

"碰到一对跟我们一样倒霉的，我心里还稍微好受了一点。"男的说。

谢玮童和程美誉听到他们这最后的对话，双双逃也似的离开了楼梯口。

直到这个时候，他们才真正警觉起来。带着这种警觉，他们去检验处，取了报告，直奔约好的那位专家医生处。依然是上次那位对他们的基因抱有疑虑的医生。

"太不巧了！"医生看了一眼那报告，马上说，"你们的配型果然有问题。"

"真的吗？"

"女方是没有办法通过你受孕的！"医生面无表情地对谢玮童说。

这是他们真正感受到晴天霹雳到来的时候。接下来，程美誉和谢玮童两个人完全魂不守舍。稍后，他们从这科室出来，耳中响彻着那医生的话："如果想要孩子，只能利用别的男子的精子，人工受孕。"

2

房门紧闭，光线迷离，程美誉在床上诱惑谢玮童。

"信号接收到了，"谢玮童蔫蔫地说，"但是，我提不起那个兴趣。"

程美誉继续她的诱惑。"老公，从昨晚到现在，我给你发射了多少信号了？你要么是有心无力，要么干脆来个'提不起兴趣'，难道你想让我从此以后守活寡啊？"

谢玮童翻了个身，背朝程美誉。"我烦都快烦死了，哪有心思往那方面想啊？你就让我歇会儿，行吗？"

"不行！"程美誉游到谢玮童翻过去的那一面，诱惑继续，"这才多大点事啊，瞧你那五雷轰顶的样儿。我可告诉你，你必须振作起来，听见没有？现在，是你表现振作的时候，快来吧！"

谢玮童用胳膊半撑起自己的身体，盯住程美誉的眼睛，他的目光里，渐渐充斥了怀疑和不解。

"我怎么觉得，你倒是跟在过节似的呢？从医院回来之后，你就像打了激素似的，安装了弹簧似的，吃了春药似的，一刻也闲不下来。你这么欢欣鼓舞干吗呀？庆祝吗？庆祝咱俩生不了孩子？"

"你说什么呢？我这是在庆祝吗？我有病啊？我疯了吗？噢！这种事，我庆祝？"程美誉白了谢玮童一眼，嘟起嘴，"我这不是在想方设法帮你摆脱苦恼吗？好心被你当成驴肝肺。"扫兴地滑下床，用后背对谢玮童说，"噢！都像你这么真情实感，非得搞得悲悲切切的——最好再来个抱头痛哭、寻死觅活——那有意思吗？"

"好好好！算我错了！行了吧？"谢玮童侧过身子去，拉开床头柜，拿了烟和火机，要点，"老婆，你说怎么那么巧就让咱俩摊上了呢？下一步该怎么办啊？"

程美誉抢过谢玮童手里的烟，塞进烟盒里，又将烟盒和火机扔回到床头柜里去。"还能怎么办？遵医嘱呗！"

"遵医嘱？"

"嗯！怎么了？"

"程美誉！我怎么还是觉得你完全就跟个没事人似的呢？"这回谢玮童眼里冒出的是不高兴，"遵医嘱？去划拉来一颗别的男人的精子，让你受孕，成为咱俩的孩子？"

"是啊！那不还是我们的孩子吗？"

"我们的孩子？"谢玮童机关枪似的快速说道，"这个'我们'得加上双引号好吧？是！精子不管是哪个人的，卵子反正都是你的，所以，孩子怎么着都不可能不是你的。但是我呢？精子不是我的，这孩子怎么就成了我的孩子了呢？我不变相给戴绿帽子了吗？"

程美誉瞪大眼睛，看着谢玮童，"谢玮童！我怎么突然觉得你那么封建呢？你怎么能用这种思维呢？这样的思维，不该出现在你一个高校老师的脑子里啊！"

"你说我封建，也行！随便你怎么说，反正，我就没办法不那么想。"谢玮童说，"可是，恕我直言噢！你不那么想，也不见得是你思想境界高，极有可能，是这事影响不到你什么。"

"你这么说我可不乐意了，"程美誉说，"弄得我跟你一点阶级感情都没有似的，你这算污蔑，你污蔑我，污蔑我对你的感情，你得跟我道歉！"

"行了！"谢玮童真的是很烦很烦，"你就别闹了！让我再好好想一想吧，实在不行，咱就别要孩子了，就丁克。那么多人都丁克了，咱怎么就不能也丁起来呢？"

"那可不行！"程美誉忙道，"人家丁克是人家主动选择的结果，我们现在如果丁克，那叫'被丁克'。人区别于动物的地方在哪里？是人有主宰自己命运的内心需求，如果都这么委曲求全，退而求其次，那活着有什么意思？"

谢玮童沉默了一下，嘟囔道："我就觉得丁克吧，也挺好的。"

"你要真觉得好，别加个'也'字啊，这个'也'字明确地暴露了你也有生儿育女的内心需要。"程美誉说，"我压根儿就不理解那些丁克一族的人是怎么想的，可以生孩子，偏不生。反正，我跟他们不是同一个世界里的人。就冲你刚才那个'也'字，我断定，你肯定跟他们也不是一个世界里的。我们两个都不是。所以，孩子，是必须生的。"

"我还是没觉得必须要生，"谢玮童的声音很小，"你应该记得，刚开始，我们要孩子，是出于什么动机。是因为我们需要一个孩子来移情，避免我们吵架，对不对？这阵子，我们没孩子，不是也没吵吗？所以，用生孩子来提高家庭和谐指数的任务，可以取消了。"

"你这么说我不赞同！"程美誉说，"那会儿看似是因为那个说法，我们才决定要生孩子，可你信不信，就算没有那个说法，我们也会要孩子。早点晚点而已。那个说法只不过推进了我们要孩子的意愿而已。"

"反正，我现在改主意了，不想要了。"谢玮童说。

程美誉看了他一会儿，过来抱住他，娇声说："老公，你别这样，你理智一点吧！别耍脾气了。你怎么可能不要孩子呢？就上次，我把我同事孩子领回来那次，还有，在那公园里那次，我早看出来了，你喜欢孩子，你比我更喜欢孩子。难道不是吗？"

谢玮童不说话了，愁云依然密布在脸上。

"远的不说，就说于桂兰吧，"程美誉忽然说，"严格说来，于桂兰是有孩子的，宋一楠是她的孩子。可是，仅仅就因为宋一楠和她之间没血缘关系，你看于桂兰前阵子那个颠沛流离的惨状啊。于桂兰就是我们的一面镜子，你难道希望你晚年的时候病了也没个人照看吗？万一，你，我，哪天也像于桂兰一样脑子出了问题，到时候该怎么办？"

"于桂兰和宋一楠之间有深刻矛盾才闹成那样的好不好？你这个例子举得不对！"谢玮童说，"咱离老还早着呢，再说了，到我们老的时候，国家养老机制就很健全了，根本不存在你说的这个问题。"

"那可难说，"程美誉说，"养老院是几个职工照顾一群人，我们如果有孩子，那孩子对咱们是一对一的照顾，这叫专属照顾，最最关键的，是发自真心的照顾，养老院就难说了。"

"反正，我还是没想通，"谢玮童说，"我暂时不想生。"

接下来的几天里，程美誉和谢玮童一下班就讨论这个问题。终于，谢玮童有点松口了，但他又提出另一个问题。

"就算真要那么生孩子的话，咱也得听一听我爸妈的意见。"他说。

程美誉一愣，旋即道："这是我们两个的事情，问你爸妈干什么呀？我们两个决定就行了。我不想别的人掺和进来。"

"那可不行！"谢玮童这次用十分坚决的语气说，"我是独生子，要孩子是我们整个大家庭的头等大事，何况我们要选用那样一种方式要孩子。不问我爸妈的意见，那太不尊重他们了。"

"你爸妈怎么可能同意？"程美誉说，"你都差点接受不了，他们那个思想境界可能接受？你是想拿你爸妈来做挡箭牌吧？你自己心里根本还是没有接受。"

"你小看我了！"谢玮童说，"我是真的觉得，这是对老人们必要的尊重，而且，你也应该跟你爸妈商量。"

"我爸妈是高知，不可能像你爸妈那么小家子气，他们多深明大义啊，我稍微跟他们一解释，他们一定会理解我们，然后拍双手赞同。"程美誉突然变得忧心忡忡，"但是你爸妈吧，是绝对不可能同意的，所以，我不许你跟他们商量。哪怕，要孩子的事情我们先缓缓，再往后拖，不急着要，也不要跟他们商量。就算拖一年，拖两年或几年，我都接受，我就是不同意让你爸妈掺和进来。"

谢玮童不说话了。夜已深，二人背对背睡下。都在黑暗中睁了好长时间的眼，睡不着。

3

谢玮童的父母满口纯正的东北腔，像产自赵本山小品帝国里的最佳夫妻组合，又像两尾鱼，无声无息地滑入偌大的北京，现在，他们端坐在谢玮童和程美誉北京的家里，而谢玮童神情肃穆地坐在一边的圆凳上。

他们三个人，就这样静静地坐着，面朝着大门，等待着程美誉推门而入的那一刻。

有一点可以确定：靠声音吃饭的音乐老师谢玮童怎么都改不完全的东北腔，来自他父母的遗传。换句话说，他父母的遗传基因足够强悍。

时间在一分一秒地过去。谢玮童有点坐不住了，站了起来。

"你坐下！"谢父劈手制止了他，"坐好！不许动！"

谢玮童只好重新坐下。谢父立即拿眼瞪了他一下。谢玮童立即意识到坐姿不够端正，忙加以调整，心里回顾早年大学入学军训时的坐姿动作要领，却一下子把自己坐得过分后仰，差点后倒下去。

"你看看你！连坐都坐不好，还怎么去管你媳妇？"谢父呵斥。

"你声音小点！"谢母说话了，"别让邻居听见了！"

"听见咋的了？"谢父说，"嫌丢人啊？马上咱儿子丢人都要丢到乌龟壳里去了，这点丢人怕啥？"

门外响起钥匙捅进匙孔、在里面拧动的声音，谢母忙小声而快速地提醒谢父，"回来了回来了！好好跟她说啊，别瞎咋呼。孩子不懂事，你别也不懂事的。"

"知道！我知道！"谢父，这个退伍老兵，快速整理了一下风纪扣，清了清嗓子，坐正了，目光平视正前方，又小声提示谢母，"你也给我把婆婆的气势拿出来。"

门开了，出现在门口的不仅有程美誉，还有宁婕和宋一楠。

门里这剑拔弩张的气势，把三个年轻女人弄蒙了。

"爸！妈！"程美誉忙脸上堆笑，"你们什么时候过来的？怎么不提前跟我说一声，我好开车去车站接你们啊！"

"玮童去接了！"谢母下意识地冲程美誉一笑，并想站起来，以便向显而易见的程美誉的两位朋友表达她的礼貌和涵养，却见谢父冲她瞪眼，她忙坐好，"你……你刚下班啊？"

"是啊！"程美誉不解地望着这端坐的三人，"你们怎么了？练习军姿？"

宋一楠忍不住笑了起来，"美誉，这是玮童的爸妈吧？他们好可爱！哈哈！"

"可爱个鸟！"谢父站了起来，一劈手，对程美誉说，"你，先和玮童到里屋来，我和你妈跟你们有话说。"

宋一楠和宁婕一愣，显然她们被下了逐客令了。宁婕忙道："美誉，我看你们家现在不方便，我跟一楠改天再来找你吧。"

程美誉进来之后，很快就研究谢玮童的表情，直觉告诉她，肯定是谢玮童告知他父母用特殊方法要孩子这件事了。一下子她特别生谢玮童的气，当着他父母又不好发作，并且她意识到马上她与谢玮童父母将开始一场辩论大战。她何等聪明，三十六计逃为上策。

"宁婕，一楠，你们等等我！"程美誉说，"不是说好我们一起去看牙齿的吗？跟医生都约好了的。你们等等我，我换件衣服就走。"

她快步往里走，经过谢玮童身边时，用力拽住谢玮童，并将他拽进他们的卧室。

"谢玮童！你想干什么？啊？不是说了不能跟他们说的吗？你为什么要说？他们来北京了，为什么不告诉我一声？"她怒了，尽管她极力压低嗓门，"还有，当着我好朋友的面，让我下不了台，什么意思？"

"不是不告诉你他们要来，我也不是故意说的，"谢玮童脸上有委屈，"昨天我打电话跟他们唠嗑，不小心说漏嘴了。然后，他们跌

261

跌撞撞就奔来了。他们没跟我说要来。"

"行！你行！你们一家子都行！"程美誉说，"我不奉陪了，我今天就不在家里住了。我懒得跟他们理论。"

"你别这样好不好？"谢玮童说，"基本的礼仪你总要有吧？噢！他们一来，你就离家出走？这不摆明了要跟他们搞分裂吗？"

"我不管！我走了！"

尽管她的声音如此的低，但还是引来了谢父和谢母。程美誉正要出卧室，却见谢父、谢母不敲门就进来了。

"走哪儿去？"谢父说，"先把话说清楚了，想去哪儿就去哪儿！"

程美誉强压烦闷，脸上挤出笑，说："我也就是出去一会儿，就一会儿，跟朋友约好了的，不去不好。一会儿就回来！"

"我们也就是跟你讲一会儿，"谢父说，"讲得通就继续讲，讲不通，就一切拉倒！"

"一切拉倒？"程美誉看看谢玮童，意思是你爸这话是什么意思。

外面的宁婕和宋一楠见此情形，觉得再待下去也不太好，便跟程美誉说："美誉，要不我们改天吧！你就先跟你爸妈说着话，好吧？我们走了！"

只好让宁婕和宋一楠走了。现在程美誉觉得有点形单影只，感觉上，突然坠入了孤军奋战的境地。出于缓和气氛的需要，她过去给公婆接了一杯水。

"你就坐下吧！别忙乎了，"谢母说，"我跟你爸有点话问你，你就让我们先把话问完吧。你爸这人，脾气急，你又不是不知道。行吗？先听他说话。"

"行！好吧！"程美誉只好坐下来。

谢父清了清嗓子，蓦地抬起头来，直视程美誉，"你是不是——"他又一劈手，"我不说了，我说不出口。这事太丢人了，我说不出口。"一指谢母，"还是你说，你跟她说。你说！我补充。"

"好吧！"谢母过来拉住程美誉的手，"美誉，你跟妈说实话，你是不是打算跟别的男人为咱家生孩子——咳！不对！不是这么说的，就是，那叫什么来着？人工受孕？对！人工受孕，你要用别的男人的种为咱们家生孩子？"

"太丢人了！太丢人了！"谢父大声在旁边说。还把头别到一边去。仿佛这事已经是既成事实了似的。

"这个，这个啊，"程美誉观察谢母的神色，然后她觉得，既然她已经把话说到这份儿上了，不妨探一下公婆的意见好了。尽管，她清楚，他们认同的概率微乎其微，"这个嘛，"程美誉说，"也不见得就是你们想的那样，其实就是换个方法要个孩子，也是没办法的办法嘛——"

"啥叫没办法的办法？"谢父站了起来，又劈手，劈手，"不行！绝对不行！除非——"他突然就火了说，"除非，你干你的，你该干吗干吗，咱家玮童也不是没办法要自己的孩子。"

他是在暗示如果程美誉和谢玮童非得那样干的话，谢玮童就要和她离婚吗？太可恶了！竟然当面教唆起儿子跟儿媳离婚？实在是太可恶了。她从第一次见谢父和谢母就对他们没好印象，本来就对他们不待见，现在，种种对他们的不待见全部嬗变成对他们的怒火。

"爸，你刚才的话，是什么意思？你能说清楚一点吗？"程美誉冷冷地问。

263

见程美誉顶风而上了，谢母忙来调停，"你爸没啥意思，没啥意思，都好好说，没什么解决不了的事，好好说！好好说！"

　　"反正，你们要那么干！那是不可能的，"谢父说，"绝对不可能！"

　　程美誉脑子飞速运转，她知道该怎么做了。好汉不吃眼前亏，既然他们意已决，再就此说下去，除了闹崩，没别的下场。

　　"爸！妈！"程美誉忽然笑得特别夸张，"你们肯定误会了，都是没影的事，不会那样的，你们放心！绝对不会那样的。"

　　谢玮童疑惑起来，偷望程美誉，程美誉快速瞪了他一眼。谢玮童忙说："爸！妈！昨天你们听错了！没那事！确实没那事！"

　　程美誉再次夸张地笑了，"真的！绝对是你们误会了。"

　　"是吗？"谢父将信将疑起来。

　　"真的是我们误会了啊？"谢母说。

　　"当然啊！"程美誉说，"噢对了！你们还没吃饭吧？今天我带你们去吃烤鸭吧？我先去个卫生间，你们准备一下，一会儿我们就出去，出去吃饭！"

　　说罢，逃也似的进了卫生间。在卫生间里，她锁死门，快速拿出手机，给谢玮童发了个短信：请坚决告诉他们，那是他们昨天听错了。至于以后要不要跟他们商量，以后再说。

　　发完短信，程美誉感觉到浑身发抖。她发现自己从来没有像今天这么生气过。她抓过洗漱台上牙杯里的牙刷，奋力地折断了它，才稍微解了点气。

　　当晚，一家四人在烤鸭店吃饭，中间程美誉多次把脚从桌下伸过去，压住谢玮童的脚，用力地踩，用力地踩。谢玮童给她踩得脸部表情移位，叫他父母丈二和尚摸不着头脑。

两天后，在程美誉的如簧巧舌下，谢父、谢母放心地离开北京回延吉去了。

将公婆送入火车站进站口的那一刻，程美誉心里产生了一个大胆的计划。

除非不要孩子，如果要的话，那只能那么干了。她想。

谢玮童在她旁边，目送着他爸妈消失在了入站口。他完全没有意识到程美誉娇美的微笑表情之后，正在酝酿着那个计划。

几天后，程美誉瞒着谢玮童，独自去了医院，申报人工受孕手术。

二十一、宁 婕

1

宁爸宁妈回南京。宁婕和冯优驾车送他们去机场。冯优开车，宁婕坐在副驾驶座上，宁爸宁妈坐在后面。有一阵子，宁爸和宁妈盯住前面冯优和宁婕的背影，脸上同时流露出疑虑。

去了机场，冯优帮宁爸和宁妈去自动机上打登机牌，趁此时机，宁爸宁妈把宁婕拉到一边。

"小婕，有句话，也许妈不该讲，"宁妈说，"但是，如果我不讲的话，我怕我以后再想讲，就晚了。"

见妈妈神情严肃，宁婕感到不解，"妈，什么事啊？这么严肃的。"

"自打知道冯优和你的事后，我就开始想你们这个事。"宁妈说，"你不在家的时候，我也和你爸很详尽地讨论过。然后，我和你爸都认为，你和冯优在一起，不见得是你的最好选择。"

"为什么呀？"没想到爸妈会这么想，宁婕心里一紧，"你们为

266

什么会这么想啊？"

宁妈不说话了，宁爸便帮她说："你妈是觉得，我们家不应该找这么有钱的人。你找这么有钱的男朋友，我们怕你驾驭不了他，怕你最后会吃亏啊。"

"是啊！"宁妈说，"我们普通人家，凡事还是以稳妥为第一目标。尤其是感情这种事，那可不是儿戏。我们觉得，你跟冯优在一起，风险太大，比原来你跟那个比你小三岁的小檀在一起风险更大，大了不是一点半点。我们是不希望你的未来有太多的波折。"

宁婕不说话了，把头转开去。远处，冯优已经打印完登机牌了，正迈着矫健的步伐向这里走来。他的样子、风度、气质，无疑太出众，很多旅客向他投以注视，其中不乏年轻、美貌女子。

也许，大家误以为来了一个大明星。

冯优显然习惯了别人的注视，目不斜视，如同走秀。

"你看你看！"宁妈小声说，"这哪像能进我们小家小户门的人啊。不行不行！小婕，虽说爸妈一贯的方针是不干涉你的感情生活，这一次，我们还是不干涉，但我们必须提醒你，你得慎重考虑这件事。"

冯优已经走过来了。宁婕笃定地坐在宁妈一侧，望着冯优将登机牌分发给她爸妈。她惊觉在她的心里，爸妈给予她的告诫，丝毫未起作用。

她从来就不是个畏惧挑战的人，甚至于，有挑战的生活，更令她向往。

要登机了，宁爸宁妈用眼神最后提醒了宁婕一次，而后双双登机去了。

回去是宁婕开的车，路上，她起先不怎么说话。车开下三环，宁婕把车停靠到路边，跟冯优去了一家咖啡馆。

"自从你跟我说了那个'惊天秘密'之后，这两天，我一直在想，我到底应该就此跟你说点什么。"宁婕说。

"哦？但说无妨！"冯优笑道。

"无疑，我应该感谢你的好意。我也已经感受到了你的好意。但是，如果你希望我们的关系更长久的话，还是请你以后不要自作主张地帮助我。更不要用不让我知道的方式帮助我。这让我感到难堪，让我觉得我很没用，让我对自己特别失望。"

"可是，两个人如果是真心诚意地在一起，不是应该互相帮助的吗？难道不是希望尽自己的力量让对方过得更好的吗？"冯优说。

"我觉得你不应该是这么表浅的人，你应该知道，对一个人来说，精神上的满足是最大的快乐。你的帮助，抹杀了我博取精神快乐的权利。"宁婕说，"我每做一件事，希望是凭自己的力量获得成功，如果借助于外力，哪怕只是一点点外力，我的快乐都会打折。尽管我没有你那么成功，但我也想一百分地享受我每一次奋斗过程中的丝丝点点的各种快乐。"

冯优用欣赏的目光看着宁婕，"好的！我接受你的批评。我承认，我是好心办了坏事。我以后一定不会这样的。"

"那么好，"宁婕说，"把你的卡号告诉我，我将如数把你给我的钱打给你！"

"这个，没必要吧？"

"有必要！尽管我知道你不在乎你心爱的人从你这儿拿去这些钱，但我在乎我的无功受禄，它使我不开心。"

"好吧！这个，没有问题，回去后就把卡号告诉你。"

268

"这还不够！"宁婕说，"你帮过我一次，我也希望帮回你一次。这样，我们就是平等的，我们的感情，就是从平等的起跑线上启程的。替我想想，眼下，我有什么可以帮到你的。"

冯优哈哈大笑，"宁婕，你怎么就这么轴呢？真没见过你这么拧的人，难怪你姓'拧'。哈！你有板有眼说话的样子，真的太可爱了。如果不是在这儿人太多，我真想亲你一口。"

"别开玩笑！我是认真的，"宁婕说，"我这两天一直在想一个回帮你的方法，但就是想不出来。你似乎什么都不缺，没有需要我帮忙的地方。我都快愁死了。"

"那好！如果回帮我对你来说真的很重要的话，我倒真的有一件事需要你帮忙。不过，这个忙有点大哦！"

"好啊！"

"你可以考虑搬到我那儿去，"冯优说，"这样，我每天就有人照顾了。"

宁婕一愣，然后撇了撇嘴，微微一笑，"这不算帮忙，你不说这个话，我都会提这样的要求。"

"是吗？"

"当然！"宁婕对自己的趁机表白非常满意。

"既然这个不算，那我就说另一个吧。"冯优说，"下个周，我做的那个名品有一场新品发布会，你负责帮我策划？"

"我没做过这种事啊，"宁婕说，"这样的事，你也信得过我？"

"我从来都看好你！"冯优深情地望着她。

"那我不妨一试！"

"你没有发现我在暗示什么吗？"冯优说，"我希望你加入我的工作中去。实话说，我一直在寻找一个能与我默契配合的工作伙伴。我觉得你可以。"他将头向宁婕凑过来，压低了嗓门，说，"我希望我们在更多方面碰撞出火花，能够更大程度地比翼齐飞！"

宁婕看着他，深觉他不是在开玩笑，但是，她只是不置可否地看了看他而已，末了把头转开了。她还是想去写她想象中的那种剧本，直到她以此成功。这是她最想做的事情。遇到挫折打退堂鼓，那不是她。

先去了宁婕那里，冯优进去后，扫视房间，语带双关地说："明天，你就要从这个房子里搬出去了。我觉得你应该给这里留下点特别美好的记忆。"

宁婕微笑地看着他，从他身边绕过去，将他身后的门轻轻关上。

冯优在门关上的那一刻回身，他张开有力的双臂，擎住宁婕的脸，冲刺般地吻住了她。

附近公园里的花全都开了。桂树散发着浓烈的芳香。

2

宁婕请宋一楠去远郊一个地方玩。只请她一人。那里，有一家农庄开辟出来一大块田地，种植稀有瓜果，专门给游客采摘。边采边吃，据说挺有意思。开车几个小时，找到传说中的这家农庄，然后，宁婕和宋一楠各提了个篾篮去田里采摘。

天气晴好，微风扑面。此时此地，是谈心的好时候。

宁婕想了又想，还是决定向宋一楠主动交代现在她与冯优正在交往。

她不想瞒着宋一楠，这样她和冯优的交往会累。再说，如果选择隐瞒，是否会说明她对自己与冯优的未来期待不高？如果她对他们的未来有很高期待，即她是希望他们的感情能瓜熟蒂落的，那么，难道要等到真正瓜熟蒂落的时候再跟宋一楠坦白吗？还是像上次那样，被宋一楠不巧撞见，那样的话，后果不堪设想。所以，还不如尽早主动坦白。

　　但鉴于她对宋一楠的性格太了解，如果她想尽可能地不惹怒宋一楠的话，就得选择最妥当的方式跟宋一楠坦白。宁婕当然不想因为她的坦白而导致她与宋一楠友谊的瓦解。

　　爱情是自私的，友谊又是人生必不可少的，现在二者发生了冲突，宁婕又想兼得，那么，就只有多花点心思在坦白的时机、环境和方式的选择上。

　　"我突然想起了我们上大学时候一起去春游的事情，"宁婕拢着头发，眺望满目的绿叶和奇妙而美丽的各种果实，"我还记得，那个时候，就算在同学之间，我们的关系，也是特别亲密的。"

　　"可不是嘛！"宋一楠说，"算一算咱俩都好了快十年了。"又说，"你是我金不换的最好朋友。"

　　宁婕观察宋一楠，认为她心情已经好到了她能达到的极点，便觉得是时候跟她说了，"一楠，我问你一个问题吧！"

　　"说吧！"

　　"我做一个假设！"宁婕说，"假设你的前男友，跟另外一个女的好上了，你对那个女的会是什么感觉啊？我强调一下哈，这个女的是在你跟你那前男友分手后跟你前男友好上的。"

　　"那有什么呀！"宋一楠随口说，"我不至于那么霸道吧？噢！

271

人家跟我分手了，还不兴人家交女朋友啊？很正常啊，我不会对那女的有什么不好的感觉吧，换句话说，什么感觉也不会有。既然已经分手了，他什么事都跟我无关。"

宋一楠这么一说，让宁婕有了信心，"那我再增加一个小情况，万一，这个跟你前男友好上的女的，是你认识的人呢？"

"认识的人？"宋一楠说，"怎么可能那么巧？"

"有时候吧，事情免不了就会往巧合里钻，"宁婕说，"甚至都有可能，那女的跟你关系特别特别的好呢。"

"特别好？好到什么程度？"

"就比如，我们俩这样的关系。"

"别逗了！怎么可能？这么巧的事情是绝对不可能发生的，"宋一楠歪斜脑袋，将手掌挡在脑门上，往天上看了看，"除非是那种情况，就是这女的在我跟我这前男友还好着的时候，就偷偷跟他好上了。不然她怎么会认识他？还不是通过我认识的他？也就是说吧，这女的，是小三儿，犯贱，抢闺密的男朋友。"

宁婕心里一凛，嘴上说："你说得也太绝对了，你把人想得也太坏了吧。没你说得那么恶心。"

宋一楠有点醒过味来了，她转过头来，定定地打量宁婕，"我怎么觉得你这堆问题那么叵测呢？难不成，你话里有话？你想说什么呀？别老说囫囵话，直接把核吐出来行了！"

宁婕最后一次深入地察看宋一楠的表情，打退堂鼓了。不能说！说了绝对没好果子吃，她想。

"哎呀！不说这个话题了。"宁婕说，"昨晚上在网上看片，里头有这么个情节，闲得无聊，就拿出来跟你瞎扯皮。"

"真的？"

"当然了。"

接下来宁婕一直心事重重。回去的车上，宁婕好几次鼓起勇气，要把这个话题重新拿出来说道一番，但还是放弃了。车进了市区，先去宋一楠那里，快到的时候，宁婕终于心里一横，想，今天不说不知道什么时候才能说，赶紧说了吧，是死是活顺其自然。

"一楠，我想跟你说个事！"

"又来了！你今天到底是怎么了？"

"这么说吧！"宁婕说，"我瞒了你一件事。"

"瞒了我一件事？什么事？"

"你还记不记得，大概也就一个月前吧，那天晚上，你跟谈小飞闹别扭，你去酒吧，喝多了，然后去我住处——"

"记得啊！"

"那你还记不记得，当时，你在电梯里碰到一个什么人？"

"这个，好像，没什么印象，"宋一楠说，"那天喝得实在是太多了，心情也不好，第二天醒过来，都不怎么记得去你那儿发生过什么了。"

见宋一楠完全不能记得那天遇到过冯优，宁婕有些后悔自己主动提起这事。但是既然说了，就一不做二不休，全部真实。

"那天，你在电梯上是碰到过一个人的，"顿了下，宁婕速战速决地说，"那个人是冯优。"

"什么？你再说一遍！"

"我是想跟你说，我跟冯优在交往，"宁婕直视宋一楠，"不过，请你相信我，那天你在电梯里碰到冯优的时候，我们还没正式交往。

273

我们是最近两天才开始正式交往的。"

宋一楠眼睛瞪得老大。看来，真正临到事情发生的时候，人的反应和其之前想象的是不尽相同的。"你跟冯优好？"

"对不起！"宁婕说，"我也不是故意的。"

"什么叫不是故意的？"宋一楠眼睛瞪得老大，"你这话太莫名其妙了，你想表达什么？'对不起'？这'对不起'是怎么个说法啊？难道你想说，你比我强？我前男友没看上我，最后看上你了，你了不起？"

到底还是把她惹恼了，宁婕想，现在该如何收场呢？她都有些后悔跟宋一楠主动坦白了。"我不是这个意思，我只是想告诉你，告诉你这件事而已，因为早晚会告诉你的。"

"早晚会告诉我？"宋一楠冷笑道，"你现在告诉我，是怕冯优很快就把你甩了，晚一点的话，你就没机会告诉我了是吧？现在好了，你的目的达到了，你气到我了，你伤到我了，你标榜过你比我有本事了，然后呢？"

"你冷静一下，一楠！"

"我下车！"宋一楠猛地拉开车门，跳了下去，奔也似的离开车，但突然意识到什么，又拉开车门上来了。"这是我的车，该你下去！下去！"

宁婕只好下车。她站在车边，懊恼地望着车里的宋一楠重启车子。宋一楠忽然摇下车窗。

"我打赌！你会吃不了兜着走的！到时候，别找我来哭鼻子，当然，你已经没机会来我面前哭诉了，我再也不会见你！"

她飞快地将车开走了。

宁婕站在路边直跺脚。打了个车，直达冯优的住处。去后，宁婕一五一十将今天她与宋一楠之间发生的事告诉他，冯优立即对宁婕说她这样做没有必要，弄得宁婕更加对自己不满。傍晚，她正要和冯优出去吃饭，宋一楠的电话打过来了。

"姓宁的，我必须告诉你，我恨你！"她说，"我怎么都没想到，我身边潜伏着你这么个女人，你太气人了。但是，鉴于我们曾经好过这么多年，我不想随便结束我们的友谊，你出来！我们决斗！"

"决斗？"

"对！决斗！像男人一样找个地儿练练！"宋一楠恨恨地说，"如果，你打过了我，我就原谅你，咱俩还像以前一样做朋友。如果你输了，咱俩玩完。"

"没这个必要吧？"宁婕忧虑地说，"不至于闹到这种地步，我希望我们还是朋友。"

"如果你希望咱俩还能好，那就只有这么一次机会，"宋一楠说，"如果你放弃这次机会，那咱俩完全不可能再好了。"

看来，只有听从她的了。"那好吧！你给个地方，我去！"

宋一楠说了个地方，竟然是个饭店的包间，宁婕想，她可真是个百年难遇的怪物，连决斗都选这么不适合决斗的地方。却只听宋一楠最后说：

"你把冯优也带上！他观战！我们必须有一个裁判，他最合适。"

带着冯优去的途中，宁婕心里面不是个滋味，翻江倒海，像千刀万剐一样。来到饭店，在服务生的引领下来到包间门口，宁婕停下脚步，鼓足勇气推开门，却看到了令她吃惊不已的情景，冯优同样吃惊。

宋一楠、谈小飞，还有程美誉、谢玮童端坐在餐桌边，桌上已经摆好了精美的佳肴和酒。见宁婕和冯优来了，宋一楠故作生气地走过去，拽起宁婕，跟她坐在一起。

　　"这……这怎么回事？"宁婕糊涂了。

　　"宁婕，怎么着都不能让你小看我，"宋一楠说，"我回去好好想了想，还是觉得应该祝福你，"看了看冯优，"但是，祝福之余，作为你的铁杆闺密，我还是要替你做点什么。"

　　"做点什么？"

　　"当然！"宋一楠突然用手一指冯优，说，"他是个什么样的人，我很清楚。今天，我必须让他当着我们这几个好朋友的面，向你保证，他跟你是认真的。"

　　宁婕感动得不行，不由去看冯优。冯优笑了。他站了起来。

　　"一楠，我一直想找机会跟你说，男人跟女人吧，就像两副牌。如果这两副牌是一个模具里生产出来的，是一种材质、一种颜色，洗到一起就成了一副牌。如果这两副牌来自完全不同的模具，材质、颜色差别太大，那洗到一起就完了，怎么看怎么难看，怎么用怎么别扭。"他看了看谈小飞，又把目光落向宋一楠，"一楠，祝福你，终于找到了跟你一样的牌。也谢谢你愿意祝福我和宁婕这两副一样的牌。"

　　"真他妈绕！"宋一楠在冯优说话的过程中差点要打断他，见冯优终于说完了，她说，"你就直截了当回应我刚才的问题。"

　　"好吧！"冯优低下头，望向宁婕，把手伸向口袋，从里面掏出一个精美的匣子。打开，是一枚戒指。"这戒指，我带在身上好几年了，一直没能送出去。今天，它终于找到主人了。"

　　宁婕颇为意外地站起来，木讷地将手指送给冯优。

二十二、宋一楠

1

司机一口广西土话，山路崎岖，他将他这辆破旧的野出租车开得晃晃悠悠。宋一楠和谈小飞在车里东摇西晃。有一阵子，宋一楠脑里感到阵阵晕眩。她晕车了。

即便这样，她还是不忘跟谈小飞回顾昨天在饭店里发生的事。

"我宋一楠还行吧？"她说，"还是挺大气的是吧？"

谈小飞笑而不语。过了一会儿，他说："昨天你从郊区回来的时候，可把我吓坏了。我当时就想，谁把我们的宋大小姐给惹着了啊，叫你发那么大的火。"

"哪个女人知道这样的事情，会没事一样啊？"宋一楠嘟囔道，"要不是你使劲安抚我，说不定我现在气儿还没消呢。"

"可别！"谈小飞说，"昨晚上你表现好着呢，可别让昨晚白表现了。"

"还不是你忽悠的，"宋一楠说，"要不是你使劲鼓噪，我可不会给他们来这么一下。还祝福他们。我现在还没想明白呢。"

"你会想明白的，人世间的事啊，慢慢都会想明白的。最要紧的是，当时，我们别被迷了眼，迷了心，惹得大家不快，也让自己过得不惬意。"

"又来了！你能少犯哲学病吗？"

车子开始折向一条沙石路。这路很小，车几乎挤不进去。只听司机说：

"前面就是你们要找的村子。车开不到村口，可能一会儿需要你们先下车，自己走进去。我就在你们下车的地方等你们。"

很快开到不能开的地方。谈小飞给司机付了车资，迎着前方的村庄，和一路吐了好几次的宋一楠往前走去。

"你觉得有希望吗？"吐着的间隙，宋一楠问。

"有没有希望，我都要过来看个究竟。"

"这些年来，你不是第一次得到这样的消息吧？"

"当然不是第一次。就算昨天这样的神秘电话，都不是第一次了。"

"那以前，你接到消息，都会立即去看个究竟？"

"是啊！"谈小飞放慢了步子，说，"这辈子，我最大的梦想，恐怕就是查清楚我这个人的来源了。"

"那电话是谁打的？他怎么知道你手机号的？"

"谁打的我不知道，听声音是贵州本地人，我应该不认识这个人，"谈小飞说，"反正，我老早之前，就广泛散布我想找到我的生身父母、出生地的消息，我的朋友们都在帮我的忙，也许，昨天打电话的，是我朋友的朋友。"

"希望这一次，不会让你白来一趟。"宋一楠轻声说。

"但愿吧！"谈小飞说，"不过，那么多次的失败之后，我已经不敢抱太大希望了。希望越大，失望越大。"

来到村口了。一群脏脸、营养不太良好的孩子跑过来，望着这一男一女两个模特般的人，像看着天外来客。

"知道陈麻田家怎么走吗？"谈小飞给一个孩子一块巧克力，问他。

其他孩子都立即紧围住谈小飞。谈小飞忙将包里的巧克力全拿出来，给他们。其中一个孩子一边剥开巧克力送进嘴里，一边大声向谈小飞张罗：

"叔叔阿姨，你们跟我来！"

沿着村间坑坑洼洼的泥土路，来到一处低矮的三间砖房，那孩子先冲到门口，叉着腰冲里面高喊：

"陈麻田！出来！你们家来客人了！"

一个男人从屋里走了出来，乍一看有五十多岁，细看也就是四十出头。他身后跟着一个抱孩子的女人。

"哪个找我？"叫陈麻田的男人问喊他的那孩子。一抬眼，看到了谈小飞和宋一楠。

谈小飞走上前去。"你好，我是从北京来的谈小飞，请问，昨天是您给我打的电话吗？"

"对对对！"陈麻田立即说，"是我是我！"

"太好了！"谈小飞的激动溢于言表，"那您现在能带我去找您说的那个人吗？"

"我得先给那个女的打电话，"陈麻田说，"是她昨天叫我给你打电话的，只有她才知道你要找的人在哪里。她是住在镇上的。昨天，在镇上，我正在走路，她拦住我，叫我给你打的电话。"

陈麻田掏出一只款式很老的银色诺基亚手机，开始拨电话，刚说了两句，他就把电话给谈小飞。

"她叫你接电话。她想直接跟你说。"

"小飞！是我！"

声音十分熟悉。谈小飞知道她是谁了。"怎么是你？"

夏姗岚说："你不接我的电话，我只好找路人帮我给你打电话了。"

"你把我骗到这儿来？"谈小飞惊愕地问，"是这样吗？"

"当然不是！"夏姗岚说，"你先到镇上来吧，怎么走你问那个老乡，他叫什么？陈麻田？"

陈麻田主动带路，跟着谈小飞和宋一楠来到镇上，然后打夏姗岚的手机。再十几分钟后，他们赶到夏姗岚与他们约定的一家电器修理铺前。

从谈小飞在电话里跟夏姗岚说第一句话起，宋一楠就开始陷入警觉和不安中。现在，见到夏姗岚，宋一楠忍不住要发作了，但她还是忍着。

2

"我承认，我以前对你不好！"坐进一家肠粉店里，夏姗岚说，"但，我是爱你的。"

宋一楠终于发作了，"你到底想干什么呀？把我们大老远的骗过

280

来，就为说这种废话。你拿着别人的隐秘需求取乐，你这女人到底是什么趣味啊？"

夏姗岚对宋一楠视若不见，对她的怒斥充耳不闻，她对谈小飞说："因为，我爱你，所以，我会经常帮你留心你的事情。前几天，我碰到这边一家孤儿院一个负责人，她跟我讲到那家孤儿院多年来一直跟美国相关收养机构保持着良好的合作，我就细问了一下，发现美国那边的收养机构，它的所在地，正好是你小时候生活的那个州，于是，我专门去了那家孤儿院，我说通他们给我看这些年来交流去美国的孤儿的资料，我看到一个小孩，长得有点像你。当然，他不叫谈小飞。"

"他叫什么？"谈小飞眼睛里面放出从未有过的光芒，大声问。

"他叫李旺仔。"

"那孤儿院在哪里？"谈小飞是一刻也不能在这里坐下去了，"请带我去那里。"

"不用急！"夏姗岚淡淡地看了宋一楠一眼，说，"我已经全部联系好了，一会儿，那孤儿院院长会亲自过来，也会把我看到的资料带过来。"

他们在肠粉店里等。天气沉闷，似乎要打雷了。谈小飞一会儿走出屋去，抬头向天长望，一会儿坐进来，焦躁地搓手。他还跟陈麻田要了一根劣质烟，抽了起来。他从来没抽过烟，抽得他咳嗽不止。

这期间，夏姗岚多次淡淡地向宋一楠望去。宋一楠每每用复杂的眼神跟她对视。有那么一会儿，夏姗岚向宋一楠招了招手，而后宋一楠在她的带领下，与她来到店外。她们先是在马路边沉默地站着，后来先后蹲了下去。

"他已经不会相信我了，这也怪我。"夏姗岚说，"那次，我跟他说的我在贵州的情况，确实是我编的。这些年来，我跟他编了我的很多行踪。但是，那一次，我编造那个故事的出发点，跟别的那些次不一样。那次，我其实是得到一个消息，然后专门去过一趟贵州，帮他寻找他的身世之谜。无奈的是，那次最后证明，那是个错误的讯息。"

宋一楠眼盯着夏姗岚。她早已接受了夏姗岚说谎都成精了的结论，所以现在，即便夏姗岚语气那么诚恳，宋一楠依然是将信将疑。

"因为最终并没有帮他找到他的身世之谜，我也不想告诉他我做过这样的事，所以，我随口跟他那样说了。"

宋一楠突然不能相信夏姗岚了。她想起来了，那次，夏姗岚消失了可不是几天，她消失的时间是几个月，她去贵州验证一个消息，难道要用几个月的时间吗？

夏姗岚仿佛看出了宋一楠脑子里的疑问，忽而笑了。"你的疑问是对的，确实，我只是顺带帮他去打听了一下。事实上，那几个月，我主要在贵州游历。这一次，也是一样。事实是，自从那次在酒吧跟他见了面之后，我就来广西了。也有好几十天了吧。我这段时间就一直在广西游历。也是顺带，发现了那样的讯息，就关注了一下。"

"顺带！"宋一楠冷笑道，"你什么都是顺带吧！刚才你说你还爱着他，但我想，你爱他，也是一种顺带吧。"

夏姗岚耸了耸肩，突然表现得玩世不恭。"你这么想，我无所谓。"又说，"人非得活得那么明确干什么？"她站了起来，往店里走，忽然停住，回过身，对宋一楠说，"他有没有告诉你，我也是孤儿！我跟他是不同的福利院长大的。在我们很小的时候，福利院系统搞活动，我们就认识了。"

"哦！"

"但是，我有一个与他截然不同的人生观：我从来不想知道我是谁。而他，似乎总在努力想知道他是谁，也许他将努力一生。更也许，他的这种努力，将是无用功。有那么多时间做那么多的无用功，还不如拿来去游历，去经历不同的人、不同的人生。我和他本质上是不同的，所以，尽管我和他是那么的相似，就像两副同样的扑克牌（她竟然也知道这样的比喻），但我们注定是走不到一起去的。虽然，我关心他，时常惦记着他，但这种感情，早已变成了兄妹式的感情。那不是爱情。你现在明白了吧？我刚才说的爱，是兄妹之爱。"

远远过来一个骑电瓶车的中年男人，在肠粉店门口将车停下，拎着一个沉重的包往里走。夏姗岚立即向屋里走去，这之后，她再也没有跟宋一楠说话。

这显然就是那孤儿院的院长了。互相介绍并落座之后，院长从包里拿出一摞档案，翻了半天，从里面抽出一沓，给谈小飞看。

"就是他！"院长说，"是你吗？"

那页纸的右上角，是一张一寸照片，颜色都已经泛黄了。照片上的孩子，紧紧抿着嘴，满脸的警觉，能想象到他拍这照片时不情不愿的那副样子。

谈小飞深入地看了一会儿，脸上露出痛苦的表情。"我不清楚，我弄不清楚。"

很显然，让他来验证这小孩是不是他，跟其他任何人来验证，是一回事。现在，这与谈小飞相差了二十多岁的孩子，在谈小飞眼前就是别人——尽管，这小孩有可能就是他本人。

"我听美国那边的我们福利院的院长说，他们是在美国的街上收留我的。"谈小飞说，"我在美国被遗弃过。甚至，不止一次。虽然你们福利院跟我们那个福利院正好有合作，但，因为我不是直接从中国的福利院移交给美国的福利院的，所以，这一切，很难验证……"

宋一楠过来，轻抚谈小飞的背，对他说："要不这样，你把这份档案复印下来，寄到美国那边的福利院去，让当时接收你的人看看，这照片上的孩子，跟他当时接收时候的样子，是不是一样的。"

"他们接收的孩子太多了，每年都要接收很多，接收了，又交付美国那边的家庭收养，进出福利院的孩子太多，不可能想得起来，不可能有人想得起来……不过，可以一试。"谈小飞难过地说。

宋一楠有主意了，"那也简单，你请院长把这份档案里孩子的父母找出来，跟他们比对 DNA。"

院长笑了，"那是没可能了。这孩子的父母是谁，我们并不能明确知道。按照当事人的回忆，当时，这孩子的父母好像出了车祸，然后，孩子就给交到了我们福利院。"

"车祸！车祸！……"谈小飞喃喃自语着，向屋外走去。雷终于打起来了。这就是南方的雷，暴烈、激烈、凶猛，如同一个生了气的、神经质的莽汉。紧接着，如注的大雨跌落在街道上。谈小飞快步走了进来，却又猛地向外跑去，站在屋檐下四下里张望。

夏姗岚不见了。她趁着别人不注意，消失了。

——宋一楠也注意到了这一点，走过来，跟谈小飞一起，目光向外搜寻。

"她走了！"谈小飞无限失落地望着宋一楠。分不清是因为夏姗岚的不告而别而失落，还是因为他这次终究还是对自己的身世不得而知而失落。

"她希望你不要再找下去了。"宋一楠下意识地这么编起了谎，"再找下去，也许你还是找不到。你一生会因此埋着惆怅的伏笔，永远摆脱不了这惆怅。"宋一楠依到谈小飞怀里，说，"你不是一再跟我这样说的吗？要把身体里的'钉子'拔掉。你自己没有意识到吗？你身体里也有一颗'钉子'，你也应该像我一样，拔掉它，或者，消化掉它……让我们都不带有任何负担地过日子，一直过下去……"

谈小飞陷入了思索。雨突然就住了。雷声像尾炮，气息奄奄地逗留了几分钟，然后，它们彻底消隐在了漫无崖际、秘而不宣的空气里。

二十三、程美誉

1

走出医院的大门，程美誉闭上眼睛，仰起头，用心感受刚刚植入她身体里的那颗精子。夏日阳光浸润了她的脸，令她有种轻微的痛感，但更多的是暖意。她从包里取出墨镜戴上，迈着欣快的脚步走下医院的台阶。

该跟谢玮童坦白了。但是，怎么跟他说呢？用什么方法跟他说，可以使他接受既成的事实却又不影响他对她的感情呢？

一路上，程美誉都在构思接下来跟谢玮童的交谈。车外是一如既往的疾步前行的人流，这是个奋勇前行的巨大城市，越来越如此。程美誉现在也已在她的婚姻生活中前行了一大步：她有自己的孩子了。这是一个对她来说具有划时代意义的日子。

路过华堂超市，程美誉进去买东西：牛仔骨、基围虾、三文鱼、香椿、豌豆苗——她要做一顿丰盛的晚餐，既为庆祝，又为提供一个跟谢玮童交谈的良好气氛。靠近收银台的区域，她看到一个卖儿童用品的地方，不由走了过去。怀着一种难以言说的好心情，她抚摸着那些婴儿用的东西，甚至差点买了其中的某一样，然后，她恋恋不舍地去了收银台。

谢玮童进门的时候，菜已经在桌上摆好了。满满当当一桌菜。程美誉双手托腮，面朝大门坐在那里。似乎进入了遐想世界。

"今天是啥日子？"谢玮童瞪着这满桌的菜和程美誉，惊喜地说，"我们结婚周年纪念还早着吧？改成按月纪念啦？可是，日子也不对啊。我生日？当然不是。你生日？当然也不是。我知道了，你升职啦？"

"是一个人的生日，"程美誉说，"如果，一个人的诞生日按他来到母亲的子宫的日子算的话。"

谢玮童琢磨着程美誉的话，然后笑容在他脸上凝住了，一种不祥的感觉笼罩了他。

"什么意思？"

"我们有孩子了！"程美誉说，"你要当爸爸了。"

"啥？"谢玮童脸上的僵化了的笑容陡然被惊讶取代，"你不会告诉我，你背着我偷偷去——"

"嘘！"程美誉把手放到腹部，低下头，看了看那里，又把头抬起来，轻声对谢玮童说，"你小声点！别吓着孩子了。"

"真的？"谢玮童大声问。

"正是！"

"什么时候做的？"

"今天下午。"

"你有病啊？"谢玮童勃然大怒，"你疯了吧？你看看你神经兮分的样子，'别吓着孩子'——今天下午才做，他就长出来了吗？你想当妈想疯了吧？"

程美誉笃定地望着谢玮童。他的反应，是她预测中的三种反应之一：一种，他无须过渡地欣然接受；二种，他发愣，然后摔门而去；三种，他当即大怒。

"老公，你过来，坐下！我们好好说。"

"打掉！马上给我打掉！"谢玮童指着程美誉的鼻子说，"明天一早，我们就去医院。我陪你去。"

他这样说，是程美誉没有预想过的。好在，她是已做好顽强应战的充分心理准备的。

"打掉？"程美誉笑了，"老公，你自己刚才都说了，刚做，孩子还没成形，离成形还有一阵子呢。怎么打掉啊？一点医学常识都没有。"

"好！那好！"谢玮童说，"可以打掉的时候，马上打掉。第一时间就打掉。"

"那怎么也得是一个月以后的事情吧？这一个月你就这样在这儿站着发火不停发火吗？"程美誉说，"先吃饭吧！菜都凉了。你吃这个牛仔骨，我在里面加了胡椒的，你不是喜欢胡椒味的牛仔骨吗？"

"不吃了！"谢玮童摔门而出。

谢玮童跟哥们去喝了场酒，很晚才回来。程美誉自始至终没有给他打电话。说什么都没用，不如让他自己的各种情绪产生化学反应而后逐渐恢复平静。

回来后，谢玮童要找程美誉理论的。程美誉自己去了客房，锁上门，睡着了，任谢玮童在外面怎么敲门都不开。最后，他自己去他们的卧室睡了。

接下来两天，谢玮童与程美誉冷战。他不说话，程美誉也坚持不说。但她比往日对他更温柔。每天都做一大桌菜，等他下班回来。程美誉请了一周的假，专门用于对付这一场暗藏危机的家庭政变。

再接下来一天，谢玮童自己绷不住了。吃晚饭的时候，谢玮童突然放下筷子，像个孩子似的哭了。

"程美誉！明明是你做错了事，你还用这副态度对我，你哪怕跟我道个歉，我心里也好受点。我心里不好受，你知道吗？你为什么要对我这样？"

程美誉知道是时候了。"老公，对不起了！"她说，"是这样子的，你在气头上的时候，我跟你道歉有用吗？没有用的呀。我也知道我这么做，有点不尊重你，但是，我的出发点是好的呀，是为了我们的婚姻长期稳定发展，是为了我们有一个更圆满的未来的嘛，你认同我的说法不？"

谢玮童不说话。过了一会儿，他说："你应该慢慢跟我商量，再去做这件事。你应该看得出来，我是可以被你说服的，你说服了我，再去做，不是更好吗？"

"那不是一回事吗？"程美誉笑了，"结果还不是一样吗？还不是我怀孩子、我们会有一个孩子。不要拘泥于形式嘛！我跟你说嘛，我们的孩子，基因不是一般的好，他长大是漂亮的、高智商的、善良的、品格高尚的，还会有艺术才华，总之，一定是一级棒的，老公，我办事，你放心！"

谢玮童说："你再跟我道一次歉，这样，我才可以开始原谅你。"

"对不起喽！"

"还不够!"谢玮童说,"你每天要像最近几天这样给我做好吃的。我一下班回家,就看到一大桌菜。"

"行啦!满足你!"

嘴上这么答应着,程美誉心里说,怎么可能?想想都不可能。但先在嘴上哄着他吧。

程美誉没有想到,在这件事上,她完胜了谢玮童。这表明,随着她与谢玮童婚姻时间的拉长,她的御夫之道越来越厉害了。

2

"这个女人,也太狠了吧?"宋一楠用一种崇拜的声音,大声地说。

程美誉约宋一楠和宁婕出来说话。她实在忍不住要跟两个闺密分享一下完胜谢玮童后的内心喜悦。当然,她没有说这是她家的事。她把这件事,嫁接到她某个不存在的女同事家。她借精生子的事,会永远保密。

"我猜,是女人有了孩子之后,心境会大不同。"程美誉做出沉思的样子,"女人吧,一旦有了孩子,整个人就全变了。有了孩子,她就觉得自己拥有了全世界。男人不再能够成为她情感世界的中心,甚至,不再能够拨动她的情绪。也就是说,孩子的到来,会使女人突然变得无与伦比的沉着、冷静、淡定、威严,一下子就有女王范儿了,驾驭起男人来,还不是小菜一碟?"

"有那么邪乎吗?"宋一楠说,"好像你自己有过孩子似的,说得那么感同身受的。"

"哎！你还别说，我那天听了我同事这件事吧，当天就做出了一个具有历史意义的决定。"

"什么决定？"宁婕说，"你马上也想当妈了？"

"正确！"程美誉说，"巧就巧在，我的排卵期到了，当晚，我就跟我们家谢玮童精诚配合了。他吧，一直就想要孩子，是我不同意。这下好了，他心遂所愿了。"

"说要就能要着吗？"宋一楠说，"我就不信。"

"你别不信！"程美誉说，"要不要我跟你打赌？我对自己还不如你对我了解吗？我说怀上了就怀上了。"

"打赌就打赌！"宋一楠说，"怎么赌？"

"就罚她以后给你孩子洗一个月的尿布吧！"宁婕笑说，"如果你这次真怀上了的话。"

"如果没怀上呢？"

"那就罚洗两个月！"程美誉笑。

"德行！"宋一楠也笑了，"哎！不过，美誉，叫你刚才那么一说吧，我也特向往当妈的感觉了。"她立即陷入了想象的境地，"你说，这当妈到底是什么样的感觉呢？不过，我还没结婚，暂时还没可能当。谈小飞这个死东西，处女座，完美主义，非得等到他那个广场作品奠基了，才跟我举行结婚仪式。"

"对啊！你可得抓紧了！"程美誉说，"现在找老公，就跟去买畅销楼盘一样，稍微一犹豫，就给人买走了。女人跟时间赛跑，输多赢少。你应该尽可能缩短跟谈小飞的恋爱时间，以最快的速度把他拽进婚姻的殿堂。"

"他？借他个胆儿，也不敢飞，我才不担心呢。"宋一楠自信地说。

"那他那什么'奠基'，到底还要过多久啊？"宁婕对宋一楠说，"总得有个时间吧？别还要等个十年八年的，到时候你脸上的肉都垮了，胸部也耷拉了，还婚什么婚啊？我的意思是，你别犯昏哈！"

"哪至于十年八年？你也太吓人了吧？"宋一楠翻了翻眼睛，算了算，然后说，"前几天我问他来着了，他说，计划中的奠基时间，应该是明年四月吧。"

"四月？"程美誉也算了一下，忽然惊叫起来，"呀！明年四月，应该正好是我生孩子的月份啊！"

"那太好了！"宋一楠说，"到时候，咱两家，结婚、生产同时进行，怎一个不亦乐乎了得啊！"

九个月后。

广场景观区的奠基仪式与一对新人的婚礼同时举行。新人，无疑是宋一楠和谈小飞了。

新落成的景观区构思奇特，充满后现代的气质。错落有致的假山与环形水带，以及假山山体外围的各种装饰，使这景观区整体显得空灵，走入其间，恍若进入了地球之外的某个宜居星球。诸多雕塑散落在其间，它们或大或小，或高或矮，最高的一个，超过二十米。

广场上充斥着看热闹的市民，还有电视台、报纸等一些媒体，他们端着摄像机，追跑着拍摄——这无疑是一个市政大事与市民生活融为一体的日子，是一个新闻点，值得明天在各种媒介的一角展现。当然，最热闹的，莫过于广场中央的婚礼仪式了。

亲朋好友能来的都来了，于桂兰、宁婕、程美誉，当然还有他们的护花使者冯优和谢玮童。程美誉身怀六甲，行动不便，但她脸上洋溢着对新人的祝福式的笑，谢玮童尽心尽职地护拥着她，显然，他已经不再介怀孩子的出处了。

宋一楠一袭斜肩蕾丝边白色曳地婚纱，谈小飞白色修身西服，二人款款走至红毯尽头的礼台下，沿台阶走上礼台，面朝亲朋好友站定。主婚人、证婚人逐一致辞，新郎揭开新娘面纱，深情凝望片刻，戴上戒指，轻轻拥吻，所有流程一应走过。最后，谈小飞说话：

"今天是我人生最幸福的一天，我同我心爱的女人共同步入另一段奇妙的人生旅程，但我的人生还有一个小小的缺憾。今天，我想借助媒体的镜头对我素未谋面的生身父母说：我一直在寻找你们，如果你们听到了这段话，请过来找我，我永远在等着你们出现……"

宋一楠没有料到谈小飞在寻找身世这件事上，依然如此执着。轮到她说话，她只好说："……愿你们能感受到我们此刻的幸福心情，我和小飞等待着你们出现，等待生活再次带给我们惊喜……"

程美誉的身体忽然抖了一下，谢玮童立即感受到了，忙问：

"怎么了？"

"有点痛！"刚这么说了一句，被加剧的阵痛袭击的她大叫，"好像要生了！"

旁边的宁婕忙上前揽住程美誉。这时程美誉低下头，而后既惊又喜地喊道："羊水破了，怎么办？羊水破了！"

瞬间忙乱起来，宾客的注意力全集中到了程美誉他们这里。冯优赶紧跑向广场边去开车。不一会儿，车直接开入广场，然后载上程美誉直奔医院。

一阵忙乱之后，婚礼现场恢复秩序。又过了十几分钟后，伴郎突然将谈小飞拉到一边。

"你的电话！"伴郎说，"说是十分重要的事情，非要你接！"

谈小飞不得已接了。

"谈先生，鉴于您当时跟本医院签订捐精协议时提出过的那个特别要求，给您打这个电话。受捐对象现在刚送到产房，您需要按您协议上要求的那样，在产妇生产后，立即跟孩子见个面吗？"

谈小飞拿开电话，发现宋一楠一直在听。她脸上是惊诧的表情。

刚想跟宋一楠解释点什么，谈小飞冥冥之中感觉远处有人在凝望着他。

他四顾望去，目光在广场人群之中一个女人的脸上定格了。

见谈小飞看到了她，那女人忙转过身去，消失在了人群里。

谈小飞想也没想就向着女人的方向追了过去。

宋一楠去拉他，没拉住。望着谈小飞狂奔而去的白色背影，她站在那里跺脚。

图书在版编目(CIP)数据

爱的三个音阶 / 王棵著. -- 北京：中国文史出版
社，2021.3

(中国专业作家作品典藏文库. 王棵卷)

ISBN 978 - 7 - 5205 - 2586 - 2

Ⅰ. ①爱… Ⅱ. ①王… Ⅲ. ①长篇小说 - 中国 - 当代
Ⅳ. ①I247.5

中国版本图书馆 CIP 数据核字(2020)第 232317 号

责任编辑：牟国煜　薛未未

出版发行：**中国文史出版社**

社　　址：北京市海淀区西八里庄路 69 号院　　邮编：100142

电　　话：010 - 81136606　81136602　81136603（发行部）

传　　真：010 - 81136655

印　　装：北京新华印刷有限公司

经　　销：全国新华书店

开　　本：720 × 1020　1/16

印　　张：19　　　　字数：212 千字

版　　次：2021 年 3 月第 1 版

印　　次：2021 年 3 月第 1 次印刷

定　　价：65.00 元